DIE DICKE BERTA FÄHRT SKI

BENT OHLE

DIE DICKE BERTA FÄHRT SKI

URLAUBSKRIMI

emons:

Lust auf mehr? Laden Sie sich die »LChoice«-App runter, scannen Sie den QR-Code und bestellen Sie weitere Bücher direkt in Ihrer Buchhandlung.

Bibliografische Information der Deutschen Nationalbibliothek
Die Deutsche Nationalbibliothek verzeichnet diese Publikation in der Deutschen Nationalbibliografie; detaillierte bibliografische Daten sind im Internet über http://dnb.d-nb.de abrufbar.

MIX
Papier aus verantwortungsvollen Quellen
FSC® C083411

Umschlagmotiv: shutterstock.com/2xSamara.com
Umschlaggestaltung: Nina Schäfer
Gestaltung Innenteil: César Satz & Grafik GmbH, Köln
Lektorat: Marit Obsen
Druck und Bindung: CPI – Clausen & Bosse, Leck
Printed in Germany 2017
ISBN 978-3-7408-0201-1
Urlaubskrimi
Originalausgabe

Fehler sind wie Berge, man steht auf dem Gipfel seiner eigenen und redet über die der anderen.

Sprichwort aus Afrika

1

Alberta wurde vom Klingeln an der Haustür geweckt. Sie sah blinzelnd auf den Wecker, der neun Uhr siebzehn anzeigte, und drehte sich dann auf die andere Seite. Philip war bereits aufgestanden, seine Bettseite war leer. Alberta vernahm dumpfe Stimmen im Flur. Wer konnte das sein? Es war Samstagmorgen. Widerwillig stand sie auf und warf sich ihren Morgenmantel über. Nur im Pyjama hinauszugehen, wollte sie Till und vor allem Lina noch nicht zumuten. Schließlich lebten sie erst seit gut einem halben Jahr zusammen, und das Patchwork war an der einen oder anderen Stelle noch ein wenig löchrig. Aus dem Esszimmer drangen das Geklapper von Geschirr und ein Rumpeln wie von einem schweren Karton.

»*Was* ist hier los?«, fragte Alberta laut, als sie das Zimmer betrat, und Philip, Till und Lina, die um den Tisch standen, zuckten erschrocken zusammen. Till stieß sogar einen grellen Schrei aus. Alberta lachte schadenfroh und kam näher.

»Mann, hast du mich erschreckt«, sagte Till und ließ sich auf seinen Stuhl fallen.

»Was macht ihr hier?«, wollte sie wissen.

Lina hatte ihre Nase schon wieder ins Handy gesteckt, als sei sie völlig unbeteiligt. Philip drehte sich um, grinste und versperrte den Blick auf das Paket, das auf dem Frühstückstisch stand.

»Tataaaa!«, rief er und machte einen präsentierenden Schritt zur Seite. Feierlich reichte er Alberta eine Schere. »Das ist eben vom Verlag gekommen.«

»Mein Buch«, sagte Alberta.

»Ganz recht. Dein neuer Roman – und eine kleine Überraschung gibt es obendrauf.«

»Was'n für 'ne Überraschung?«, wollte Till wissen und reckte neugierig das Kinn.

»Geduld, Geduld«, mahnte Philip und ließ Alberta den Karton öffnen. Lina tippte mit beiden Daumen auf ihrem Handy herum, als hätte sie einen spastischen Anfall in den Fingern.

Alberta durchtrennte mit der Schere die Klebestreifen, hob den Deckel hoch und fand unter einer Lage Packpapier die zwanzig Freiexemplare ihres neuen Kriminalromans. Sie nahm eins davon in die Hände. Till kam um den Tisch gelaufen, die Digicam im Anschlag, die eigentlich nie seine Hände verließ. Er filmte das Cover und stoppte die Aufnahme.

»›Der aus dem Nebel kam‹?«, fragte er. »Wer soll'n das sein?«

»Der Mörder, du Spasti«, sagte Lina, ohne vom Display aufzublicken.

»Arschkuh!«, blaffte Till.

»Hirni!«

»Du ... Scheißarschziege!«

Alberta lachte laut auf.

»Ruhe!«, rief Philip. »Und du lach gefälligst nicht«, ergänzte er an Alberta gewandt.

Sie legte eine Hand über ihren Mund und senkte schuldig den Blick.

»Solche Ausdrücke will ich in diesem Haus nicht hören, verstanden?«, sagte Philip streng.

»Papa redet mit dir, du Hirni«, sagte Lina und glotzte ihren Bruder höhnisch an.

»Arschziege!«

»Ru-he! Ich rede mit euch *beiden*, und ich will keine diskriminierenden Ausdrücke und auch sonst keine Beleidigungen hören, klar?«

Für einen Moment trat Stille ein.

Philip entspannte sich wieder. »So, jetzt setzen wir uns alle wie eine ganz normale Familie an den Tisch und frühstücken zusammen.«

»Eine ganz normale Familie ist das ja sowieso nicht«, stichelte Lina und ließ sich auf ihren Stuhl fallen.

»Ja, dank eurer Mutter, und jetzt will ich etwas sagen.« Philip setzte sich kerzengerade hin und wartete.

Alberta nahm neben ihm Platz, ganz Ohr, was nun folgen würde.

»Kommt jetzt die Überraschung?«, fragte Till.

»Ja, wenn ihr den Mund haltet und euch nicht wie Neandertaler verhaltet, schon.«

»Ist Neandertaler eine Beleidigung?«, wollte Till wissen, woraufhin Philip nur mit dem Zeigefinger drohte.

»Also«, begann er und räusperte sich. »Da wir nach einem sehr bewegten letzten Jahr, in dem wir geheiratet und unseren Verleger als Verbrecher entlarvt haben, nun an einem Punkt angekommen sind, an dem alles wieder in geregelten Bahnen verläuft – Albertas neuer Roman ist in einem anderen Verlag erschienen, in dem auch ich zufällig einen neuen Job gefunden habe –, möchte ich als Zeichen … als Ausdruck meiner Freude …«

»Mann, komm zum Punkt, Papa«, forderte Lina ihn auf.

»Ich rede, wie's mir passt, klar?«, schoss er zurück, hatte nun jedoch den Faden verloren. »Bin ich … also … äh … wo war ich?«

»Freude«, half Alberta aus.

»Ach ja … zu meiner Freude und zu eurer auch möchte ich euch zu einem verlängerten Wochenende in die Berge einladen. Zum Skilaufen. Na, was sagt ihr?«

Die drei sahen sich überrascht an.

»Schön!«, sagte Alberta.

»Aber wir können doch gar nicht Ski fahren«, erinnerte Lina ihn.

»Ich weiß, das wollen wir ja an dem Wochenende lernen«, entgegnete er freudig.

»Super«, meinte Lina wenig begeistert.

»So richtig auf Skiern?« Till war sich anscheinend nicht ganz sicher, ob er sich freuen sollte.

»Natürlich. Du fährst Ski, richtig Ski.«

»Und du könntest dabei auch filmen«, gab Alberta zu verstehen.

»Cool! Ja, dann komm ich mit.«

Philip nickte erleichtert.

»Das ist aber lieb von dir«, raunte Alberta. Sie gab ihm einen Kuss auf die Wange. »Wo fahren wir denn hin?«

»Oberstdorf.«

»Wo ist das?«, fragte Till.

»Am Arsch der Welt«, meinte Lina und tippte schon wieder auf ihrem Handy herum.

»Das ist im Allgäu, am … am südlichsten Zipfel von Deutschland«, erklärte Philip.

»Sag ich doch, am Arsch.«

»Also ich freu mich drauf. Ich wollte schon immer mal Skifahren lernen«, sagte Alberta.

Lina blickte abschätzend und mit einer zweifelnd gehobenen linken Augenbraue an ihr herab. Alberta wog gut hundertdreißig Kilo bei einer Größe von einem Meter neunundsechzig.

»Wart's ab«, sagte Alberta nur lächelnd und nahm sich ein Brötchen.

2

»Mein Gott«, fluchte Philip, als er sämtliches Gepäck in ihren Golf Variant gestopft hatte. Der Kofferraum und die hintere Ablage waren dermaßen voll, dass er die Klappe nicht zubekam. »Fünf Tage Urlaub mit Gepäck für vier Wochen!« Er stemmte sich mit einer Hand gegen den Kofferstapel und versuchte mit der anderen, die Klappe zuzudrücken. Es funktionierte nicht.

Till, Lina und Alberta kamen aus dem Haus.

»Und, klappt's?«, fragte Alberta belustigt.

»Nein, wir müssen offen fahren. Oder was rausschmeißen.«

»Das geht nicht, wir brauchen warme Sachen, das ist im Winter nun mal so.«

»Es ist Frühling, falls ihr das noch nicht bemerkt haben solltet«, sagte Lina. »Niemand geht bei solchen Temperaturen Ski fahren. Niemand außer uns natürlich.«

»Es ist März, meine Liebe, und im Allgäu kann es ganz anders aussehen«, erwiderte Philip.

»Es sind siebzehn Grad, Papa.«

Lina öffnete ihre Tür und erstarrte.

»Was ist das denn? Wo soll ich'n da noch sitzen?«

»Ihr habt doch den ganzen Kram eingepackt, das geht hinten nicht mehr rein, also mecker nicht.«

»Na, wenigstens passiert mir nichts, wenn wir einen Unfall haben. Ist ja wie'n Ganzkörper-Airbag.«

Alberta schob Philip liebevoll beiseite und wuchtete die Kofferraumklappe zu.

»So macht man das«, sagte sie und gab ihm einen Kuss. »Lass uns losfahren.«

Über die an diesem Vormittag kaum befahrene A 9 gelangten sie zügig in den Süden. Erst um München herum wurde der Verkehr stärker, aber insgesamt kamen sie ohne große Staus nach siebeneinhalb Stunden in Oberstdorf an. Das lang gestreckte Tal, in das sie nun hineinfuhren, lag frühlingshaft anmutend in einem saftigen Grün vor ihnen. Ein blauer Himmel, der nur hie und da von weißen Wölkchen bevölkert wurde, spannte sich über die pittoresk wirkende Schneise zwischen den rechts und links aufragenden Bergen, auf denen erst viel weiter im Süden Schnee auf den Kuppen zu erkennen war.

»Nun seht euch das an! Ist das nicht wunderbar?«, schwärmte Philip begeistert.

»Mein Hintern tut weh«, quengelte Till.

»Wo soll'n wir denn hier Ski fahren? Ich hab doch gleich gesagt, dass das 'ne dämliche Idee war«, sagte Lina mit Blick auf die schneefreie Landschaft.

»Freut mich sehr, dass ihr euch so freut.« Philips gute Laune begann sich schon wieder aufzulösen.

»Dann wandern wir halt, irgendwas fällt uns schon ein. Hier kann man sicher 'ne Menge unternehmen«, meinte Alberta und lächelte in Richtung Rückbank.

»Schuhplatteln oder was?«, sagte Lina mit einem gelangweilten Blick aus halb geöffneten Augenlidern.

»Nein«, rief Alberta begeistert, »viel besser: Löffelklopfen für den strammen Buben und Dirndlknüpfen für die junge Maid!«

Lina guckte sie an, als hätte sie den Verstand verloren. Till filmte die beiden und streckte auf einmal seinen Finger aus.

»Da, da ist ein Schwimmbad!«

»Na, seht ihr. In fünf Tagen schafft ihr locker das Goldabzeichen«, sagte Alberta zufrieden und setzte sich wieder gerade hin.

»Da ist ein Fluss!« Till filmte seitlich aus dem Fenster.

»Wahnsinn, weil wir in Berlin ooch jar keene Flüsse kennen, du Nullchecker«, murrte Lina und rutschte tiefer in ihren Sitz.

Sie fuhren in einen Kreisel und nahmen die Ausfahrt in Richtung Oberstdorf, das jetzt deutlich erkennbar unter dem Nebelhorn am Fuße des Berges leuchtete. Die berühmte Schanze thronte über den rötlich schimmernden Dächern des Ortes. Am Ortseingang passierten sie große Plakate, auf denen Skisportler aus Oberstdorf abgebildet waren.

»Wow, kommen die alle aus dem Ort hier?«, wollte Till wissen.

»Nun tu nicht so, als ob du dich fürs Skifahren interessierst«, meinte Lina.

»Du hast doch gar keine Ahnung!«

»Jetzt seid doch mal still dahinten, ich versteh hier kein Wort!« Philip regelte die Lautstärke seines Navis bis zum Anschlag und beugte sich vor. Auf dem Display drehte sich plötzlich das Bild, und sie fuhren scheinbar in die entgegengesetzte Richtung.

»Was macht es denn jetzt?«, fragte Alberta.

»Schscht!«, zischte Philip und umklammerte mit beiden Händen das Lenkrad.

»Im Kreis-verkehr die zweite Aus-fahrt Richtung Sont-hofen, Kemp-ten nehmen«, diktierte das Navi.

Philip steuerte in den Kreisel und wurde langsamer.

»Hier geht's aber gar nicht nach Sonthofen«, sagte er. »Zweite Ausfahrt hat sie doch gesagt!«

»Ja, Sonthofen steht da vorn.« Alberta deutete auf das gelbe Hinweisschild.

»Scheiße.« Philip fuhr an der Ausfahrt vorbei. »Von hier sind wir doch gekommen.« Er ignorierte auch diese Abfahrt.

»Die zweite Aus-fahrt Richtung Sont-hofen … die zweite Aus-fahrt … Oberst-dorf Zen-trum … die zweite …«

»Jetzt dreht sie durch«, sagte Lina mit einem Blick auf die rotierenden blauen Straßen auf dem Display.

»Im wahrsten Sinne …«, bekräftigte Alberta.

»Ja, prima. Das hat uns noch gefehlt.« Philip ließ ungehalten seine Hände aufs Lenkrad fallen und fuhr den Kreisel ein drittes Mal.

»Papa, wie oft willst du eigentlich noch hier rumfahren?«, fragte Till mit einem irritierten Blick aus dem Fenster.

»Die zweite Aus-fahrt Rich-tung … Rich-tung Oberstdorf … Richtung Sont-hofen …«

»Ach, leck mich doch«, fluchte Philip und nahm die Ausfahrt Richtung Zentrum.

»Sehr gut, Schatz, jetzt verlassen wir uns einfach auf unseren Verstand und lesen die Schilder«, sagte Alberta zufrieden.

»Bitte wenden«, sagte das Navi.

»Ach.« Philip startete das Navi neu, und der virtuelle Ortsplan leuchtete auf.

»Auf Sont-hofener Straße Rich-tung Süd-westen starten …«

»Wo is'n Südwesten?« Till beugte sich neugierig vor.

»Wir fragen einfach«, schlug Alberta vor.

»Oh, bitte nicht«, jammerte Philip.

Vor ihnen tauchte ein weiterer Kreisverkehr auf.

»Fahr einfach da rüber, da sieht's gut aus«, sagte Alberta und deutete nach rechts.

»Da sieht's gut aus …«, mokierte sich Philip leise, lenkte den Wagen aber in die erste Ausfahrt.

»Da drüben geht's aber zum Bahnhof!«, rief Till und deutete nach links.

»Sieht das hier wie'n Zugabteil aus?« Philip schüttelte den Kopf und näherte sich mit der Nase immer weiter der Windschutzscheibe.

»Nach ein-hundert Metern: Sont-hofener Straße wird zur Wal-ser-straße. Nach zwei-hundert Metern links abbiegen in Wind-gasse.«

Sie folgten einer Rechtskurve, und alle blickten nach links, um das Straßenschild zu lesen.

»Windgasse, da ist es!«, rief Till.

»Links abbiegen in Wind-gasse.«

»Ganz schön eng. Sieht aus wie 'ne Einfahrt«, murmelte Philip und steuerte den Wagen zwischen zwei Bauernhäusern hindurch.

»Nach ein-hundert Metern rechts abbiegen auf West-straße.«

Philip tat wie ihm geheißen und bog rechts ab.

»Links abbiegen … rechts abbiegen«, sagte die Navidame.

»Jetzt hat sie wieder den Verstand verloren.«

»Sie haben das Ziel erreicht. Das Ziel befindet sich auf der linken Seite.«

Alle drehten ihre Köpfe nach links.

»Hotel Äpflblümle«, lasen sie über einer gläsernen Schiebetür.

»Gibt's ja nicht«, staunte Philip, »wir sind da.«

»Mein starker Fährtenleser hat uns sicher ans Ziel gebracht«, sagte Alberta und strich ihm über den Oberschenkel.

»Oh Gott.« Lina verdrehte die Augen und stieg aus.

Sie ließen das Gepäck zunächst im Auto und gingen an die Rezeption, um sich anzumelden.

Hinter dem Tresen war niemand zu sehen, also schlug Alberta mit den Fingerspitzen auf die Klingel, während Till zur Sitzecke neben dem Eingang lief und prüfte, ob der Kamin echt war.

»Griaßt euch!«, rief eine fröhliche Stimme, und eine nette Dame näherte sich ihnen von rechts. »Ich bin die Frau Schelm.«

»Hallo, wir sind Familie Reimers/Rose, wir haben ein Apartment gebucht«, stellte Philip sie vor.

»Ah, sicherlich. Des isch des Apartment Abendrot gleich gegeüber.«

Sie gab allen die Hand und wuschelte Till durchs Haar.

»Haben Sie eine guate Fahrt g'habt?«

Philip atmete unschlüssig ein.

»Papa ist sauer auf unsere Navitante«, erklärte Till.

»Ah so. Gab's da ein Problem, ja? Joa, des kann mitunter an die Berge lieg'n. Da ischt's mit dema Empfang manchmal a bissl schwr'g, gell?«

»Sind wir denn gar nicht mehr in Deutschland?«, fragte Till. »Die sprechen hier ja eine ganz andere Sprache.«

Die drei Erwachsenen lachten laut auf, nur Lina stand an den Tresen gelehnt da und schien Tills Meinung zu teilen.

»Ich bemühe mich, Hochdeutsch mit dir zu sprechen«, versprach Frau Schelm. Till nickte zufrieden. »So, und jetzt zeige ich Ihnen kurz, wo es was zu essen gibt, danach gehen wir rüber in Ihre Wohnung.«

Frau Schelm führte sie durch einen schmalen Flur in ein gemütlich und nett eingerichtetes Esszimmer.

»Gleich hier ist Ihr Tischle, und dort drinnen kocht mein Mann dann heut Abend für Sie.«

»Toll, da freuen wir uns drauf«, sagte Alberta.

»Ja, du besonders, stimmt's?«, sagte Lina und klopfte sich auf den Bauch.

Frau Schelm registrierte etwas erschrocken, wie respektlos Lina mit Alberta sprach.

»Ja, hier gibt es dann morgens auch das Frühstücksbüfett«, ergänzte sie rasch, »ab sieben Uhr. Gehen Sie zum Skilaufen?«

»Ja, wir wollen alle damit anfangen«, sagte Philip.

»Na ja, wollen ...« Lina schniefte abwertend durch die Nase. »Gemma erscht amol rüber.«

Sie folgten der Dame des Hauses über die Straße.

»Hier isch die Tiefgarage, da können S' sich einfach einen Platz aussuche.«

»Isch gut«, sagte Philip, und Frau Schelm drehte sich lächelnd zu ihm um.

Sie betraten das von der Sonne beleuchtete Haus. Als Frau Schelm die Tür zu ihrem Apartment öffnete, lief Till begeistert als Erster hinein.

»Wow, coole Wohnung! Viel geiler als unsere! Guck dir mal den Fernseher an!« Er blieb ehrfürchtig vor dem schwarzen Bildschirm stehen.

»Das ist wieder mal das Wichtigste, was?« Philip sah sich aufmerksam um.

»Sieh dir nur den Ausblick an, Till«, sagte Alberta und öffnete die Balkontür. Die Umgebung sah aus wie ein Postkartenmotiv. Über den Dächern des Ortes sah man die geschwungenen Konturen sanft ansteigender grüner Hügel, die bis zu den majestätischen Bergspitzen hinaufreichten, welche von Schneekuppen gekrönt in der Sonne schimmerten. Rosa Wolken flankierten die Bergkämme. »Das ist ja Wahnsinn«, ergänzte sie atemlos.

»Schö, gell?«

Frau Schelm erklärte ihnen noch die Details der Wohnung und ließ sie dann allein, damit sie ihre Koffer holen und einziehen konnten.

Till bot Alberta und Philip sofort an, mit Lina auf der Ausziehcouch zu schlafen, damit *sie* als »ältere Leute«, wie er sich ausdrückte, keine Rückenschmerzen und später mal »Osteoparese« bekämen. Die beiden durchschauten jedoch seine List, sich damit den Fernseher für die ganze Nacht zu sichern, und lehnten dankend ab.

Philip war reichlich müde von der Autofahrt, doch sie mussten heute noch ihren Kurs buchen und das Equipment besorgen, damit sie gleich morgen früh loslegen konnten. Bei Frau Schelm erkundigten sie sich, welche Skischule sie empfehlen würde. Es gab drei Anbieter hier vor Ort, die rote, die grüne und die blaue Schule. Mittels demokratischer Abstimmung kamen drei Stimmen für Rot und nur Philips Stimme für Blau zusammen, womit unumstößlich feststand, wo sie ihre ersten Erfahrungen mit dem Skilaufen machen würden.

So spazierten sie eine Stunde später durch die Fußgängerzone von Oberstdorf. Alberta hatte beim Auspacken eine leichte Übelkeit verspürt, die sich an der frischen Luft aber gleich wieder gelegt hatte. Es war so warm, dass man nur mit einem Pullover bekleidet hätte gehen können. Till lief wie wild herum und filmte alles Mögliche, von Gullydeckeln über Wassertröge bis hin zu »hartgeilen Messern«, wie er sich ausdrückte, in den Auslagen der Schaufenster. Lina verloren sie gleich im ersten Klamottenladen, der auftauchte. Alberta störte das nicht. Sie war ganz entspannt und vor allem zufrieden und glücklich. Das Zusammenleben in der Familie, nachdem sie und Philip geheiratet hatten und zusammengezogen waren, verlief zwar nicht über die Maßen harmonisch, doch Alberta hatte es sich noch schlimmer vorgestellt. Till hatte sie quasi mit offenen Armen aufgenommen. Lina war da ein anderes Kaliber, doch immerhin grenzte es bei ihr schon fast an eine Liebeserklärung, dass sie sie nicht mehr »Walross« oder »Tonne« nannte. Auch an die neue, engere Zweisamkeit mit Philip hatte Alberta sich gewöhnen müssen. Er umgekehrt mit Sicherheit auch. Sie war allerdings nicht diejenige, die nachts schnarchte, dass die Gläser im Schrank zitterten.

»Wo bleibt sie denn?«, fragte Philip ungeduldig.

»Ich geh mal rein und schau nach ihr.«

Alberta betrat das Bekleidungsgeschäft, das nicht gerade in Linas üblichem Preissegment lag. Sie stand an einem Ständer mit Winterjacken und wurde soeben von einer Verkäuferin angesprochen.

»Ich finde, die Jacke steht Ihnen ausgezeichnet.«

Lina blickte etwas erschrocken auf.

»Was? Ach ja?«

Die Verkäuferin führte sie vor einen großen Spiegel und stellte sich hinter sie.

»Todschick. Der gleiche Ton wie Ihre Augen, junge Dame.«

»Ich wollt eigentlich nur mal …«

»Und ich glaube, Sie haben Glück. Dieses Modell ist um … zehn Prozent reduziert.«

»Was kostet sie denn?«, wollte Lina wissen und stellte den Kragen hoch, während sie sich im Spiegel begutachtete. »Ich hab nämlich kein Preisschild gefunden.«

»Der neue Preis ist sechshundertfünfundsiebzig Euro.« Die Dame grinste breit und gütig. Alberta sah, wie Lina die Röte ins Gesicht stieg, und eilte ihr zu Hilfe.

»Lina, da bist du ja«, sagte sie, und die beiden drehten sich zu ihr herum.

»Ah, da kommt ja die Mama!«, sagte die Verkäuferin erfreut.

»Das ist nicht …«, begann Lina und kochte in der Winterjacke wie ein Hummer im Wasser.

»Ihre Tochter hat sich eine wunderbare Jacke ausgesucht«, redete die Verkäuferin da schon weiter, »und ist ganz hingerissen von ihr. Schauen Sie doch mal …«

Alberta nickte anerkennend. »Ganz toll, wirklich. Aber wir suchen eigentlich eher etwas für mich«, meinte sie. »Meine Tochter wollte mir helfen, ein Abendkleid zu finden.«

Das Lächeln der Verkäuferin verschwand, als hätte man es ihr aus dem Gesicht geschlagen.

»Ach … ein Abendkleid … für Sie?« Sie traute sich kaum, auf Albertas Maße zu schauen, und ihre Augenlider begannen wild zu flattern. »Tja, nein, also … Abendkleider haben wir … ist nicht unsere … äh … äh … führen wir gar nicht.«

»Ach, wie schade«, sagte Alberta fröhlich, während Lina sich aus der Jacke zu schälen begann. »Könnten Sie mir denn ein Geschäft empfehlen?«

Die Dame riss erschrocken ihre Augen auf. »Für Sie? Ja, also … ich …« Ihre Mundwinkel begannen unschlüssig zu zucken, sie brachte nicht ein Wort über die Lippen.

»Vielleicht ein Outdoorladen?«, fragte Alberta. »Mit einer Zeltabteilung?«

»Was?«, stieß die Dame schrill hervor.

»Ich mach nur Spaß.« Alberta lächelte besänftigend und zwinkerte ihr zu.

Die beiden verließen den Laden. Lina atmete tief ein, als sie wieder auf den Platz traten.

»Und? Was gefunden?«, fragte Philip.

»Lina waren die Sachen zu billig, aber ich hab zwei Kleider gefunden, die bloß noch zusammengenäht werden müssen.«

Alberta lachte laut los, und Lina konnte nicht anders, als mit einzustimmen.

Sie marschierten weiter über den Platz, vorbei an der Kirche und die Oststraße hinauf bis zur Nebelhornbahn. Till wollte natürlich gleich hochfahren, er witterte die unglaublichen Motive, die sich dort oben auftun würden, aber Philip vertröstete ihn auf später, weil sie zuerst ihre Angelegenheiten in der Skischule regeln wollten. Die lag nur ein paar Meter weiter links. Lina blieb an der Tür des Ladens stehen wie ein Pferd, das vor einem Hindernis verweigerte.

»Leute, die lachen uns doch aus. Man kann im T-Shirt rumlaufen, so warm ist es hier. Wir sind hier mit Sicherheit die einzigen Idioten, die nach einem dämlichen Skikurs fragen.«

»Du kannst ja so tun, als würdest du nicht zu uns gehören«, schlug Alberta vor und streckte die Hand nach der Türklinke aus. Als sie die Tür aufzog, war der Laden brechend voll. Überall probierten Menschen Skistiefel an, stapften damit auf dem Teppich herum und standen in Schlangen an den Kassen.

»Was is'n hier los?«, entfuhr es Lina, und sie starrte mit offenem Mund auf das rege Treiben.

»Hier kannscht an Skikurs b'lege«, begrüßte sie lächelnd ein junger, gut aussehender Mann mit blondem Vollbart, und Lina errötete ein zweites Mal an diesem Tag. »Griaßt euch, was kann ich für euch tue?«

»Wir wollen alle einen Skikurs machen und brauchen die volle Ausrüstung«, antwortete Alberta.

»Jafrile. Also viermal Stiefel, Skier und Helme. Fangen wir doch bei die Kleinen an. Was habts ihr denn fia a Größe?«

Till sah Alberta verzweifelt an.

»Was hat er gemeint?«

»Deine Schuhgröße.« Alberta lächelte.

»Ach so. Vierunddreißig.«

»Vierunddreißig. Und du?«, fragte er Lina, deren Gesicht in ein noch tieferes Rot wechselte. Sie konnte nichts sagen, sah den jungen Kerl nur fasziniert an. Alberta und Philip wussten sofort, was los war.

»Dei Größe?«, wiederholte er fast liebevoll.

»75 B«, hauchte sie.

Der junge Mann zuckte kurz zurück, und erst jetzt schien Lina aus ihrer Trance zu erwachen. Sie ahnte nur, dass sie etwas nicht so Passendes gesagt haben musste.

»Äh … tja, also …«, stammelte er.

»Die junge Dame hat Schuhgröße neununddreißig«, half Alberta aus.

»Guat«, sagte er dankbar und verschwand zwischen den hohen Schiebeschränken an der hinteren Wand.

»Hab ich was Falsches gesagt?«, wollte Lina flüsternd von Alberta wissen.

»Du hast gesagt …«, hob Till, der nicht die geringste Ahnung hatte, was diese Zahl bedeutete, laut an. Doch Philip hielt ihm den Mund zu, ehe er es für den mit gut dreißig Personen gefüllten Laden gut hörbar hinausposaunen konnte.

»Dreiundneunzig, Schätzchen«, entgegnete Alberta, »du hattest einen Zahlendreher.«

Till wollte protestieren, doch schon legte sich Philips Hand wieder über seinen Mund.

Der junge Mann kam mit zwei Paar Skistiefeln zurück und bat Lina und Till, sich zu setzen.

»Seids scho mol g'fahre?«

Wieder schaute Till ratlos auf.

»Nein, noch nie«, antwortete Alberta für ihn.

Er erklärte den beiden, wie man in die Stiefel einzusteigen

hatte, und führte Linas Fuß vorsichtig in den Schaft. Alberta glaubte, dass sie bald kollabieren würde, so sehr glühte sie vor sich hin.

»Und jetzed zu euch beidn. Habts ihr scho Erfahrung?«

»Ich ein bisschen. Ich bin als Kind mal in der Schule gefahren«, sagte Alberta.

»Also keine Erfahrung«, präzisierte er.

Alberta schürzte ein wenig beleidigt die Lippen, weil sie mit dieser Aussage nicht ganz einverstanden war.

Als alle die passenden Stiefel hatten, schickte der fesche junge Mann sie – sehr zu Linas Enttäuschung – zu seinen Kollegen in den Nachbarraum, wo sie die Skier bekommen sollten. Hier warteten bereits andere Kunden in zwei Schlangen darauf, bedient zu werden. Ständig kamen neue Leute herein oder gingen hinaus und wurden begrüßt und verabschiedet. Die meisten schienen Stammgäste zu sein, denn die Skilehrer und Mitarbeiter hier kannten bereits oder immer noch ihre Namen. Sie stellten sich an dem Schalter an, an dem ein zünftig wirkender Mann mittleren Alters mit gebräunten Wangen und einer weißen Aussparung um die Augen die Kunden betreute. Der Stress und die Hektik machten ihm offenbar nichts aus, denn er strahlte übers ganze glänzende Gesicht und machte immer wieder Scherze, während aus den Regalreihen hinter ihm lautes Gelächter von seinen Kollegen herüberdrang.

Lina und Till waren schon ungeduldig geworden, sie schwitzten und nörgelten, als sie endlich an der Reihe waren und Jochen, wie auf einem Namensschild auf der Brust des Mannes zu lesen stand, sich um sie kümmerte.

»Griaß Gott! Was kann i füa euch tue?«

»Wir brauchen Skier. Die ganze Familie«, erklärte Alberta. Er sah ihr abschätzend auf den Bauch.

»Füa di auch?«

»Sicher. Warum denn nicht?«, fragte sie nach. Till, Lina und Philip traten sicherheitshalber einen Schritt zurück, für den Fall, dass Alberta gleich in die Luft ging.

»Na, i mein ja nua … die meischten Muttis von deinem

Kaliber bleibe lieber drunten und gucke zua«, entgegnete er lächelnd.

»Was für *Muttis* meinst du denn genau?« Alberta stemmte die Hände in die Hüften.

Auch die anderen Gäste wurden nun auf die Szene aufmerksam und schauten zu ihnen herüber.

»Na, solche herrlichen Prachtbomben wie du!« Er lachte los, ohne sich dabei lustig machen zu wollen. Es war ein ehrliches Statement, tief aus seinem Herzen.

Alberta entspannte sich. Der Rest des Ladens jedoch hielt den Atem an. Es war auf einmal mucksmäuschenstill.

»Das«, sie erhob ihre Stimme und den Zeigefinger zugleich, »ist wahrscheinlich eins der tollsten Komplimente, die ich je bekommen habe, mein kleiner Goldbär.« Sie kniff ihn in die Wange, und hinter ihm im Lager kreischten seine beiden Kollegen vor Lachen auf. »Diese Prachtbombe jedenfalls fährt. Und zwar mit Vollgas«, sagte Alberta und stellte ihre Schuhe auf den Tresen.

»Des isch a Frau nach mei'm G'schmack!«, freute sich Jochen und holte einen Zettel hervor. »Dann brauch i jetzed a paar Angaben von dia.«

»Gern.«

»Größe?«

»Eins neunundsechzig.«

»Schuhgröße?«

»Neununddreißig.«

»G'wicht?«

Wieder wurde es still im Laden. Jochen blickte entschuldigend auf.

»Einhundertneunundzwanzig Komma vier!«, sagte Alberta laut und deutlich. Ein belustigtes Raunen ging durch den Raum.

Jochen grinste und schielte wieder auf sein Blatt.

»Joa, guat, des gibt's nit mehr auf meiner Skala«, meinte er, »I schreib einfach … äh … maximal. Hascht Erfahrung?«

»So einige.«

»Mit'm Ski, mein i.«

»Ja, als Kind bin ich mal gefahren.«

»Also keine.« Er machte einen Strich in die Zeile. »Dann geb i dir a'n schönen kurzen und nit so schnellen Ski, damit du mit dei'm G'wicht nit gleich h'nunter ins Tal kachelst, gell?«

Sie lachten beide, und im Lager erklang ein schallendes Echo.

Jochen füllte drei weitere Zettel für Philip, Lina und Till aus und verschwand im Lager. Als er zurückkam, stellte er die Skier für die ganze Familie ein. Die ganze Zeit über standen sie, sehr zu Linas Missfallen, im Zentrum der Aufmerksamkeit aller Anwesenden.

»So, isch fertig«, sagte Jochen und klatschte in die Hände. »Drüben im Depot könnts ihr die Stiefel abstelle, und morgen um neun treffen wir uns alle hier vorm Laden wieder. Dann geht's mit die Busse h'nauf!«

»Ich versteh die einfach nicht«, klagte Till, »sind wir wirklich noch in Deutschland?«

Jochen warf seinen Kopf in den Nacken und lachte laut.

»Da g'wöhnst di scho dran.«

»Hä?«

Wieder lachte der gesamte Laden, und die vier zogen mit ihrer Ausrüstung von dannen.

»Merkt euch bloß eure Nummern, Kinder«, warnte Philip, als er im Depot auf der anderen Straßenseite die vielen anderen Skier sah, die alle gleich aussahen.

Sie suchten sich eine freie Stelle und hängten ihre Stiefel dort dicht beisammen.

»So«, sagte Alberta. »Ich finde, jetzt haben wir uns was Ordentliches zu essen verdient, was meint ihr?«

»Dann kannst du die hundertdreißig noch vollmachen«, meinte Lina trocken.

»Lina!«, drohte Philip.

»Was denn? Der Typ im Laden durfte sich auch lustig machen.«

»Das ist was anderes.«

»Ach ja? Der is'n Fremder, und ich bin immerhin ihre Tochter. Also … Stieftochter«, korrigierte sie sich, und Alberta nahm sie dafür in den Arm.

»Sieh nur, wie lieb sie zu mir ist«, sagte sie zu Philip.

»Ja, ja«, grummelte Lina. »Jetzt lass mich wieder los, bevor du mir das Genick brichst.«

Sie schlenderten durch die Fußgängerzone zurück zum Hotel. Es war inzwischen dunkel geworden, warmes Licht fiel aus den Fenstern auf die Bürgersteige. Sie waren hungrig und gingen gleich in den Speiseraum des Hotels, wo sie an ihrem gedeckten Tisch Platz nahmen. Frau Schelm kam aus der Küche und begrüßte sie freundlich.

»Was gibt's denn heute?«, fragte Lina.

Till nahm die Karte zur Hand, die auf dem Tisch auslag, und begann zu lesen.

»Okay, jetzt ist klar, dass wir im Ausland sind«, verkündete er. »Ich kapier nix von dem, was hier auf der komischen Karte steht.«

»Soll ich euch was sagen?« Alberta überflog die Karte und legte sie wieder beiseite. »Ich kann's auch nicht erklären. Wir müssen fragen.«

»Familie Reimers/Rose«, sagte Frau Schelm, als sie an den Tisch kam und eine Hand auf Albertas Lehne legte, »was kann i für Sie tue?«

»Ja, wir bräuchten eine Erklärung für … so einiges«, begann Alberta, und Frau Schelm fing an zu grinsen. »Wir können nicht mal die Karte lesen. Kutteln, Flädle, Kraut …«

»Des isch scho a Problem, gell? Also gut, dann wollen wir mal sehen«, ergänzte sie in perfektem Hochdeutsch und erklärte ihnen das gesamte Drei-Gänge-Menü in allen Einzelheiten in verständlicher Sprache. Die Kinder staunten und wunderten sich anschließend noch eifriger über die Portionen, die wenig später serviert wurden. Till konnte kaum über seinen Teller gucken.

»Ist das für die ganze Woche?«

Am Nebentisch begann ein Ehepaar zu lachen und schaute belustigt zu ihnen herüber.

»Sei still, die Leute gucken schon«, fuhr Lina ihn an.

»Guten Appetit«, wünschte Philip, »willkommen in Oberstdorf. Möge der Urlaub … sagen wir mal, weniger aufregend verlaufen als der letzte.« Er hob sein Bierglas, und sie stießen an.

Alberta dachte kurz an letztes Jahr zurück, als man ihre Standesbeamtin während der Hochzeitszeremonie erschossen hatte. Nein, in der Tat, da wünschte sie sich für diesen Urlaub gewaltfreiere Tage. Sie freute sich aufs Skifahren und hoffte, dass sie schnell wieder lernte, wie man auf den Skiern stand. In der Schule hatte sie sich ganz geschickt angestellt.

Sie aßen in Ruhe zu Abend, auch wenn keiner von ihnen die Teller leeren konnte. Im Apartment legten sie sich danach völlig erledigt sofort in die Betten. Um acht Uhr mussten sie zum Frühstück unten sein, um neun war Abfahrt vor der Skischule.

3

Alberta hatte so fest geschlafen, dass sie sich beim Aufwachen an keinen Traum erinnern konnte. Sie konnte sich genau genommen kaum daran erinnern, wie sie ins Bett gekommen war. Auf jeden Fall hatte sie zu viel gegessen. Das Drei-Gänge-Menü lag wie ein schwerer Kloß in ihrem Bauch.

»Ach du Scheiße!«, hörte sie Lina im Nebenzimmer rufen. Es klang nach einem Notfall. Also sprang Alberta aus den Federn und rechnete schon damit, dass Till sich das gestrige Menü noch mal »durch den Kopf hatte gehen lassen«. Aber im Kinderzimmer, das ja eigentlich das Elternschlafzimmer war, stand Lina vor dem Fenster, während Till verschlafen von seiner Schwester zu Alberta blinzelte.

»Was ist?«, fragte sie atemlos. Jetzt erschien auch Philip hinter ihr.

»Mmh?«, machte er nur.

»Seht euch das an!« Lina zog mit einem Ruck die roten Gardinen auf.

Weiß! Alles war weiß! Draußen lagen bestimmt dreißig Zentimeter Schnee. Die Landschaft, der Ort, die Autos auf der Straße, alles war in einen dicken, bauschigen weißen Mantel gehüllt.

»Alter!«, rief Till und griff instinktiv zu seiner Kamera.

»Krasse Scheiße«, sagte Lina fasziniert und überrascht zugleich.

Niemand widersprach ihr. Es war wie ein Wunder. Ein echt krasses Wunder. Wie hatte das vor sich gehen können, wo doch gestern noch Frühling gewesen war? Einfach so, über Nacht. Nur noch vereinzelt niederrieselnde Flocken erinnerten daran, dass all diese Schneemassen aus den bläulichen Wolken gefallen sein mussten, die am Himmel hingen, sich in der Morgendämmerung aber bereits wieder auflösten.

»Als ob man den Ort mit einer riesigen Schneekanone zugeballert hätte«, meinte Till, während er auf das Display starrte. Besser hätte man es nicht ausdrücken können.

»Tja.« Alberta erholte sich als Erste von dem Schock. »'s is Skiurlaub, meine Lieben. Auf geht's!«

Als sie frühstückten, dröhnten draußen vor dem Fenster die Schneeschieber durch die Straßen und Gassen und warfen ihr orangefarbenes Licht auf den Neuschnee.

Wieder in ihrer Wohnung, stopften sie sich in die neu gekauften Skiklamotten, die auf keinen Fall von Lidl hatten sein dürfen, wie Lina sofort zur Bedingung gemacht hatte. Sie wolle nicht wie diese asozialen Kinder rumlaufen, bei denen man auf den ersten Blick erkannte, dass ihre bescheuerten Eltern ihnen Klamotten für drei Euro fünfzig gekauft hatten, weil sie ihr Hartz-IV-Geld schon für einen neuen Plasmafernseher verballert hatten, hatte sie ihrem Vater erklärt.

Till war das völlig egal, Philip musste ihm nur eine Befestigung für seine GoPro auf den Helm montieren, und alles war für ihn in Butter.

Vor der Skischule herrschte großer Andrang.

Lina hob irritiert die Augenbrauen. »Wird der Ort evakuiert oder was?«

»Nein, die wollen alle Ski laufen«, antwortete ihr Vater.

»Na, viel Spaß. Das geht ja gut los.«

Sie zwängten sich zwischen den Leuten hindurch ins Depot, suchten ihre Ausrüstung zusammen und gingen rüber ins Geschäft.

»Scheiße, meine Skier sind weg«, meinte Lina.

»Meine auch«, pflichtete Till ihr bei.

»Habt ihr euch denn nicht die Nummern gemerkt, verdammt?« Bei Philip lagen die Nerven schon wieder etwas frei.

»Die Skier wurden von der Skischule schon mitgenommen, die müsst ihr oben am Berg raussuchen«, klärte sie ein Mann in dunkler Jacke und hellem Schal auf, der nicht so aussah, als würde er Ski laufen gehen.

»Ah, danke«, sagte Alberta, »wir sind Anfänger, ist unser erster Tag.«

»Draußen bei den Skilehrern erfahrt ihr, wo ihr hinmüsst«, sagte der Mann und deutete auf die Straße.

Sie warfen sich ins Getümmel und fanden schließlich Jochen,

der glänzend und strahlend wie gestern in der Morgensonne stand und die Leute einwies.

»Ahhh, die Prachtbombe!«, sagte er und breitete die Arme aus.

»Wo müssen wir denn hin?«

»Nur die Spitzenfahrer werden heut gleich h'nauf ans Nebelhorn g'bracht. Ihr könnts in jeden Bus steige, den ihr wollt. Die fahrn heut alle zum Söllereck.«

»Und welchen Lehrer kriegen wir dann?«, fragte Philip.

»Des wird am Berg entdschied'n. Dich nehm ich auf jeden Fall unter meine Fittiche«, sagte er zu Alberta und legte lachend einen Arm um ihre Schultern.

Es kam Bewegung in die Menge, als der erste Bus vorfuhr. Anscheinend wollten gleich alle dreihundert Menschen hier darin unterkommen und stürmten ihn wie eine Flüchtlingsgruppe, die aus dem Krisengebiet gebracht werden sollte. Alberta und Philip hielten die Kinder zurück und warteten auf den zweiten Bus. Vor ihnen spielten sich dramatische Szenen zwischen Eltern und Kindern ab, die getrennt worden waren und nun durch die Scheiben des Busses hindurchzuschreien versuchten, um sich zu verständigen. Die Skilehrer gaben ihr Bestes, um die Familienzusammenführung zu ermöglichen, oder versprachen, sich um die Kinder zu kümmern, bis sich alle am Söllereck wiedertreffen würden.

Das Einsteigen in den zweiten Bus erfolgte wesentlich gesitteter und ruhiger, doch am Ende war auch dieser bis auf den letzten Stehplatz gefüllt. Die Heizung lief auf Hochtouren, und alle fingen an, in ihren Skiklamotten wie die Affen zu schwitzen. Alberta und Philip standen eingequetscht in der Kinderwagenecke. Hinter ihnen saßen zwei Jungen im Alter von vielleicht vierzehn oder fünfzehn Jahren. Sie trugen eierschalenfarbene Skianzüge mit Pudelmützen der gleichen Farbe und hatten ihre Skibrillen bereits auf den Nasen. Hinter vorgehaltener Hand tuschelten sie und zeigten immer wieder auf Alberta.

»So'n fetter Hefekloß!«, flüsterte der Kleinere der beiden und kicherte.

»Wenn die sich an die Scheibe lehnt, kippt bestimmt der Bus um.« Der Größere nickte eifrig über seinen eigenen Witz und lachte lautlos.

»Wusste gar nicht, dass Elefanten auch Ski fahren dürfen«, entgegnete der andere, und sie wären vor Lachen beinah mit den Köpfen zusammengestoßen.

Lina, die neben ihnen auf dem Gang stand, hatte aufmerksam zugehört. »Darf ich mal?«, fragte sie eines der Mädchen, das von ihrer Mutter getrennt worden war und nun an ihrer Hello-Kitty-Trinkflasche nuckelte, um sich zu trösten. Die Kleine händigte Lina ihre Flasche aus und sah zu, wie diese sich über die beiden Jungen beugte und jedem in aller Seelenruhe einen kräftigen Strahl Wasser zwischen die Beine spritzte. Sie waren so überrascht, dass sie gar nichts sagen, sondern nur verdattert gucken konnten. »Danke«, sagte Lina zu dem staunenden Mädchen und gab ihr die Flasche zurück.

Für den Rest der Fahrt waren die Jungs still und Lina zufrieden.

Nach einer knappen Viertelstunde sprangen alle erleichtert aus dem Glutofen des Businnern an die kalte, frische Luft. Mit den schweren Skistiefeln an den Füßen marschierten sie polternd den Anstieg hinauf bis zur Hütte der roten Schule, an der wie ein bunter Jägerzaun aufgereiht die Skier standen.

»Gott, ich bin jetzt schon völlig durchgeschwitzt«, stöhnte Philip und verschnaufte.

Alberta, Till und Lina schauten zu, wie die Gondeln die Station verließen und am Seil nach oben schwebten.

»Kommt, wir müssen unsere Bretter suchen«, sagte Philip dann.

Als sie die Reihe abgingen, hörten sie, wie jemand rief: »Guckt euch *die* an, voll eingepinkelt, haha!«

Sie drehten sich um und sahen zwei Jungen mit nassen Flecken im Schritt verschüchtert den Berg heraufkommen. Alle Kinder fingen an zu lachen, woraufhin sich die beiden schmollend an die Seite setzten und ihre nassen Hosen unter ihren Helmen versteckten.

»Wie kann denn so was passieren?«, fragte Alberta. »Die sind doch schon bestimmt fünfzehn oder so.«

»Tja«, meinte Lina leichthin und zuckte mit den Schultern. »Bis man aus diesen Anzügen raus ist, kann's manchmal schon zu spät sein.«

Als sie ihre Skier gefunden hatten, gingen sie zunächst zu Jochen, der schon eine Schar von Menschen um sich versammelt hatte.

»Alberta, kommts ihr a scho?«

»Bleiben wir jetzt bei dir?«

»Na, die Kinder auf jeden Fall nit, des mach'n die Lisa und der Toni da drüben. Wie alt bischt du denn?«, fragte er Lina und stützte lässig einen Arm auf seinen Skistock.

»Dreizehn.«

»Dreizehn ...« Er leckte sich schmatzend die Lippen. »Da kannscht di entscheid'n, ob du mit dei Eltern im Kurs bleibscht oder mit dei kleinem Bruder.«

Lina wusste offensichtlich nicht, was sie tun sollte. Es war die klassische Entscheidung zwischen Not und Elend.

»Dei Bruder geht auf jed'n Fall ins Hasiland«, erklärte Jochen.

»Hasiland?«, wiederholte Lina mit einem Anflug von Entsetzen in der Stimme.

»Joa, da gehen die Anfänger immer hin.«

Lina blickte zu Alberta und Philip. Beide lächelten aufmunternd.

»Ach Scheiße, dann geh ich halt mit Till. Einer muss ja auf ihn aufpassen.«

»Kannst auf dich selber aufpassen«, gab Till zurück, und beinah wären ihm die Skier aus dem Arm gefallen.

»Klei, aber wehrle, gell?«, freute sich Jochen über Till.

Alberta und Philip brachten die beiden zu ihrer neuen Gruppe um Lisa und Toni. Toni stand gerade mit dem Handy am Ohr vor den beiden immer noch verdrossen dahockenden Jungen mit den nassen Hosen.

»Ja ... ja ... zwai Kerle«, rief er ins Telefon. »Wie heißt ihr?«

»Fred und Tom«, murrte der Größere, ohne den Kopf zu heben.

»Fred und Tom«, gab Toni weiter und wartete auf eine Antwort. »Ja, super. Was mached mir jetzed? Guat, aber die beid'n Seckl ham noch nit amol Handschuh mit!« Er legte wütend auf.

»Und?«, fragte seine Kollegin.

»Die sollten in der Fortgeschrittenengruppe ob'm am Nebelhorn sein. Stattdessen sitzed s' hier, und mir müssen uns um sie kümmere. I besorg jetz a paar Handschuh für die Deppen.«

»Okay, wir lassen euch dann mal allein«, sagte Philip und nahm beide in den Arm. »Ich wünsch euch viel Spaß. Wenn was ist, die haben unsere Handynummer, alles klar?«

»Ja, Papa, die hab ich doch sowieso«, erinnerte ihn Lina genervt.

»Macht's gut, ihr beiden, und viel Spaß! Vielleicht können wir ja später noch mal zusammen fahren.«

»Mmh-mh.«

Alberta und Philip winkten und mischten sich dann wieder unter die Teilnehmer des Anfängerkurses für die Erwachsenen.

»So, ihr Lieben«, begann Jochen, und ein zweiter Skilehrer gesellte sich zu ihm. Er war schlank und hatte schon graues Haar, obwohl er im Gesicht noch recht jung aussah. Er lächelte lustig in die Runde und schien jeden der Umstehenden einmal auf seine Fähigkeiten hin abzuschätzen. An Alberta blieb sein Blick einen Moment länger haften. »I bemüh mich, so zu spreche, dass alle mich verstehe. Die graue Eminenz neben mir isch mei g'schätzter Kollege Schtavros aus dem Skimekka Griechenland. Wir werden den Kurs unter uns aufteile, weil des sonscht einfach z'viel des Guat'n isch. Also, wer von euch isch denn noch nie auf Skiern g'stande?«

Zaghaft gingen einige Hände in die Höhe, und auch Philip hob den Arm, überrascht, dass Alberta es nicht tat.

»Was ist?«, flüsterte er.

»Na, ich hab schon mal draufgestanden, wie oft soll ich dir das noch sagen?«

»Ja, des sieht doch fascht nach einer g'rechten Aufteilung für mich und den Skiexperten aus den griechischen Alpen aus«, sagte Jochen zufrieden und klatschte in die behandschuhten Hände. »Die noch ganz Grünen hinter'n Ohren kommen zu mir, der überschaubare Rescht der Bande geht mi'm Stavros scho an bissl höher an'n Berg.«

»Ich würd gern bei meinem Mann bleiben«, meldete sich Alberta zu Wort. »Kann ich auch noch zu dir?«

»Du kommscht sowieso zu mir, egal, was dei Mann macht!«

Er lachte und schlug Philip auf die Schulter.

»So, folgts mir bitte alle da nüber!« Er deutete weg vom Berg auf die gegenüberliegende Straßenseite, wo sich die Sommerrodelbahn und eine Kinderstrecke mit Förderband befanden. Rechter Hand führte die schmale Straße zu zwei Hütten mit Restaurant und Hotelgewerbe, der »Alpe« und dem Gasthof »Bergkristall«.

Jochen stellte seine Skier und Stöcke an die Seite der kleinen, flach abfallenden Kinderpiste, und alle taten es ihm nach. Dann drehte er sich mit dem Rücken zum Abhang und forderte sie auf, einen Halbkreis zu bilden.

»So, des isch also unsre hübsche Gruppe«, begann er und blickte kurz zum Himmel, an dem sich die letzten Wolkenreste auflösten und die Sonne herauskam, was sein Gesicht nur noch mehr glänzen ließ. »Der Wetterb'richt hat für heut Nachmittag ei pfundigen Sturm angekündigt, also verschwend'n mir mol nit so viel Zeit und schaue, was wir so hinbekomme.«

Alle blickten ungläubig zum Himmel, der so klar und blau war, dass es Sommer hätte sein können. Außerdem wurde es spürbar wärmer.

»Am besten stellts euch alle mal kurz vor, dass wir wissen, mit wem wir's zu tue ham. Namensschilder habts ihr ja alle.« Er wandte sich an den Mann, der Alberta und Philip unten im Lager geholfen hatte und so aussah, als wolle er gar nicht fahren, weil er nur eine Art Anorak trug und einen hellen Schal. Er wirkte eher wie ein Spaziergänger. Auch seine recht massige Statur ließ nicht sofort darauf schließen, dass er Skifahrer war, aber danach wollte Alberta sowieso nicht urteilen. Ein Esel soll den anderen nicht Langohr schimpfen.

»Hallo«, sagte der Mann ohne zu lächeln und rückte seine schwarze Sonnenbrille höher auf die Nase, »mein Name ist Peter.«

»Wo kommscht du her?«, fragte Jochen.

»Oh, aus … äh … Erlangen.«

»Bin i nie g'wese. Du müschtest mal dei Schal abschnüre, der hat hier auf der Piste nix verlore. Da hängst die nachher nur auf wie am Galge, und i bin dann der G'lackmeierte.«

Peter wickelte den Schal ab und behielt ihn erst mal in der Hand, während jetzt Philip dran war, sich vorzustellen.

»Ja, hallo. Ich bin Philip und komme aus Berlin.«

»Und die Prachtbombe neben dir, des isch dei Frau G'mahlin, gell?«

Jochen freute sich wie ein Schneekönig, und die anderen Teilnehmer waren etwas erstaunt, wie direkt er war.

Alberta nickte. »Mein Name ist Alberta«, sagte sie und blickte zu ihrem Nebenmann. Der trug eine Skijacke und -hose älteren Datums. Farben und Schnitt ließen auf die frühen neunziger Jahre schließen, doch Alberta erkannte an dem kleinen Reißverschlussanhänger in B-Form, dass er sich damals nicht bei Lidl eingekleidet hatte. Bogner war mehr etwas für die Nicht-Lidl-Kunden.

»Mein Name ist Jens, ich komme aus dem schönen Dresden. Und im Übrigen stimme ich mit deiner Aussage überein. Die Isobarenwerte heute früh haben deutlich gezeigt, dass es Verschiebungen in den höheren Luftschichten geben wird. Das Druckgefälle wird rapide zunehmen und uns später hübsch die Frisur zerzausen. Das jetzt ist nur die sprichwörtliche Ruhe vor dem Sturm.«

Alle blickten ihn verdutzt an.

»Bischt ei Metereologe?«, fragte Jochen.

»Met*eo*rologe«, korigierte Jens. »Nein, das ist nur'n bisschen Halbwissen aus reinem Interesse.«

»Joa, wer nix and'res find zum B'schäftigen … Der neagchste bitte!«

Neben Jens stand eine kleine, zierliche Frau, die optisch ein wenig herausstach, weil ihre Skikleidung nicht wie die der anderen aus Kunststoff oder Polyester zu bestehen schien, sondern aus natürlichen Materialien. Ihre dicke Jacke, die mit einem indianisch anmutenden Muster versehen war, war aus einem Stoff gefertigt, den Alberta noch nie gesehen hatte. Auch ihre Hose war auffällig anders und wirkte irgendwie steif, weshalb Alberta nicht glaubte, dass es ihr gelingen würde, beim Skifahren ihre Knie zu beugen.

Auch Jochen war das wohl aufgefallen, denn er verzog etwas befremdet den Mund, als er sie musterte.

»Mein Name ist Leigh Majors. Ich komme gebürtig aus Elend im Harz, bin aber in meinem früheren Leben Schoschonin gewesen.«

Jochen blinzelte, ansonsten war er wie versteinert.

»Schoscho…«, wiederholte er und nickte angestrengt. »Scho recht. Und du heischt Lee Majors, wie der Schauspieler?«

»Wie wer?«, fragte sie mit piepsiger, aber freundlicher Stimme. Sie hatte ein nettes Lächeln und war mit ihrem langen schwarzen und irgendwie indianischen Haar ganz hübsch anzusehen. Das Einzige, was störte, waren ihre recht streng wirkenden, sehr buschigen Augenbrauen, die sie fast ein wenig männlich wirken ließen.

»Na, Lee Majors, der Kerl aus der Serie. Hier, wie hieß die noch glei … a joa … ›Ein Colt für alle Fälle‹.«

»Nein, den kenn ich nicht«, piepste sie.

»A kloar, der Schtuntman, der immer Z'garre raucht in der Badewanne!«, bekräftigte Jochen.

Allmählich wirkte sie etwas verstört.

»Okay, muass man nit kenne«, wiegelte er ab und wandte sich schnell an den Nächsten. »Und dua?«

»Ick bin der Rainer aus Berlin, jetzt Braunschweig«, sagte der Mann nüchtern und mit zusammengepressten Lippen inmitten eines dichten Vollbarts. Er mochte so um die fünfzig sein, trug ein Stirnband, das seine lockigen grau melierten Haare zusammenhielt, und war groß gewachsen.

»Ah, noch een Berlina, wa?«, rief Alberta und lächelte ihm

zu. Er bedachte sie mit einem distanzierten Seitenblick, der seine Wirkung nicht verfehlte. Alberta verzog den Mund und stellte sich wieder brav in die Reihe.

»Und die beiden Letschten …«, sagte Jochen und lenkte die Aufmerksamkeit auf zwei junge Damen, die sehr moderne Skikleidung trugen und beide unterschwellig aggressiv wirkten, was von ihren Piercings in den Augenbrauen, dem Drachen-Tattoo an der Schläfe der linken und dem Totenkopf-Tattoo auf dem Kehlkopf der rechten noch unterstützt wurde.

»Kathrin«, sagte die linke.

»Marie«, die rechte.

»Wohnt ihr au irgendwo oder seids Nomaden?« Jochen lachte, doch der Funke sprang nicht über. Sie blickten ihn an, als hätte er ihre Mutter schwer beleidigt.

»Bochum«, sagte Kathrin feindselig.

»Okay, dann würd i sagen, dass …«, begann Jochen, doch ehe er weitersprechen konnte, vernahmen sie einen immer lauter anschwellenden, lang gezogenen Schrei und blickten hoch zum Berg, wo ein Fahrer aus Stavros' Gruppe ohne Jacke, Helm und Stöcke wild mit den Armen rudernd auf sie zugerast kam. Stavros fuhr eilig hinter ihm her. Der Mann hatte die Augen vor Panik weit aufgerissen und drohte ständig umzufallen, was er vielleicht besser einfach hätte tun sollen, denn er hielt direkt auf die Straße zu.

»Uuuhhooooaarr«, schrie er, kurz bevor er den Schnee verließ und seine Bretter auf den Asphalt hüpften. Das wirkte wie eine Vollbremsung. Die Skier blieben quasi stehen, während sich die Bindung knackend öffnete und der arme Kerl nach vorn katapultiert wurde. Er flog mit dem Kopf voran auf die Gruppe und die nächste Schneefläche zu, knallte der Länge nach auf den Bauch und rutschte den Abhang hinunter. Er wäre zwischen den Schülern und Jochen hindurchgerutscht, wenn Alberta sich ihm nicht geistesgegenwärtig in den Weg gestellt hätte. Sie ließ sich auf die Knie fallen, packte mit beiden Händen zu und stoppte so die Fahrt des Mannes. Stöhnend und ächzend lag er unter ihr. Stavros kam schnaufend zum Stehen.

»Aaaah, Maláka, was für eine Scheiße!«, fluchte er. »Alles okay? Hast du dir wehgetan?«

»Nein, glaub nicht«, sagte der Mann dumpf, denn er lag ja noch mit dem Gesicht im Schnee. Mit einer Hand drehte Alberta ihn um wie eine Puppe. Wie geistesabwesend blickte er in den immer noch klaren blauen Himmel. »Oh, Mann. Ich glaub, Ski fahren ist nichts für mich.«

Stavros und Jochen halfen ihm auf die Beine. Er zitterte richtig. »Wo sind meine Skier?«

»Da vorn«, sagte Alberta und deutete auf die Straße, wo die Bretter akkurat nebeneinanderstanden. Im Hintergrund konnte man die übrigen Kursteilnehmer zu Fuß kommen sehen.

»Aaah, Maláka«, fluchte Stavros wieder, »da kommen sie. Jochen, können wir zusammen den Kurs machen? Keiner von denen kann auf den Brettern stehen.«

Die beiden Frauen und der Mann waren ebenfalls schon mit Schnee in Kontakt gekommen, was einige Reste auf den Krägen und in den Haaren erkennen ließen.

»Also schö, kleine Planänderung!«, rief Jochen. »Aufgrund der doch nicht oder nicht mehr ganz vorhandenen Fähigkeiten legen wir die beiden Kurse z'sammen, und der Schtavros und i machen des jetz g'meinsam.«

Er klopfte den Schnee von dem Gefallenen und ließ seine Hand dann auf dessen Schulter liegen. Der Unglückliche konnte kaum aufblicken, so peinlich war ihm seine kleine Showeinlage. Eine Frau übergab ihm seine restlichen Sachen.

»Dann darfscht di a gleich amol vorstelle, wo d' dich schon so flott eing'bracht hascht.«

»Ja, ich bin der Martin.«

»Der Martin! Herzlich willkomme! Und ihr?«

Die linke der beiden Frauen war ganz in Weiß und Pink gekleidet, hatte dichte schwarze Locken und trug ebenfalls ein Stirnband. So ungeschickt, wie sie ihre Stöcke und Bretter im Arm hielt, musste ihre letzte Stunde auch schon ein paar Ewigkeiten her sein.

»Hallo, ich bin die Dörte«, sagte sie mit einer gewissen Härte in der Stimme und legte dabei fast beleidigt den Kopf schief.

Die beiden anderen waren offenbar ein Pärchen, das perfekte Skifahrerpaar, jedenfalls äußerlich. Sie hätten rein von der Optik her im Weltcup mitfahren können. Er mit einem sehr gepflegten Dreitagebart, scharf geschnittenen Gesichtszügen und sehr attraktiv wirkenden Lachfältchen um die Augen. Sie mit einem vollendeten Oval von Gesicht und hohen Wangenknochen über einem edel geschwungenen Mund. Ebenmäßiger Teint, große warme und dennoch leuchtende braune Augen. In einem Wort: Sportmodels.

»Ich bin Anita«, sagte sie.

»Und ich der Alexander«, ergänzte er, »wir sind aus Stuttgart.«

Beide sprachen völlig ohne Akzent, und auch sie trugen Jacken von Bogner, jedoch mit Brillen und Mützen von Porsche.

»Also, los geht's«, meinte Jochen mit etwas Eile in der Stimme und klatschte in die Hände. Ein kurzer Blick nach oben in den noch blauen Himmel, und dann ging's los. Sie mussten ihre Skier und Stöcke holen und sich nebeneinander am Hang aufstellen.

Jochen und Stavros standen ihnen gegenüber.

»Zuallererscht des Anschnalle«, dozierte Jochen. »Was sollten wir tunlichst vermeide, wenn wir die Skier anschnalle?«

Die Teilnehmer des Skikurses mussten sich erst wieder daran gewöhnen, in einer Schulsituation zu stecken und auf solche Fragen zu antworten. Wie immer waren es die Frauen, die sich schneller darin zurechtfanden, und Anita hob brav den Arm.

»Ja, bitte, schwätz ruhig einfach drauflos.«

»Na ja, wenn wir die Skier längs zum Hang stellen, rutschen sie uns weg.«

»Joa, fascht. Die Bindung isch heutzutage so gearbeitet, dass des nit mehr passieren kann, da kommt unten so eine Art Widerhaken h'naus. Aber wia rutschen, wenn wia erscht amol drinstecke, sofort h'nunter ins Tal. Des isch bei unsren Fähigkeiten noch nit so ideal. Da können Schtavros und ich euch alle unten aufklaube, wie unsren Martin hier. Also, erschte Regel: Skier immer quer zum Hang!«

Er warf seine Bretter nebeneinander vor sich in den Schnee.

»Macht des auch amol.«

Platschend ließen alle ihre Skier fallen, manche überkreuzten sich dabei oder verhakten sich in den Schnallen der Skistöcke. Es dauerte eine ganze Weile, bis die Bretter paarweise vor ihnen lagen.

»So, wer kann mir jetz amol sage, was der Berg-Ski und was der Tal-Ski isch?«

Wieder Stille wie in der Schule, bis sich Alberta zu Wort meldete, während Anita schon wieder die Hand hob.

»Der Tal-Ski ist der untere, weil er dem Tal näher ist. Der Berg-Ski ist dementsprechend der obere«, sagte sie.

»Aha«, rief Jochen aus, »des klingt verfluacht einleuchtend. Richtig! *Ein* Genie hom mir scho mol unter uns.« Er zwinkerte ihr zu und machte einen Schritt nach vorn. »Zuerscht bitte immer in den Tal-Ski einsteige!«, rief er und machte deutlich vor, wie es auszusehen hatte. »Warum isch des so? Weil i somit automatisch diesen Ski belaste und damit einen festen Stand habe. Jetzt macht ihr des bitte amol alle nach. Spitze h'nei und Hacke h'nunterdrücke.«

Die Gruppe trat in ihre Bindungen, drückte und presste, was das Zeug hielt, bis sich einer aus der Reihe löste und mit einem Ski wegzufahren drohte.

»Hallo, Hilfeee!«, rief Martin und suchte mit den Händen nach Halt. Jochen fing ihn auf.

»Parallel zum Hang, sonscht geht's eich wie unserm Martin hier.« Er schob Martin wie ein Ausziehregal zurück in die Reihe und prüfte, wie sich die anderen anstellten. »Des schaut do scho ganz guat aus. So, und jetzt den anderen Stiefel bitte.«

Sie schafften es alle, den zweiten Ski anzuziehen, und blieben auch alle stehen. Der eine oder andere wackelte zwar, aber sie standen auf Skiern. Jochen und Stavros stiegen nun selbst in ihre Bindungen, und in der zweiten Übung mussten sie versuchen, die Beine vor- und zurückzubewegen. Martin traute sich gerade mal ein paar Zentimeter zu, bevor er seine Beinschere wieder schloss. Alberta hatte wenig Mühe, sie gewöhnte sich schnell an die Gleitfähigkeit ihrer Skier und blickte immer wieder prüfend zu Philip, der noch ein wenig steif und unsicher wirkte.

»Mann, sind die schnell, die Skier«, flüsterte er.

»Ach, das fühlt sich nur so an«, gab sie beruhigend zurück. Neben ihr stieß Rainer einen Schrei aus und versuchte vergeblich, sich an ihrem Arm festzuhalten, bevor er im Halbspagat umfiel.

»Verdammte Scheiße!«, fluchte er.

Alberta wollte ihn schnell wieder hochziehen.

»Lass mich, bevor du Tonne ooch noch uff mich druffknallst!«

Alberta schürzte überrascht die Lippen. »Na, einen solchen Gentleman lasse ich natürlich gerne liegen.«

»Der soll lieber vorsichtig sein, was er sagt«, drohte Philip und klammerte sich an seine Skistöcke, um nicht ebenfalls wegzurutschen.

»Na, des isch do jetz a ganz wunderbare Situation«, bemerkte Jochen und kam näher. Rainer versuchte unterdessen erfolglos, sich hochzustemmen, und wurde immer ungehaltener.

»Wunderbar, wunderbar, hör doch uff zu quatschen und hilf mir lieber!«

»Na, da muscht dia scho selbst helfe. Des isch die beschte Übung, und an deinem Beispiel kann ich des amol guat erkläre.«

Er stellte sich direkt vor Rainer, der wütend schnaubte und ächzte, aber keinen Zentimeter hochkam.

»Solltet ihr in eine solche Situation kommen wie der Rainer …«

»Mensch, quatsch nicht so dämlich«, fuhr Rainer dazwischen, doch Jochen ließ sich nicht aus der Ruhe bringen.

»… dann gilt die Regel: Zuerscht die Skier zum Tal bewege, parallel, wie wir es scho g'lernt ham. Und dann mit dene Stöcke seitlich in den Schnee stemme und versuache, sich h'naufzudrücke.«

»Jottverdammte Scheiße, ick raste gleich aus!«, schrie Rainer und brachte alle seine Kräfte auf, um sich an seinen Stöcken hochzuziehen. Er schaffte es wahrscheinlich nur aus Wut wieder auf die Füße. »Ick lass mir doch nich von dir zum Affen machen«, brüllte er mit tiefrotem Gesicht und ausgestrecktem Zeigefinger.

»Guat g'macht, Rainer«, lobte Jochen ihn ungerührt, so als hätte er die Tirade seines Gegenübers gar nicht mitbekommen. »Im Tiefschnee isch des nomal doppelt schwer, aber hier am Kinderhang schaffts ihr des alle.«

Stavros fing an zu lachen und versuchte, es hinter seinem Handschuh zu verbergen. Das machte Rainer nur noch wütender. Er schlug sich den Schnee von der Jacke.

»Klappe halten, du dämlicher Grieche!«

»He«, rief Stavros nun gar nicht mehr amüsiert, »sei mal schön vorsichtig mit dem, was du sagst, Freundchen, sonst bring *ich* dir gleich das Skifahren bei.«

»Soooo, jetzt beruhig'n mir uns alle mol hübsch und halten uns a bisserl z'rück mit Aussagen, die mir später bereuen könnten«, sagte Jochen, um die überhitzten Gemüter wieder abzukühlen.

»Wenn dit Arschloch über mich lacht, jeht mir verflucht noch mal die Hutschnur hoch!«

»Als neagchstes«, Jochen hob seine Stimme, »üben wir, wie wir den Berg rauf- und wieder h'nuntergehen. Schtavros macht uns des amol eben vor.«

Mürrisch stiefelte Stavros seitlich auf den Kanten seiner Skier den Hang hinauf und setzte kleine, saubere, aber auch sehr harte Schritte.

»So, ihr machts des amol nach. Auch du, Rainer.« Jochen klopfte ihm aufmunternd auf die Schulter, und Rainer zog sie beleidigt zurück.

Scheppernd arbeitete sich die Gruppe mehrmals den Hügel rauf und wieder runter, bevor sie dann zum schweren Teil der Vorbereitungsmaßnahmen kamen: dem Drehen am Hang. Hierbei verloren sie in der Rückwärtsdrehung Leigh Majors, die mit weit aufgerissenen Augen, aber stumm rückwärts den Hang hinunterfuhr und erst von Schneewittchen, einer der Figuren, die für die Kinder als Slalomstangen aufgestellt worden waren, gestoppt wurde. Schneewittchen war nicht die letzte Figur in der Märchenreihe. Nach ihr kamen noch ein Zwerg und Micky Maus, der den Fehler in der logischen Reihe darstellte. Aber das tatsächliche Fahren musste immer noch warten, denn bevor man die Bewegung lernte, war es von Vorteil, wenn man auch das Bremsen beherrschte. Also erläuterten Jochen und Stavros den »Schneepflug«, den sie passend zum Kinderland, in dem sie fuhren, im Kinderjargon als »Pizza« betitelten.

Die Pizza war so etwas wie ein Lebensretter für die Anfängertruppe und vermutlich für jede Anfängertruppe überhaupt, doch einem in der Gruppe half leider auch das nichts, denn Alexander, der Porsche-Mann, bekam jedes Mal einen Krampf im Oberschenkel, wenn er die Skispitzen eindrehte, und musste sofort wieder auf »Pommes« umschalten, was so viel wie Schussfahrt bedeutete.

Beim ersten Mal raste er nach dem Krampf und einem spitzen Schmerzensschrei geradewegs auf Schneewittchen zu, wollte ihr ausweichen und lenkte irgendwie nach links, sodass er frontal gegen das Förderband knallte und seitlich darauf liegen blieb. Dabei musste er die Lichtschranke betätigt haben, denn das Förderband sprang ruckelnd an und förderte ihn in weniger als Schritttempo nach oben. Alberta fand, dass er durch diese Szene einen erheblichen Teil seines souveränen Sportmodel-Charismas einbüßte, erst recht, weil er beim Versuch, sich schnell wieder aufzurichten, wie Gregor Samsa mit den Beinchen in der Luft strampelte, was sich auf dem vierzig Zentimeter breiten Gummiband aber als wenig erfolgreich erwies. Stavros bog sich vor Lachen und machte keine Anstalten, ihm zu Hilfe zu kommen. Jochen jedoch katapultierte sich hastig zu einem roten Knopf, was komisch war, denn es sah so aus, als seien sie in einer Spielshow zugange und Jochen müsse den Buzzer erreichen, um das Spiel zu gewinnen. Er schlug darauf, und das Band stoppte. Im selben Moment bewegte sich auch Alexander nicht mehr. Beide Beine in die Luft gestreckt, lag er da wie der tote Maikäfer von Onkel Fritze.

»Alles in Ordnung?«, rief Jochen.

»Hhhnhhn«, antwortete Alexander etwas lädiert.

Alberta blickte zu Anita und war überrascht, dass sie mehr peinlich berührt als ernsthaft besorgt um ihn zu sein schien.

»Schatz? Geht's?«, rief sie.

»Ja, ja! So ein Mist aber auch …«, grummelte er, als Jochen ihm wieder auf die Beine half.

»Der berappelt sich schon wieder«, meinte Stavros zuversichtlich.

»Kannst ja so lange seine Frau trösten«, vernahm man da eine leise, aber klare, eiskalte Stimme.

Alberta sah sich um, weil sie die Stimme zunächst nicht zuordnen konnte. Stavros blickte betroffen zu Boden, und so, wie die anderen dreinschauten, konnte nur Dörte diesen Satz ausgesprochen haben. Wie versteinert starrte sie hinter ihrer Sonnenbrille auf die Rettungsaktion am Förderband.

»Der Neagschte!«, befahl Jochen lautstark, und Alexanders Frau grätschte den seichten Abhang hinunter, wobei sie derart mit den Armen ruderte, dass man meinte, sie wolle fliegen lernen.

Eine Stunde später waren sie schon so weit, dass sie in Pizza-Pommes-Pizza-Pommes-Pizza-Fahrweise den Hügel hinabgleiten und mit dem Förderband wieder hinauffahren konnten. Aus einem unerfindlichen Grund stoppte das Band immer mal wieder, dann fielen alle vornüber und Leigh Majors sogar einmal ganz herunter, was auch nicht wirklich an Colt Seavers erinnerte.

»Ganz wunderbar!«, rief Jochen, der am Fuße des kleinen Berges stand und zusammen mit Stavros seine Schüler beobachtete, erfreut. »Alberta macht des ganz hervorragend. Schauts eich des an!«

»Die dicke Wundernudel kann mir mal jestohlen bleiben«, sagte Rainer mehr zu sich selbst und leise, wie er dachte, doch seine brummige Stimme hallte deutlich den Hang hinunter bis an Albertas Ohren.

»Da möchte wohl eener mit mir aufm Förderband fahren, wa?«, gab Alberta an seine Adresse zurück, und Rainer, der gerade losfuhr, wäre fast gestolpert. Jochen und Stavros lachten unverhohlen und schüttelten den Kopf. Alberta wartete tatsächlich auf den Grantler und blickte kokett über ihre Schulter. »Na, komm, meen Jutster!«

»Hältst dich wohl für sehr komisch, wa?«

»Wenn's wieder ruckelt, kannst dich ja an mir festhalten.«

Rainer machte ein Gesicht wie ein Bär, der von einem Stinktier parfümiert worden war.

Zufrieden sah Alberta zu, wie die anderen sich anstellten. Jens war auch ein guter Fahrer, Leigh kämpfte nach Kräften und war ungefähr auf dem gleichen Niveau wie Dörte, die immer sehr verbissen aussah, was aber nicht unbedingt etwas mit dem Skifahren zu tun hatte, sondern wohl mehr so eine Art generelle Stimmungslage bei ihr war. Das Porsche-Pärchen war mehr ein Zweitakter-Tandem, und wenn sie so weitermachten, hoben sie bald tatsächlich ab. Die beiden Bochumer Mädels, die Jochen leise als Kampflesben bezeichnet hatte, waren auch schon recht sicher auf ihren Skiern unterwegs und hatten ein gutes Körpergefühl. Der dicke Kerl mit dem Schal hingegen, Peter, litt unter Fallsucht. Rainer etablierte sich weiterhin als der John McEnroe des Anfängerkurses, jedoch ohne dessen sportliches Talent. Martin, der sich gleich so toll eingeführt hatte, war ein hoffnungsloser Fall. Philip rangierte ungefähr zwischen Dörte und Jens. Der Hobby-Meteorologe, der ständig sein Wissen unter die Leute brachte, wenn man mit ihm zusammenstand, schien über alles Bescheid zu wissen und vertraute Alberta an, dass er Doktor der Biochemie war.

Kurz bevor es zum Mittagessen ging, waren sie so weit, also zumindest einige von ihnen, dass sie ihren ersten Slalom durch die Märchenfiguren fahren konnten. Jochen machte vor, wie es auszusehen hatte, und kommentierte jeden seiner Schritte lautstark über den kleinen Hang. Stavros blieb oben bei der Gruppe und passte auf, dass Martin oder Peter nicht wieder aus dem Nichts heraus die Kontrolle über ihre Skier verloren, was durchaus auch dann vorkommen konnte, wenn sie einfach nur still dastanden. Rainers Laune wurde von Minute zu Minute schlechter. Die Vorstellung, als Erwachsener durch den Märchenwald zu kurven, behagte ihm augenscheinlich noch weniger, als den Kurs in einem spanischen Stiefel zu absolvieren.

»Können wir nicht drüben in der Wanne fahren, verdammt noch mal?«, wollte er von Stavros wissen und deutete nach unten. Die Wanne war ein kleines Skigebiet für Anfänger mit einer einzigen blauen, also leichten Strecke und einem Schlepplift. Natürlich wäre Alberta auch lieber dort gefahren, doch die Vorstellung, Martin, Leigh Majors oder Peter auf der ungleich längeren Strecke ihrem Schicksal zu überlassen, grenzte an unterlassene Hilfeleistung.

»Sooo«, rief Jochen, der wieder oben und in der Pizzastellung tief in die Knie gegangen war, »wichtig isch, auch wenn's eich Angscht macht: vorbeuge! Des G'wicht muass auf die Vorderfüße, die Schultern müass'n über die Knie! Die Ferse komme leicht hoch, und ihr bleibts in der Pizza! Arme leicht ang'winkelt, und los geht's!«

Wie von unsichtbarer Hand geführt, setzte er sich in Bewegung und steuerte auf den als Großmutter verkleideten Wolf zu.

»Will i links herum, G'wicht auf den rechten Ski, leicht h'nüberbeuge, und scho geht's nach links!« Er glitt langsam und gleichmäßig in einer leichten Linkskurve an dem Wolf vorbei. »Und Wechsel! G'wicht auf den linken Ski verlagern, schon geht's rechts herum!«

Jochen fuhr im Slalom bis zur Mickymaus und wartete dann unten. »Los! Der Erschte, bitte!«, rief er hinauf.

Kathrin und Marie fingen an, und auch wenn sie hier und da noch ein wenig wackelten und ihr Gewicht austarieren mussten, kamen sie ohne große Schwierigkeiten durch alle Hindernisse.

»Prima!«, rief Jochen immer wieder, »guat schaust aus!«

Dann war Rainer an der Reihe.

»Entwürdijend ist dit«, knurrte er und spuckte neben sich in den Schnee. »Een Affenhaus. Wie die Arschkrampen sehen wa aus.«

Stavros grinste.

»Dir verjeht det Lachen schon noch, wenn ick euch erst anjezeigt habe«, gab Rainer giftig zu verstehen, bevor er zitternd losfuhr. Er schaffte es bis zum Wolf und daran vorbei, doch dann verließen ihn seine Kräfte oder die motorischen Fähigkeiten, und er stellte unversehens auf Pommes um. Er fuhr schnurgerade über den Gestiefelten Kater, Schneewittchen und zwei Zwerge, riss dann seinen Oberkörper herum, während Jochen schon rettend die Arme ausbreitete, und stemmte sich seitlich mit beiden Skiern in den Schnee, woraufhin er eine perfekte Bremsung hinlegte und mit einer hübschen aufstiebenden Schneewolke zum Stehen kam. Aller Augen hafteten staunend auf ihm, und er selbst schaute ungläubig an sich herunter, welches Glück oder Können ihm gerade widerfahren war.

»Joa, Rainer, passt scho, gell?«, rief Jochen ihm lachend zu.

Stavros tippte Anita auf die Schulter, die losfuhr, als wollte sie einen Affen imitieren, der zum ersten Mal Ski fährt. Die leicht gebückte Haltung und wie sie ihre Arme hielt, ließ jedenfalls alle, die ihr zuschauten, an einen Primaten oder zumindest an einen Stuntman aus dem »Planet der Affen« im Winterurlaub denken. Alexander begab sich schon mal in eine ähnliche Haltung, aus der er sich dann jedoch wieder aufrichtete und den Kopf schüttelte. Alberta stand direkt hinter ihm.

»Was ist?«, fragte Stavros.

»Ich ... ich kann das nicht, wenn ... wenn diese ... Dame hinter mir ist«, stammelte Alexander verlegen. Stavros sah ihn entgeistert an.

»Wie meinst du das?«

»Na ja ... ich hab Angst, dass ...« Er blickte sich verstohlen zu Alberta um, die selbst hinter der Skibrille noch erkennen konnte, wie er rot wurde. »Dass sie die Kontrolle verliert und über mich drüberwalzt.«

»Und ab geht die Fahrt!«, sagte Stavros laut, als er verstand, was Alexander meinte, und schlug ihm so kräftig auf die Schulter, dass er sofort losbrauste. »Lackaffe«, bekräftigte er und sah zu, wie sich der Zweite aus der »Planet der Affen«-Darstellerriege beim Dornröschen zu weit nach hinten lehnte, wie ein Kippschalter umklappte und, auf seinen Skiern liegend, nach unten auf die Gruppe zuraste.

»Zua Seiteee!«, schrie Jochen, »lass di zua Seite falleeen!«

Der Porsche-Mann schaffte es mit letzter Kraft, seine Knie auf die rechte Seite zu werfen. Dadurch drehte er sich nun in Embryonalstellung um die eigene Achse, einmal, zweimal, dreimal, und kam schließlich vor den Füßen des Skilehrers zum Liegen.

»In der B-Note würd i dir ein paar Abzüge geb'n«, meinte Jochen trocken und streckte seine Hand aus, um ihm hochzuhelfen.

»Der hat meinen Mann geschubst«, erboste sich Anita und zeigte auf Stavros, ohne jedoch ihrem Mann zu helfen.

»Mei Schwager hat ein T-Shirt zu Hause«, entgegnete Jochen amüsiert, »da steht drauf: ›Bitte nicht schubsen, i hab einen Joghurt im Rucksack!‹« Heiser lachte er drauflos, und alle anderen oben wie unten am Hang – bis auf das Porsche-Paar – stimmten mit ein. »Schtavros, schubs die ander'n au noch h'nunter!«, befahl er seinem Kollegen.

Alberta ließ sich nicht zweimal bitten und fuhr so wunderbar gleichmäßig und sicher um die Slalomfiguren, dass alle verstummten.

»Geh, du bischt joa an Naturtalent, Prachtbombe. Des schaut richtig guat aus. Reschpekt.«

Philip folgte wackelig, aber ohne zu fallen. Jens überholte Peter, der ins Straucheln kam, sich aber wieder fangen konnte. Die Letzte oben bei Stavros war Leigh Majors. Alberta entdeckte, als sie den Berg hochspähte, die ersten dunklen Wolkenfetzen, die in beachtlichem Tempo über die Spitzen des Söllerecks rauschten. Schon warf sich ein dunkler Schatten wie eine Decke über den Hang, und als Leigh in gebückter Haltung losfuhr – stocksteif, entweder weil sie es nicht anders konnte oder weil ihre komischen Hosen es nicht anders zuließen –, fegte eine Bö von rechts über die Anlage. Ein Heulen erklang, als sich der Wind unter dem Dach des Häuschens am Allgäu-Coaster fing, dann erfasste die Bö auch die Märchenfiguren und legte sie einfach platt auf die Strecke. Ebenso wurde Leigh in der Haltung, in der sie war, einfach zur Seite umgeschmissen.

»Hopladedle!«, stieß Jochen überrascht aus, und selbst Stavros musste sich anscheinend bemühen, auf den Beinen zu bleiben. Dann kam er Leigh zu Hilfe und fuhr mit ihr zusammen nach unten, wo sie schließlich alle wie die Ameisen auf das Förderband stiegen und sich mit stolzen anderthalb Kilometern pro Stunde wieder nach oben bringen ließen.

Jochen und Stavros schlugen vor, gleich zum Söllereck hinaufzufahren, weil das Wetter es später wahrscheinlich nicht mehr zulasse. Und keiner wusste, wie es sich in den nächsten Tagen entwickeln würde. Bis auf Jens.

»Leider kann ich euch keine großen Hoffnungen machen. Es wird wohl nicht so schnell besser werden. Die Luftströmungen über den Azoren drücken ein ausgewachsenes Tiefdrucksystem zu uns herüber, das sich mit einem bereits vorhandenen Hoch, das nur langsam nach Russland abwandert, reiben wird. Das könnte uns einige Tage beschäftigen.«

Also hoben die meisten ihre Hände, um für das Söllereck zu stimmen.

»Auf keinen Fall, das bring ich nicht«, stemmte sich Martin sofort dagegen.

»Wir machen nix and'res als hier unten auch«, meinte Jochen.

»Nee, nee, ich kann das nicht«, jammerte Martin weiter, »ich wollte das hier ja auch gar nicht. Meine Frau hat mich gezwungen. Sie sagte, entweder du machst das jetzt und blamierst mich nicht weiter vor meinen Arbeitskollegen, oder sie trennt sich von mir.«

Das machte alle Beteiligten betreten. Sogar in den Augen der beiden Bochumer Mädels, die nie menschliche Regungen zeigten, schimmerte ein Anflug von Mitleid.

»Mein Gott, sie zwingt dich?«, hakte Alberta nach. »Was ist denn das für eine schreckliche Frau?«

»Meine«, sagte er schicksalsergeben und zuckte mit den Schultern. »Ich bin ihr halt peinlich.«

Alberta ging auf ihn zu und nahm ihn in den Arm.

»Wenn du willst, hau ich deiner Frau eins auf die Nase«, sagte sie, und er lachte traurig.

»Danke, nicht nötig.«

»Des übernimmst du scho selbst, gell?« Jochen hieb ihm freundschaftlich auf die Schulter.

»Ich hör auf. Ich hab die Hosen voll, wenn ich auf Skiern stehe. Vielen Dank euch allen.«

Martin war nicht mehr umzustimmen. An dieser Stelle trennten sich ihre Wege, und der Rest der Gruppe durfte zum ersten Mal mit der Gondel nach oben fahren.

4

Der Andrang war groß, und sie wurden auseinandergerissen. Alberta und Philip hüpften, gefolgt von einer Mutter mit ihrer Tochter und Leigh Majors, in eine der Kabinen.

»So, Fea-Celeste, jetzt geht's mit Schwung nach oben auf den Berg«, sagte die Mutter zu ihrer vielleicht neunjährigen Tochter. Die Kleine starrte Alberta an und ignorierte die Mutter wie auch den Ausblick. »Schätzchen!«, ermahnte ihre Mutter sie, »Schätzchen, komm, schau nicht weiter dahin, guck raus auf die schöne Landschaft.«

Das »dahin« stieß Philip so auf, dass er zusammenzuckte und Alberta einen prüfenden Blick zuwarf. Auch Leigh war die unterschwellige Beleidigung aufgefallen, sie blickte aufmerksam von der kleinen Fea-Celeste zu ihrer Mutter.

»Mama, kann die Kabine abstürzen wegen der dicken Frau da?«, fragte Fea-Celeste mit ausdruckslosem Gesicht.

»Aber nein, Schatz. Die Kabine ist vollkommen sicher und sogar für sechs Personen ausgelegt. Wir sind nur fünf, sieh mal.« Sie zeigte auf das entsprechende Schild über der Tür. An Alberta gewandt ergänzte sie: »Sie müssen entschuldigen, aber sie hat nun mal Angst. Das ist doch verständlich so hoch oben …«

»Kein Problem«, erwiderte Alberta und lächelte die Kleine an.

»Hier können gar keine sechs Personen reinpassen«, sagte die Kleine tonlos.

Der Blick ihrer Mutter kreiste durch die Kabine, ehe sie mit spitzem Mund entgegnete: »Mmh-mh.«

Leigh konnte das nicht länger ertragen und warf sich in die Bresche. »Du fährst wirklich einmalig gut, Alberta.«

»Oh, danke«, sagte Alberta, »aber ich hab das auch schon mal gemacht; je länger man wieder auf den Skiern steht, desto mehr erinnert man sich daran.«

»Da sind gute Geister mit dir.« Leigh lächelte selig und nickte dazu.

Fea-Celestes Mutter stutzte irritiert und musterte Leighs ungewöhnliches Outfit. Anscheinend waren Mutter und Tochter irgendwie seelenverwandt, denn nun ließ auch die Kleine von Alberta ab und widmete sich Leigh und ihrem Anzug.

»Mama, kann sich die Frau nichts Besseres leisten?«, fragte sie.

»Das wissen wir nicht«, antwortete Mutti sanft.

Fea-Celeste starrte Leigh jetzt unverhohlen ins Gesicht, während ihre Pausbacken trocken glühten.

»Das ist sicher eine Ausländerin«, stellte sie fest. Philip verschluckte sich augenblicklich vor Entsetzen an der eigenen Spucke und musste husten.

»Das wissen wir nicht, Schätzchen.«

»Ich bin Deutsche«, entgegnete Leigh mit ihrer Piepsstimme und zusammengepressten Lippen, »aber früher war ich mal …«

Philip hustete lauter und deutete ihr hinter vorgehaltener Hand an, dass sie mit den beiden besser nicht über ihr früheres Leben sprechen sollte.

Die Gondel erhob sich aus dem kleinen Waldstück, und sie schwebten über der Piste dahin. Der Wind pfiff durch einen offenen Spalt in der Fensterscheibe. Über ihnen war bereits die Bergstation zu erkennen. Gott sei Dank.

Oben angekommen, öffneten sich die Türen automatisch, und die neugierige Fea-Celeste stierte, nachdem sie rausgehopst war, Alberta an, gespannt, wie die dicke Frau wohl aus der Gondel steigen mochte. Philip baute sich vor Mutter und Tochter auf.

»Fea ist spanisch, das wissen Sie sicher«, sagte er.

Die Mutter zog verwundert das Kinn nach hinten.

»Äh, nein. Was soll das heißen?«, fragte sie.

»Nun, ›fea‹ bedeutet ›hässlich‹«, sagte Philip, und ein breites Lächeln erstrahlte auf seinem Gesicht.

Die Augen der Frau weiteten sich entsetzt, als sie gewahr wurde, dass sie ihrer Tochter den Namen »hässliche Celeste« gegeben hatte. Auch die Kleine schien das zu verstehen, ihr Mund klappte auf.

»Schönen Tag noch«, sagte Philip und stolzierte Seite an Seite mit Alberta und Leigh davon.

Jochen und Stavros versammelten die Truppe an der linken

Seite der Piste, wo sie in ihre Skier stiegen und langsam dem vorausfahrenden Jochen folgen sollten. Kurz bevor die Piste richtig begann, stoppte er und erklärte die Regeln hier am Hang. Alexander und Anita tuschelten miteinander und konnten am Ende eigentlich wenig verstanden haben von dem, was er gesagt hatte. Leigh lächelte entrückt in die Landschaft.

»Wie wunderschön, diese Natur. Der Berg, die Bäume …«, staunte sie voller Bewunderung.

»Schö, gell?«, freute sich Jochen. »Ihr folgts mir jetz in einer Reihe hinter'nand weg in der Pizzastellung. Okay?«

Alle nickten, und Jochen fuhr los. Inzwischen war die Piste relativ leer, weil die meisten Gruppen beim Mittagessen waren. Die Wolken über dem Gipfel waren immer noch zügig unterwegs und wechselten langsam ihre Farbe von einem dunklen Blau in Schiefergrau. Sich in langer Formation den Berg hinabwindend wie eine Schlange, folgten die Anfänger ihrem Lehrer über die weiße Ebene. Jochen stoppte, kurz bevor sie den Skiliftpfeiler zum Höllwieslift erreichten. Der stand quasi mitten auf der Piste, sodass nicht viel Platz blieb, um als Anfänger bequem daran vorbeizukommen, zumal der Hang hier steiler wurde.

»Wir machen jetzt Folgendes«, rief Jochen, »wir nehme unsre Stöcke so in die Hände …« Er legte beide Stöcke zusammen, griff in schulterbreitem Abstand zu und streckte sie mit leicht gebeugten Armen von sich weg. »Des isch jetz unser neues Steuer. Wenn wir nach links fahren wolle, senken wir das Steuer nach rechts. So kommt automatisch Druck auf den Tal-Ski, und wir fahr'n links herum. Senken wir des Steuer nach links, geht's rechts herum. Und auf geht's!«

Er fuhr vor wie ein Pantomime, der an einer imaginären Ballettstange tanzt, und Alberta musste zugeben, dass es funktionierte.

Sie machten immer wieder mal Pausen, die auch dringend notwendig waren, und nahmen die ganze Strecke in sieben Etappen. Bei Etappe fünf blies erneut ein plötzlich aufkommender Wind über sie hinweg, dass die Fichten schwankten und wedelten, und zusätzlich setzte etwas Nieselregen ein. Das irritierte

Rainer offenbar so sehr, dass er die Kontrolle verlor und als Letzter in der Gruppe auf seinen Vordermann, Peter, auffuhr. Zu zweit fuhren sie dann auf Dörte auf und zu dritt auf Anita und Alexander und immer so weiter, bis sie schließlich wie ineinandergeschobene Einkaufswagen in einer geschlossenen Schlange den Berg hinabfuhren – bis … ja, bis sie auf Alberta trafen, die dabei fast aus dem Gleichgewicht geraten wäre, sich aber fangen konnte und die gesamte Anfängereinkaufswagenschlange zum Stehen brachte.

Jochen und Stavros beendeten den Unterricht an dieser Stelle, und sie gingen in die Alpe am Fuße des Söllerecks, die so brechend voll war, dass man kaum hineinkam, geschweige denn einen zusammenhängenden Platz für alle finden konnte. Jochen bemühte sich jedoch redlich, und als eine Gruppe von jüngeren Leuten aufbrach, fanden sie alle bis auf Kathrin und Marie, die sich aber nicht sehr enttäuscht darüber zeigten, an einem Tisch in einem Nebenraum Platz und konnten bestellen. Sah man von der feuchtwarmen Luft und den Gerüchen der ausdünstenden Skiklamotten ab, war es ein lautes, aber nettes Beisammensein.

Als alle bestellt hatten, lehnte Jochen sich neugierig vor und faltete die Hände. »So, jetzt erzählts doch amol, was ihr so beruflich macht!«

Er schaute Leigh Majors auffordernd an, die direkt neben ihm saß.

»Ja, also, ich gebe verschiedene Kurse in Heilyoga und Heilkräuterkunde in Verbindung mit spiritueller Ahnenbeschwörung und Vorlebenskunde als heilende Erfahrung für das Jetztleben«, piepste Leigh und lächelte schüchtern.

»Ah«, sagte Jochen nur ratlos und brach sich ein Lächeln aus dem Gesicht. »Und du?«, fragte er gleich darauf Rainer.

»Ich bin Professor«, sagte der kurz angebunden und auf einmal dialektfrei. Er wollte das anscheinend nicht weiter ausführen, denn es war wohl unter seiner Würde, einem Haufen wie diesem etwas über sein Arbeitsleben zu berichten.

»Professor«, wiederholte Jochen verwundert, »des hätt i nit g'dacht. Für was denn?«

»Ich bin am Biologischen Institut der Universität Braunschweig Professor für Pflanzenkunde.«

»Pflanzen? Dua? Ja, do passt ihr zwei ja z'sammen wie die Fauscht aufs Auge, gell?« Er lächelte Rainer und Leigh an.

Rainers Augenbrauen hoben sich in einer abfälligen Weise. »Ich bin *Wissenschaftler*, ein Doktor und Professor«, betonte er nasal in Abgrenzung zu Leigh, die sein Gerede mit niedergeschlagenen Augen unkommentiert ließ.

»Und ihr zwoa?«, fragte Jochen das Porsche-Pärchen.

»Oh, ich bin in der Führungsebene in der umwelttechnischen Abteilung bei Porsche. Meine Frau ist … Sie hat Einzelhandelskauffrau gelernt«, sagte er mit einem schnellen Seitenblick auf Anita, wohl um sich zu vergewissern, dass sie es nicht zu degradierend fand, wie er den Umstand darstellte, dass sie zurzeit keinem Beruf nachging.

Sie zog den Mund zu einem Lächeln breit. »Ich engagiere mich sehr für soziale Zwecke«, ergänzte sie, womit Jochen allerdings wenig anfangen konnte.

»Und unser Meteorologe? Bischt wirklich a Meteorologe?«, fragte er Jens.

»Nein, ich bin Biochemiker und habe eine kleine Firma. Wir entwickeln und stellen Tests zur Früherkennung von Erregern her. Die Vogelgrippe zum Beispiel kann man auf diese Weise innerhalb von zwei Minuten feststellen.«

»Aber des Totschlag'n übernehme an'dre, gell?«

»Ja, in der Tat.«

»Philip, was tuscht du so für dei Geld?«

»Ich bin bei einem Verlag für die Covergestaltung zuständig.«

»Ach, des isch ja interessant. Und die Prachtbombe?« Er lächelte Alberta fiebrig zu.

»Ich bin Autorin, Krimiautorin.«

»Nein!«, rief Jochen und klatschte mit der Hand auf den Tisch. »Du flunkerscht mi an!«

»Nein, wirklich«, versicherte Alberta.

»Geh, des isch ja a Ding. Cool. Krimiautorin. So was hatt'n mir au no nie, oder, Schtavros?«

»Nee, glaub nicht.« Auch Stavros grinste bewundernd.
»Und schreibst jetzt a Roman über Oberschtdorf?«
»Eigentlich nicht, aber wer weiß, was noch so passiert …«, meinte Alberta und zwinkerte ihm zu.
»Mensch, klasse«, rief Jochen und schaute zu Dörte. »Dörte, jetzt sag nit, dass du ei Schauspielerin bisch …«
»Nein, ich bin Krankenschwester und in einem häuslichen Pflegedienst tätig. Ich helfe Menschen, die es wirklich brauchen«, sagte sie mit einem Blick zu Stavros.
»Ja, super. Und Peter, was machscht dua?«
Peter griff sich an seinen Schal, den er gleich nach Ende des Unterrichts wieder umgebunden hatte, auch wenn es hier drin sehr warm war.
»Ich bin … Vertreter. Für Staubsauger«, antwortete er.
»Joa, die werden immer g'braucht, gell?«
Die Bedienung kam mit dem Essen und unterbrach so das Gespräch. Alle saßen wie erschlagen vor ihren riesigen Portionen.
»A Guat'n!«, wünschte Jochen und stieß seine Gabel in seine Kasspatzn.
»Die Kälte in Verbindung mit der Höhenlage regt unseren Stoffwechsel an«, begann Jens zu erzählen, während er seine Serviette auseinanderfaltete und sich auf den Schoß legte. »Unser Körper verbrennt viel mehr Energie als üblich, um gegen die Kälte anzukämpfen. Hinzu kommt die sportliche Ertüchtigung. Das führt dazu, dass wir mehr Kalorien zu uns nehmen müssen als im Flachland oder bei moderaten Temperaturen. Deshalb serviert man in den Bergen besonders große Portionen mit sehr hohem Fettanteil.« Er schaute in die Runde, wie um sich zu versichern, dass seine »Studenten« auch alles verstanden hatten. Allerdings schienen einige der Personen am Tisch von seinen Ausführungen nicht sehr angetan zu sein. Rainer stocherte mit missbilligend heruntergezogenen Mundwinkeln in seinem Essen. Anita sah demonstrativ aus dem Fenster, Alexander fuhr sich ungeduldig immer wieder mit dem Daumen über seine Nase. »Guten Appetit!«, sagte Jens und langte kräftig zu.

»Na, dann brauch ich ja kein schlechtes Gewissen zu haben«, meinte Alberta und machte sich über ihre Schinkennudeln her.

Draußen wurde es dunkler, aus dem Nieselregen war inzwischen ein ausgewachsener Schauer geworden, der gegen die Scheiben prasselte. Ein scharfer Wind fegte über die Schneelandschaft.

Nach dem Essen blieben sie sitzen und bestellten weitere Getränke. Jochen und Stavros orderten die ersten Bierchen und Obstler, während Anita, Alexander und Peter sich an Espresso hielten. Alberta überlegte noch. Sie waren schließlich im Urlaub. Sie stieß Philip an.

»Wollen wir auch 'nen kleinen Obstler trinken?«

»Was? Wir wollen doch Ski fahren.«

»Ja, aber guck mal raus.«

»Na los, trinkts einen mit«, forderte Jochen sie auf.

»Na gut. Aber nur einen«, lenkte Philip ein.

Es wurden vier. Dann hatte der Regen aufgehört, und es kam Bewegung ins Lokal.

»Na, dann bezahle wir schnell und gehe noch amol h'nauf!«, sagte Jochen und schlug sich auf die Oberschenkel.

So schnell ging es dann leider doch nicht, denn das Bezahlen und Jackefinden und Auf-die-Toilette-Gehen stellten sich im allgemeinen Aufbruchschaos als etwas schwierig heraus. Alberta und Philip hatten es nach gut fünfundzwanzig Minuten nicht einmal geschafft, sich gemeinsam zur Kasse vorzuarbeiten. Alberta bezahlte schließlich ihre Rechnung, vielleicht aber auch eine fremde, das konnte man in dem Gewühl gar nicht mehr feststellen. Und auch die Bedienung schien an die Grenzen ihrer Belastbarkeit und damit ihrer Kopfrechenfähigkeiten gelangt zu sein.

Erleichtert traten sie mit einigen anderen zusammen aus der Alpe an die frische Luft und gingen zu dem Platz, wo sie ihre Skier in den Schnee gesteckt hatten. Leigh kam hinter ihnen hergetrippelt, während Jochen eilig auf sie zustapfte, als er sie erblickte.

»Beeilung, viel Zeit wird uns nit bleiben.«

»Was ist mit den anderen?«, fragte Philip.

»Ich hab g'sagt, dass alle h'nauffahre solle, und wir treffe uns dann ob'm. Schtavros kommt als Letschter hinterher.«

Also stellten sie sich in die Schlange, die in das Lifthäuschen hineindrängte. Der Wind blies immer noch böig und pfiff ihnen um die Ohren. In dem Gedränge war es unmöglich, zusammenzubleiben, sodass Alberta und Philip am Ende als Erste, wie sie meinten, eine Kabine mit einem jungen Pärchen und einem Greis bestiegen, der zwar aussah wie hundertdrei, sich allerdings bewegte wie ein Fünfzigjähriger. Irgendwo hinter ihnen mussten Leigh und Jochen sein, von den anderen war noch immer nichts zu sehen.

»Dann bleiben wir oben aber in der Halle und warten dort.«

»Tücht'ger Wind heut, gell?« Der Alte lachte heiser und zeigte seine gelben Zähne. Er trug eine orangefarbene Pudelmütze und einen dünnen Anorak, der so gar nicht nach Winter aussah. Mit seinen wollenen, wahrscheinlich selbst gestrickten Fäustlingen rieb er über seine laufende Nase.

»Wenn ich in der Gondel bin, schaukelt's nicht so«, erwiderte Alberta. Das Pärchen schmunzelte, und der Alte schüttelte unentwegt kichernd den Kopf.

Als sie aus dem Waldstück herauskamen, blies auf einmal ein böiger Wind von rechts, und Schneetreiben setzte ein. Die Gondel fing an zu pendeln. Alberta machte große Augen, weil ihr Gewicht wohl doch nicht ausreichte.

»Hoppla!«, sagte sie.

»Hascht den Teller nit aufg'esse?«, fragte der Alte und ließ erneut sein heiseres Lachen hören.

Die Gondel schaukelte und schaukelte, und ihre Fahrt wurde abgebremst, bis die Seilbahn schließlich stillstand.

»Koi Problem, alles in beschter Ordnung«, meinte der Alte beruhigend und wischte sich wieder einen Tropfen von der Nase.

In dem Moment schlug eine weitere Bö die Gondel gegen den Pfeiler, neben dem sie angehalten hatten. Von weiter unten vernahmen sie ein Kreischen, und auch in ihrer Kabine klammerten sich jetzt alle an den Sitzen fest. Bis auf den Alten natürlich, der seinen Spaß zu haben schien.

»Ich ruf mal bei den Kindern an«, sagte Alberta besorgt und rief Linas Nummer auf.

»Ja, was is denn?«, meldete sich Lina.

»Alles in Ordnung bei euch? Wo seid ihr?«

»Wir sitzen seit zwei Stunden in dieser verdammten Frittenbude hier unten und spielen ›Mensch ärgere dich nicht!‹ mit zweiunddreißig Vorschulkindern. Keiner hat mehr Geld, alle haben Durst, und die Skilehrer wollen nicht mehr raus.«

»Das ist doch prima, sehr gut.« Alberta war erleichtert. »Hier oben ist es zu windig zum Fahren, und es schneit auch schon wieder.«

»Das seh ich auch.«

»Ja gut, dann … bis nachher. Ach so … bestellt euch ruhig noch was, wir bezahlen das, wenn wir wieder unten sind.«

»Tills Jacke ist kaputt.«

»Was, wieso das denn?«

»Erzähl ich euch später. Ich muss jetzt würfeln.« Sie legte auf.

Philip blickte Alberta fragend an.

»Sie sind im Restaurant unten und bleiben da auch.«

»Gut.«

»D' Kind're?«, fragte der Alte.

Alberta nickte. Da setzte sich der Lift wieder in Bewegung. Sie erreichten die Bergstation, stiegen aus und warteten dort auf die anderen. In der übernächsten Gondel saß Leigh und in der darauffolgenden Jochen, der mit seinem Handy am Ohr ausstieg.

»Ja, hascht dic it g'sehe? Herrschaft'n, irgendwo müssen s' do sei? Scheiße!«

Er legte wütend auf und marschierte auf seine stark dezimierte Truppe zu.

»Der Schtavros findet unsre Leit nimmer wieder. Kathrin und Marie sind verschüttg'ange, Anita und Alexander vermutlich auch. Peter und Rainer sind vielleicht im Lift. Alles a Bockmist!«

»Das ist die Art, wie der Berg sich an uns dafür rächt, dass wir ihn nicht genug ehren und respektieren«, piepste Leigh unterwürfig.

»Was?«

»Er zürnt uns. Er sieht, dass wir nicht im Einklang mit ihm sind, dass wir nur an uns und unseren Vorteil und unser sinnentleertes Vergnügen denken.«

»Rache … vom Berg?« Jochen wollte wohl irgendetwas Gegenteiliges erwidern, besann sich jedoch eines Besseren und klappte seinen Mund wieder zu.

»Viele haben dem Berg nicht gedankt, dass wir auf ihm fahren dürfen. Eigentlich nur ich …«

»Dann bischt ja ausm Schneider«, watschte Jochen sie grantelnd ab und wandte sich an Alberta und Philip. »I würd sage, ihr gehts besser ins Reschtaurant und wartet do, bis wir alle z'sammehabe. Trinkts noch an Obschtler. I komm nach.«

Er bekam einen weiteren Anruf. Leigh lief mit trippelnden Schritten dem Ausgang entgegen. Auch Alberta und Philip machten sich auf den Weg ins Schneegestöber vor der Tür, doch dann blieb Alberta stehen und hielt Philip zurück.

»Moment mal. Wenn wir jetzt hier oben einkehren, sind wir frühestens in zwei, drei Stunden wieder unten.«

Philip nickte, er dachte offenbar das Gleiche. Sie machten wieder kehrt und gingen zu Jochen zurück.

»So, Schtavros hat einige g'funde und aufg'halte. Er kommt jetzt h'nauf und hilft uns dann, die Truppe irgendwie runterzubekomme.«

»Genau darüber wollten wir mit dir reden«, sagte Alberta. »Unsere Kinder warten unten, und wenn wir jetzt hier oben auf besseres Wetter warten müssen und so lange quasi gefangen sind … Ich würd gern versuchen, runterzukommen.«

Jochen blickte abschätzend von ihr zu Philip und dann nach draußen in den Schneesturm.

»Eich krieg ich mit Schtavros scho runter. Aber die Leigh, die wird ja weggeblase vom wütenden Berg. Und die Lesben sin ja au noch irgendwo. Die Anita meinte, sie hätt sie hochfahr'n sehen.«

»Die Pischte wird g'schlusse!«, rief der Aufseher aus seiner Glaskabine zu Jochen herüber. »Wenn alle ob'm sind, mach i den Lift dicht!«

Er setzte die Anlage langsam wieder in Bewegung. Aus der

ersten Kabine stieg eine Familie aus. Jochen half ihnen mit den Skiern und erklärte, dass es wegen des Winds und der schlechten Sicht besser wäre, wenn sie zunächst mal hier oben Pause machten.

»Dir würd i auch zutraue, dass du allein runterkommscht«, sagte er zu Alberta. »Vielleicht fahrts ihr zwoa mit'm Schtavros, und i kümmer mi um den Rescht.«

»Okay, gern«, willigten beide ein.

Kabine um Kabine kam in die Station gefahren. Die vorletzten beiden Gondeln waren mit gut gelaunten und sehr lauten Engländern gefüllt, die voller Tatendrang ausstiegen. Jochen machte sofort einen Schritt auf sie zu.

»No driving right now!«, sagte er und winkte mit einer Hand ab »the … Piste is closed. Ach verdammt, was heißt denn Piste?«, fragte er Alberta.

»Track.«

»The track is closed«, wiederholte er, »forbidden, okay?«

»What? Are you kidding?«

»No, forbidding.«

»This guy is an id…«, moserte der eine Engländer an seinen Freund gerichtet, schluckte den Rest des Satzes aber lieber hinunter, als er Albertas warnenden Blick sah.

Murrend setzte sich die Gruppe in Bewegung, doch ihre Laune besserte sich, als sie nach wenigen Metern feststellten, dass sie nun zum Trinken auf der Alm verdammt waren.

»Diese Engländer bringen sich noch amol um. Können nix, aber fahr'n wie die Geisteskranken den Berg h'nab.« Er versicherte sich mit einem Blick nach draußen, dass die Engländer auch wirklich ins Restaurant gingen.

Die letzte gefüllte Kabine kam in den Einlauf gerumpelt. Stavros saß allein darin. Alberta winkte ihm zu, doch der Grieche reagierte nicht. Als sich die Türen automatisch öffneten, blieb er sitzen. Die Gondel schob sich langsam an ihnen vorbei, Stavros' Skier an der Seite neben dem Einstieg klapperten. Doch er blieb immer noch sitzen. Alberta trat vor.

»Nun steig schon aus, wir wollen mit dir runterfahren«, sagte sie zu ihm. Da bemerkte sie, wie merkwürdig schief und schlapp er dasaß. »Philip«, hauchte sie und legte haltsuchend ihre Hände auf die Türen.

Stavros' Handy lag auf dem Boden. Im Fensterglas auf der gegenüberliegenden Seite klafften, von spinnennetzartigen Rissen umgeben, drei kleine Löcher. Der Liftaufseher stoppte die Maschinen, und die Kabine kam mit einem Ruck zum Stehen. Stavros kippte zur Seite. Sein Helm knallte auf die Bank, und in dem Moment erkannte Alberta auch das Einschussloch in seinem Helm.

»Schtavros, fia so a deppertes Theater isch jetz kui Zeit!«, fuhr Jochen seinen Kollegen an, ohne zu ahnen, dass er mit seinem *toten* Kollegen sprach.

»Jochen.« Philips Stimme war tonlos, aber dennoch mit einem alarmierenden Unterton. Er packte ihn am Ärmel.

»Ich glaub, er ist …« Alberta verstummte, denn sie glaubte nicht nur, sie war sich sogar ziemlich sicher. Vorsichtig betrat sie die Kabine.

»Mach kui Quatsch. Der verarscht di nua, der dämliche Grieche«, widersprach Jochen. »Hopp! Auf, du falscher Hund! Grieche!«

Es blieb beklemmend still. Nur der Wind pfiff um die Gondel. Alberta beugte sich zu Stavros hinunter.

»Da ist ein Loch in seinem Helm.« Sie deutete auf den kreisrunden schwarzen Punkt am rechten Hinterkopf. »Und hier …« Mit dem Zeigefinger fuhr sie die Löcher in der Scheibe ab.

»Grieche …«, hauchte Jochen entgeistert, »steh auf, Grieche. Schtavros …«

Aber Stavros bewegte sich nicht mehr.

5

Von der Bergstation aus riefen sie die Polizei und saßen danach völlig geschockt wie zum Schutz hinter dem Glasfenster des Führerhäuschens und starrten auf die letzte Kabine. Gondel 63. Stavros' Skier steckten noch in der Halterung. Er selbst war von ihrem Standpunkt aus nicht mehr zu sehen. Ganz weit entfernt hörten sie Sirenengeheul. Ein Schneemobil und ein Kettenfahrzeug preschten schließlich mit hoher Geschwindigkeit den Hang herauf.

Jochen saß wie versteinert in der Ecke. Sein sonst so gebräuntes, glänzendes Gesicht war nur noch eine aschfahle, hohlwangige Maske. Er atmete kaum hörbar durch den geöffneten Mund. Sie hatten ihm einen Schnaps eingeflößt, einen dreifachen. Ob es geholfen hatte, konnten sie nicht sagen. Jetzt kamen zwei Mann von der Bergrettung in die Station gelaufen und blickten fragend zu ihnen herein. Philip deutete nur stumm auf die Gondel. Zögernd gingen sie darauf zu. Einer der beiden stieg schließlich ein und kniete sich hin. Er sagte etwas zu seinem Kollegen, der daraufhin in ihre Richtung sah und leicht den Kopf schüttelte. Das Puckern von Rotorblättern näherte sich dem Berg. Ein Hubschrauber war zu ihnen unterwegs.

»Der Helikopter kann nur unten landen«, erklärte einer der Männer von der Bergrettung, nachdem er wieder zu ihnen ans Führerhäuschen getreten war. »Wir bringe ihn mit der Raupe h'nunter.«

Das Handy des anderen Mannes klingelte.

»Hallo? – Joa, isch recht.« Er legte wieder auf. »Wir bringen ihn nirgendwohin, der soll hier bleib'n, bis die Polizei kommt.«

»Wieso Polizei?«, fragte sein Kollege.

»Na, weil der Kerl sich kaum selbst durch die Scheibe in den Kopf schießen konnte.«

»Du meinscht, des war Mord?«

»Sieht so aus. Und das hier bei uns in Oberschtdorf.«

Anstelle der Leiche von Stavros nahmen sie Jochen mit hinunter und ließen ihn mit Verdacht auf einen Schock ärztlich untersuchen. Alberta und Philip blieben oben. Bis die Beamten von der Kripo Kempten eintrafen, telefonierten sie mit Lina und Till, denen sie sagten, dass sie doch bitte Geduld haben sollten und sich solange bestellen durften, was sie wollten. Den Mord erwähnten sie nicht.

Eine knappe Dreiviertelstunde nach ihrem Notruf erreichten zwei Ermittler der Kripo Kempten in Begleitung eines Teams der Kriminaltechnik den Tatort. Alberta, Philip und Bastian, der Mann von der Bergbahn, hockten immer noch etwas benommen da und wussten kaum, was sie sagen sollten, als das merkwürdige Pärchen, das Alberta sofort an ein sehr bekanntes Duo aus Film und Fernsehen erinnerte, vor der Fensterscheibe auftauchte.

»Grüß Gott«, sagte der linke Mann und nickte. Er war von großer Gestalt, glatt rasiert mit einem energischen Kinn, das er noch energischer vorstreckte, und trug eine dicke gefütterte Wildlederjacke, die ihm bis zu den Oberschenkeln reichte. Der rechte in einem schwarzen Glattledermantel, der so luftig geschnitten war, dass er mehr wie eine übergeworfene Decke oder ein Poncho aussah, brummelte etwas Unverständliches. Sein glattes, langes Haar war ordentlich zu einem Mittelscheitel getrennt und fiel ihm fast bis auf die Schultern. Unter seinen dichten schwarzen Augenbrauen blickte er Alberta mit einem bohrenden bis irritierenden Blick an. Eigentlich fehlt nur noch ein Stirnband aus Schlangenleder, dachte sie im Stillen. Diese beiden sahen aus wie ein winterliches Abziehbild von Old Shatterhand und Winnetou. Die dicke Stoffhose des Lex-Barker-Verschnitts war zwar nicht aus Wildleder, aber farblich passend auf die Jacke abgestimmt, und an den Füßen trugen beide schwere Lederstiefel. Old Shatterhand braune, Winnetou schwarze, passend zum Mantel.

»Wer hat den Toten gefunden?«, fragte Old Shatterhand, und Alberta und Philip hoben die Hand. »Einwandfrei.« Er notierte zunächst ihre Personalien. »Kommen Sie bitte mit?«, bat er sie sodann.

Ängstlich näherten sie sich der Gondel und blieben stehen, als die Beamten stehen blieben.

»Bitte erläutern Sie uns, was genau vorgefallen ist. Waren Sie mit in der Kabine?«

»Nein«, antwortete Alberta. »Wir haben hier zusammen mit Jochen, dem anderen Skilehrer, gewartet.«

»Wo ist der jetzt?«

»Im Krankenhaus, er hat einen Schock erlitten.«

»In dem Notruf, den Sie absetzten, sagten Sie, dass das Opfer erschossen wurde. Sie sprachen von Mord.«

»Ja«, sagte Alberta.

»Wie kommen Sie darauf?«

»Na, da war ein Einschussloch im Helm, und es gibt mehrere Einschusslöcher in der Scheibe. Man muss kein Genie sein, um den Zusammenhang zu sehen, denke ich.«

Old Shatterhand warf seinem Kollegen einen raschen Blick zu.

»Außerdem kenne ich mich damit ein wenig aus«, fuhr Alberta fort.

»Ach?«, fragte er laut und nicht ohne Sarkasmus in der Stimme.

»Ja, ich … also, mein Mann und ich haben letztes Jahr geheiratet, und da ist die Standesbeamtin während der Zeremonie erschossen worden. Eigentlich hatte der Mörder es auf mich abgesehen. Er benutzte ein Scharfschützengewehr. Das Ergebnis sah so ähnlich aus«, sagte sie und deutete schüchtern in die Kabine.

Die Beamten sahen sie erstaunt an.

»Haben Sie das gerade eben erfunden?«, fragte Old Shatterhand verunsichert.

»Erfunden?« Alberta blinzelte ungläubig. »Wieso sollte ich das tun? Sind Sie wirklich von der Polizei?«

»Also hören Sie mal«, fing er an.

»Lassen Sie uns doch bitte sachlich bleiben«, ging Philip in diplomatischer Manier dazwischen. »Wir standen hier und warteten. Die Gondel kam herein und öffnete sich. Alberta sah ihn zuerst und ging hinein.«

»Sie bestiegen die Gondel?«

»Ja, es hätte ja sein können, dass er noch lebt und Hilfe benötigt. Das Einschussloch im Helm entdeckte ich erst danach«, sagte sie forsch.

»Aha.«

»Aha, genau. Bastian hielt dann den Lift an, und wir riefen die Polizei.«

Winnetou, der bis jetzt wie eine Indianer-Barbie im Regal dagestanden hatte, bewegte sich auf einmal und lehnte sich zu seinem Kollegen hinüber.

»Mmhsmmslmmdsn«, nuschelte er.

Alberta hatte kein Wort verstanden, und sie bezweifelte, dass er auch nur eines davon tatsächlich ausgesprochen hatte.

»Haben Sie einen oder mehrere Schüsse gehört?«, fragte Old Shatterhand, nachdem er seinem Kollegen zugenickt hatte.

Alberta und Philip sahen sich an, sie schüttelten gleichzeitig den Kopf.

»Nein. Nichts.«

»Telefonierten Sie zum Zeitpunkt des Vorfalls?« Er deutete auf das Handy.

»Jochen hatte mit ihm telefoniert, aber bereits aufgelegt. Stavros sagte, er würde jetzt raufkommen.«

»Stavros, soso«, murmelte er und rieb sich über den Mund.

Winnetou suchte in seinen Manteltaschen nach etwas und fand schließlich einen Bleistift, mit dem er auf die Gondel zumarschierte und die Einschusslöcher zu begutachten begann.

»Sie kannten das Opfer also persönlich?«

»Er war unser Skilehrer. Er und Jochen haben unsere Gruppe betreut.«

»Wo ist der Rest der Gruppe?«, wollte Old Shatterhand wissen und sah sich um.

»Nun, die sind alle versprengt«, sagte Alberta. »Die meisten sind unten geblieben. Wir und eine andere Teilnehmerin sind noch nach oben gefahren. Zwei weitere wahrscheinlich auch.«

Old Shatterhands Augen wanderten über Albertas Ausmaße.

»*Sie* fahren Ski?«

»Nein, es wandert sich einfach bequemer in Skistiefeln«, entgegnete Alberta trocken und erntete einen Seitenhieb von Philip.

Old Shatterhand räusperte sich. »Wie lange war das Opfer ungefähr unterwegs?«, fragte er dann.

»Nun, der Lift hielt zwischendurch immer mal wieder an. Das waren bestimmt so zwanzig bis fünfundzwanzig Minuten, vielleicht mehr.«

»Mmhmh. Wie gut kannten Sie das Opfer?«

»Wir?«, fragte Philip erstaunt.

»Wir haben ihn erst hier im Kurs kennengelernt«, entgegnete Alberta. »Das war heute Morgen.«

»Mmnlsbnnd«, brummte Winnetou und kam näher.

»Gut, vielen Dank, das wäre es zunächst«, übersetzte sein Kollege, »aber bitte halten Sie sich für weitere Fragen bereit. Wo wohnen Sie, und wie lange bleiben Sie?« Er zückte einen zerknitterten Notizblock. Winnetou reichte ihm den Bleistift.

»Hotel Äpflblümle. Vier Tage noch«, diktierte Alberta.

»Gut, vielen Dank. Sie können jetzt … na ja … gehen … fahren … was auch immer.«

»Wie erreichen wir Sie?«, fragte Alberta, und beide Kommissare stutzten. »Sie wissen schon, falls uns noch was einfällt oder wir eine Idee haben …«

Mit verlangsamten Bewegungen schrieb Old Shatterhand einige Zahlen auf ein Blatt und riss es ab.

»Meine Handynummer.«

Alberta nickte. Ihr war auch so klar, dass es nur seine sein konnte, denn mit dem anderen hätte sich eine Konversation am Telefon als äußerst schwierig erwiesen.

»Sag mal, hast du auch das Gefühl gehabt, bei den Karl-May-Festspielen gelandet zu sein?«, wollte Alberta von ihrem Mann wissen, als sie aus der Tür der Station traten.

»Gott, ja! Das kann doch kein Zufall gewesen sein. Vielleicht waren sie gerade bei einer Probe für ein Stück oder sind Statisten im Film.« Philip blieb stehen. »Was machen wir jetzt?«, fragte er etwas ratlos. Sie blickten hinüber zum Restaurant, das im Gestöber kaum zu erkennen war.

»Ich finde, wir sollten Leigh mitnehmen. Ich denke, ich kriege sie da runter.«

»Und ich?«, fragte Philip entsetzt.

»Du schaffst das schon.«

Sie marschierten hinüber, traten in den überfüllten Raum und sahen sich um. Leigh war nirgends zu entdecken.

»Entschuldigen Sie.« Alberta hielt eine Bedienung an, die gehetzt mit vier Tellern auf dem Arm an ihr vorbeischoss. »Haben Sie eine kleine Frau gesehen, die etwas komisch aussah? So ein bisschen esoterisch-ökologisch angehaucht?«

»Was wolled Sie? I hob niemande g'sehe. Und i hab a kui Zit!«, schrie die Bedienung gegen die Lautstärke an und zischte davon.

Alberta schaute noch auf der Damentoilette nach, aber auch da Fehlanzeige.

»Die hat sich wohl allein ihrem Freund, dem Berg, zugewandt«, meinte Alberta, als sie auch die zweite, etwas höher gelegene Hütte nach ihr durchsucht hatten. »Ganz schön mutig.«

»Na, komm. Wir fahren zu den Kindern.«

Philip stürzte zwar einmal an der Liftanlage zur Höllwies und noch einmal weiter unten, kurz vor der langen Ausfahrt zur Talstation, aber sie kamen sicher und unverletzt unten an. Auf der kleinen Anhöhe über der Hütte der Skischule stand noch immer der Hubschrauber. Daneben horchten zwei Männer in ihre Funkgeräte und stierten den Berg hinauf, wo jetzt das Raupenfahrzeug in Sicht kam. Die gelben Warnleuchten rotierten und färbten den Schnee. Stavros musste dort drin sein. Jemand hockte hinten über eine Trage gebeugt.

Betreten sahen Alberta und Philip der Bergung zu. Zum Glück gab es bei dem Wetter keine Schaulustigen. Niemand hier konnte wissen, dass dort eine Leiche transportiert wurde – und noch dazu eine, die aus einem Verbrechen resultierte.

Alberta und Philip betraten das Restaurant neben dem Kinderhang, an dem sie gelernt hatten, und blickten sich in der lauten, unruhigen Menschenmenge um. Lina und Till saßen mit ihrer Gruppe und den beiden Skilehrern an einem großen Tisch. Lina überragte die übrigen Kinder deutlich, ebenso wie die beiden Jungen, die sich »in die Hose gemacht« hatten. Die Skilehrer hatten ihnen wohl erlaubt, mit ihren Handys zu spielen; am Tisch war es mucksmäuschenstill, weil alle nur stumm über ihre Smartphones gebeugt dasaßen und zockten.

»Wie geil!«, schrie Till plötzlich auf, »ich hab 'ne Legendary gekriegt!«

»Glückwunsch«, meinte Lina unbeeindruckt.

»Geil, jetzt hab ich so ein cooles Deck, damit mach ich alle platt.«

»Hallo!« Alberta und Philip waren näher getreten, doch keiner schaute auf, abgesehen von den Skilehrern, die schnell ihre Handys ausschalteten.

»Oh, hallo«, grüßte Lisa, Toni nickte freundlich.

»Wir würden gern Lina und Till mitnehmen. Heute passiert hier ja eh nichts mehr.«

Als ihre Namen fielen, schauten die beiden Kinder auf.

»Hi, Papa, hi, Alberta, ich hab grad 'ne Legendary gekriegt!«, rief Till begeistert und hielt das Handy hoch.

»Pech für dich«, meinte Lina und stand auf. »Wir verschwinden jetzt endlich.«

»Unten warten schon die Busse«, sagte Toni. »Alle Gruppen machen jetzt Schluss. Morgen sehen wir uns wieder.«

»Na klasse«, sagte Lina mit einem Seitenblick auf die beiden eierschalenfarbenen Jungen. »Diese beiden Hirnis hatten keine Handschuhe dabei und sollten eigentlich in der Fortgeschrittenengruppe sein. Aber die können weniger als gar nix. Die sind so bescheuert, wie sie hässlich sind«, flüsterte sie.

»Hey, Jungs!«, rief da eine bekannte Stimme hinter ihnen. Alberta und Philip drehten sich um. Ein weiteres Elternpaar steuerte auf den Tisch zu. Es waren Anita und Alexander. Und nicht nur das, sie legten ihre Hände auf die Schultern der Eierschalenjungs.

Alberta klappte der Kiefer herunter.

»Na, holt ihr auch eure Kinderchen ab?«, fragte Anita.

»Ja, heute geht nichts mehr«, sagte Alberta vorsichtig, weil sie nicht wusste, ob die beiden schon erfahren hatten, dass ihr Skilehrer nicht mehr lebte. »Jochen hat uns nach Haus geschickt.«

»Gott, wir haben niemanden mehr gesehen in diesem Chaos, und Stavros meinte, wir sollen hier unten bleiben, es habe keinen Zweck mehr. Ihr wart noch oben?«

»Äh, ja, waren wir ... Und ...« Alberta blickte verunsichert zu Philip, der sachte den Kopf schüttelte. »Wir sind eben runtergekommen. Jetzt geht's ab ins Hotel.«

»Bei uns auch. Bis morgen.«

Sie winkten den beiden noch einmal zu und gingen dann mit den Kindern hinaus, wo Till aufschrie, als er den Hubschrauber sah.

»Wow!« Sofort holte er seine Kamera heraus und begann zu filmen. Der Motor des Hubschraubers sprang an und fing an zu heulen. »Cool, der startet jetzt!«

»Is was passiert?«, fragte Lina.

»Ähm ... ja ... bestimmt ein Unfall oder so.«

Das ›oder so‹ von Philip kam dermaßen zaghaft, dass Lina sich zu ihrem Vater umwandte.

»Was ist?«, fragte sie misstrauisch.

»Nichts.«

»Falsche Antwort, Paps.«

Sie blieb stehen und stemmte die Fäuste in die Hüften.

»Zu Hause, okay? Nicht hier.«

Lina nickte ernst und fügte sich. Till war in seinem Element, er verfolgte den Start wie ein professioneller Kameramann und machte einen Riesenschwenk, als der Helikopter über ihn hinwegflog. Etwas wackelig schob er sich durch die Böen davon.

»Alles drauf! Coole Aufnahme«, entschied Till.

Unten an der Straße röhrte ein weißer Porsche Panamera mit verdunkelten Scheiben hupend an ihnen vorbei. Alberta und Philip ahnten, wer drinsaß.

Sie ließen sich von einem der bereitstehenden Busse zur Skischule kutschieren und gingen dann ziemlich geschafft durch die

Fußgängerzone zurück zum Hotel. Am Marktplatz war noch eine Apotheke geöffnet.

»Ich brauch noch Zahnpasta«, sagte Alberta, »geht schon mal vor. Ich hole euch ein.«

Till bekundete sein Einverständnis und lief sofort los, Philip folgte ihm. Lina watschelte lustlos mit hochgezogenem Kragen, der ihr Gesicht halb verdeckte, hinterdrein.

Kurz vor dem Hotel hatte Alberta Philip und Lina tatsächlich wieder eingeholt. Till kauerte vor der Eingangstür in einer kleinen Pfütze, die sich unter seinen Schuhen gebildet hatte, und sah sich seine Aufnahmen an.

»Ich geh zuerst duschen«, verkündete Lina. »Diese gehirnamputierten Vollpfosten haben mich fertiggemacht.«

»Was ist denn jetzt mit deiner Jacke?«, fragte Alberta Till, als sie im Treppenhaus waren.

»Ach, die … die ist hin. Ich brauch 'ne neue.«

»Moment, mein Lieber«, fing Philip an, »das war eine teure Skijacke, die …«

»Ich hab mir fast den ganzen Ärmel abgeschnitten«, beharrte Till und hob den Arm. Aus einem diagonalen, gut dreißig Zentimeter großen Schnitt zwischen Achsel und Ellbogen quoll das durchnässte Innenfutter heraus.

»Wie ist das denn passiert?«, fragte Alberta und untersuchte die Stelle.

»Ach, wir sind da in so'n Waldstück gefahren …«

»Nein, nein«, korrigierte Lina, »*du* bist in ein Waldstück gefahren, wir anderen waren auf der Piste. Einige von uns durften schon mal rauf, und Till, der Grobmotoriker, brettert natürlich einfach so in den Wald rein, ohne zu bremsen.«

»Ich konnte nicht!«

»Du hast den ganzen Scheißmorgen bis zum Erbrechen die Pizza geübt. Ausgerechnet dann, wenn du sie wirklich brauchst, machst du sie nicht!«, fuhr sie ihn an.

»Das kann passieren. Wir fangen doch gerade erst an«, sagte Alberta beschwichtigend.

»Da hörst du's! Arschziege«, keifte Till an seine Schwester

gewandt. »Ich brech mir fast alle Knochen, und du meckerst über mich!«

»Klappe!«

Alberta legte Till eine Hand auf die Schulter.

»So, jetzt erzähl mal in Ruhe.«

»Ich bin irgendwie so nach hinten, und dann sind die verdammten Skier einfach losgeschossen. Ich konnt gar nichts mehr machen. Da war so'n Weg, aber irgendwie bin ich dann doch zwischen die Bäume gekommen und wollte mich festhalten, da blieb ich irgendwo hängen, an irgend so 'ner dämlichen Schnur oder was, und zack war die Jacke hin.«

»Tolle Geschichte«, kommentierte Lina.

»Is aber die Wahrheit.«

»Kann man das nähen?«, fragte Philip. Er schloss die Tür zu ihrem Apartment auf.

»Ich denke, wir müssen tatsächlich eine neue kaufen. So kann er nicht Ski laufen.«

»Prima, zerschneid ich auch meine Sachen und krieg gleich neue«, sagte Lina, schälte sich aus ihrer Jacke und öffnete die Badezimmertür.

»Stopp, stopp«, hielt Philip sie auf, »wir müssen euch noch was sagen. Setz dich.«

»Was is'n?«, fragte Till ängstlich.

»Wegen dem Hubschrauber?«, fragte Lina.

»Also«, begann Philip und atmete schwer aus, »vorhin, im Sturm, da ist etwas passiert. Ihr werdet es sowieso erfahren. Morgen spricht wahrscheinlich der ganze Ort davon. Erinnert ihr euch an Stavros?«

»Wen?«, fragte Till.

»Einer unserer Skilehrer. Er ist … nun … anscheinend ist er erschossen worden«, sagte Philip.

Die Kinder starrten ihn an.

»Erschossen?«, wiederholte Till.

»Schon wieder?«, fragte Lina. »Letztes Jahr die Standestrulla und jetzt dieser Scht…«

»Stavros.«

»Wie geht denn das? Wir können doch nicht ständig mit Leuten zusammen sein, die dann erschossen werden.«

»Das ist alles nur ein dummer Zufall, Kinder«, meinte Philip.

»Und er ist wirklich ehrlich richtig echt erschossen worden?« Till saß immer noch mit offenem Mund da.

»Ja, ich hab ihn gefunden«, sagte Alberta.

»Du, na klar!«, rief Lina. »Irgendwie bist du nicht so der Glücksbringer.«

»Lina, bitte«, ermahnte Philip sie, »was hat denn das mit Alberta zu tun?«

»Ich weiß nicht, aber letztes Jahr hatte es was mit ihr zu tun.«

»Niemand ist mehr übrig von denen, die mir was antun wollten, sie sind deswegen im Knast gelandet. Wir haben sie alle …«

»Du hast sie voll plattgemacht«, rief Till strahlend.

»Genau«, bestätigte sie stolz. »Und diesmal machen wir nur Urlaub.«

Alberta ging mit Till noch mal in den Ort und kaufte ihm in Anbetracht der aktuellen Wetterlage eine neue Skijacke, die auch eine hohe Wasserstandsäule hatte.

Gegen neunzehn Uhr waren alle geduscht und fertig für das Abendessen drüben im Hotel. Nur Alberta war noch im Bad. Sie stand vor dem ringsum beleuchteten Spiegel und hatte ihre Hände aufs Becken gestützt. Abschätzend sah sie ihr Spiegelbild an. Gut, mit vierzig sah man einfach ein bisschen zerknittert aus um die Augen, das war doch ganz normal. Sie sah gut aus. Ihrem Alter entsprechend, vielleicht sogar jünger. Außerdem sorgten ihre fülligen Wangen dafür, dass erst gar keine Falten entstehen konnten. Sie lächelte. Ihre Nervosität konnte sie dennoch durchschimmern sehen.

»Schatz, das Essen wartet«, rief Philip von draußen.

»Und ich muss pinkeln!«, setzte Lina nach.

»Bin gleich fertig«, antwortete sie und starrte wieder ins Becken.

Sie hatte vorhin in der Apotheke keine Zahnpasta besorgt. Sie hatte vielmehr eine komische Ahnung gehabt. So ein Gefühl, dass etwas passiert sein könnte. Diese Übelkeit manchmal. Und immer morgens. Sie nahm die vier Tests – sie hatte von jeder Marke einen gekauft – genauer unter die Lupe. Zwei rote Striche, zwei blaue Striche, ein Smiley und ein noch leeres Feld guckten sie fröhlich an. Im letzten Fenster wird gleich der Satz »Sie sind einfach nur fett« erscheinen, dachte sie.

Aber nein, so war es natürlich nicht. Fett war sie schon, aber in dem Fenster erschien nur ein einziges Wort: »Schwanger«.

Ein Strahlen erschien auf ihrem Gesicht, und als sie wieder in den Spiegel sah, hätte sie schwören können, dass sie zehn Jahre jünger geworden war. Ihre Haut war gesund und rosig, ihre Augen leuchteten, ihre Falten schienen wie weggebügelt, und eine golden schimmernde Aura umgab sie. Schnell nahm sie die Tests und versteckte sie in einer Tüte, die sie in das kleine Hängeschränkchen stopfte.

»So, da bin ich«, sagte sie feierlich und trat ins Wohnzimmer, wo alle auf den Fernseher starrten.

»Die Baumhaus-Profis« lief, und Pete Nelson, die Hauptfigur und seines Zeichens Baumhausarchitekt, warf gerade ein Seil mit einem schweren Gegenstand daran in eine Baumkrone, um mit den ersten Arbeiten für das neue Projekt zu beginnen.

»Hallo, ich bin so weit«, sagte Alberta und schaute Philip dabei ganz verliebt an. Sie suchte förmlich seinen Blick, doch er sah nur gebannt auf den Bildschirm, wo Pete den Gegenstand über einen Ast geworfen hatte und lautstark zu jubeln begann. Till und Philip stimmten mit ein, als seien sie ein Teil des Teams. Lina stand auf.

»Ich muss ins Bad. Seit Stunden muss ich pis…«

»Ah!«, machte Philip warnend.

»Halte ich *den Urin* an«, korrigierte sie betont wohlerzogen.

»Iiiiih!«, rief Till.

»Wir müssen jetzt endlich los«, beschwerte sich Philip.

»Soll ich in'n Speisesaal pinkeln?«

»Iiiiih!«

Lachend verschwand Lina im Bad und knallte die Tür hinter sich zu. Philip sah ihr wütend hinterher, und Till muckelte mit vorgestreckter Lippe.

Alberta stand immer noch selig grinsend da und beobachtete ihre kleine Familie, die bald noch Zuwachs bekommen würde.

»Iiiiih!«, drang es auf einmal kreischend aus dem Bad, und Alberta fiel ein, dass sie etwas vergessen hatte.

»Oh.«

Der Plastikbecher mit ihrem gesammelten Urin stand noch auf dem Beckenrand.

Die Tür flog wieder auf, und Lina sprang förmlich heraus.

»Was ist das da?«, fragte sie angewidert.

Philip und Till schauten neugierig ins Badezimmer hinein.

»Da in dem Becher?«, fragte Philip, und Till riss geistesgegenwärtig seine Kamera hoch.

Philip trat näher ans Waschbecken.

»Das ist nichts«, wiegelte Alberta eilig ab.

»Und, Papa, was ist drin?«, fragte Till gespannt.

Alberta hob die Hand, um dem Ganzen ein Ende zu bereiten. »Sorry, Leute, das ist, äh …«

»Urin?«, fragte Philip mit einem vorsichtigen Blick in den Becher.

»Urin?«, wiederholte Till dramatisch.

»Pisse, du Hirni«, sagte Lina.

»Iiiih.«

»Äh … ja, genau«, bestätigte Alberta, »hab's vergessen wegzutun.«

»Du pinkelst in Plastikbecher?«, fragte Till entgeistert.

Philip drehte sich um und verlangte offenbar nach einer Erklärung, so wie er sie anstarrte.

»Oh nein«, sagte Lina tonlos. »Das kann doch nicht …« Sie schaute an Alberta hinunter, und ihr Blick blieb an Albertas Bauch haften. Auch Philips Blick konzentrierte sich nun ganz auf Albertas Körpermitte.

»Was ist, was habt ihr?«, fragte Till.

»Alberta …«, kam es zaghaft aus Philips Mund.

Sie lächelte und hob entschuldigend ihre Hände. »Tut mir wirklich leid, Philip. So solltest du es nicht erfahren.«

»Oh nein«, wiederholte Lina.

»Was denn?«, fragte Philip ahnungsvoll.

Alberta wusste nicht, was sie sagen konnte, um dieser Ankündigung in irgendeiner Weise doch noch einen romantischen Touch zu geben. Sie ging auf ihren Mann zu und küsste ihn.

»Nein, nein, nein!«, klagte Lina.

»Was habt ihr alle?« Till stand ratlos im Flur und blickte von einem zum anderen.

»Du bist viel zu alt«, stellte Lina entsetzt fest.

»Nein, bin ich nicht. Philip, wir kriegen ein Kind.« Sie sah ihm tief in die Augen.

Philip war sprachlos.

»Hä, woher denn? Was'n für'n Kind?«, krähte Till.

»Mann, du Nullchecker! Ein Kind, ein Baby! Sie kriegt ein Baby«, klärte Lina ihn ohne viel Geduld auf.

Till verarbeitete diese Information für bestimmt zehn Sekunden. Philip brauchte in etwa genauso lange.

»Ist das wirklich wahr?«, flüsterte er. Alberta nickte, und sie fielen sich in die Arme.

»Ich hab vier Tests gemacht. Ich schätze, es ist sicher.«

»Aber«, ging Till noch mal dazwischen, »wie … wie soll denn das passiert sein?«

»Ja, weißt du«, hob Lina wissend an, »der Papa hat seinen Pen…«

»Lina!«, stoppte Philip sie lautstark.

Sie verzog das Gesicht. »Wenn *du* ihn früher aufgeklärt hättest, würde er jetzt nicht so dämliche Fragen stellen, Papa.«

»Du sagst kein Wort mehr, verstanden? Kein Wort.«

»Okay. Ich bin gespannt.«

Sie verschränkte ihre Arme vor der Brust und blickte amüsiert der nun folgenden Szene entgegen. Philip ging auf seinen Sohn zu und kniete sich vor ihn.

»Till … das mit den Babys, das ist sehr, sehr kompliziert … und mitunter auch äh … verwirrend, wenn man es das erste Mal hört …«

»Mach lieber deine Kamera an«, riet Lina.

Philip strafte sie mit einem bösen Blick.

»Till«, begann Alberta sich einzumischen, »du hast doch sicher schon mal was von Sex gehört.«

»Aaah«, entgegnete er, »ich hatte schon so eine Ahnung, dass es was damit zu tun hat.«

»Sehr gut«, sagte Philip, »dann ist ja alles klar.«

»Mmmh, nä … versteh ich trotzdem nicht. Was hat denn das mit Albertas Pipi zu tun?«

»Habt ihr das denn noch nicht in der Schule gehabt?«, fragte Philip verzweifelt.

»Nur Sex bei Hunden und so … Forschpflanzung.«

Alberta musste ein Lächeln verstecken, während Lina laut loslachte.

»Forschpflanzung! Mann, Alder, so wird das nie was …«

»*Fort*-pflanzung heißt das«, erklärte Philip und legte einen Arm auf Tills Schulter.

»Na gut.« Er zuckte mit den Schultern.

»Und beim Menschen ist es quasi genauso wie beim Hund … Nach neun Monaten kommt ein kleines Baby zur Welt, das ist dann dein kleiner Bruder oder deine kleine Schwester.«

Till blinzelte und überlegte kurz.

»Dann will ich doch lieber einen kleinen Hund, glaub ich.«

Das Abendessen verlief ein wenig schräg. Philip war so nervös und überrascht und erfreut zugleich, dass ihm alles aus der Hand rutschte. Er kleckerte beim Trinken, ließ sein Besteck fallen, verschluckte sich und stieß zwei Gläser Apfelschorle um.

»Hast du'n Schlaganfall, oder was ist los mit dir?«, meckerte Lina, als sie sich eine dritte Apfelschorle bestellen musste und ihr Stoffgedeck schon ganz durchtränkt war. Ihre Laune hätte kaum schlechter sein können. Der Gedanke, bald auch noch ein kleines Geschwisterchen im Haus zu haben, ließ sie unablässig den Kopf schütteln. Till hingegen war einfach nur »geflasht«, wie er sagte. Er saß da, aß kaum etwas, blickte hin und wieder auf Albertas Bauch und zerriss schließlich die Menükarte in tausend kleine Schnipsel.

»Und ham S' a schönen Tag g'habt? Trotz Wind?«, fragte Frau Schelm und strahlte sie alle an.

»Wunderschön«, erwiderte Alberta sofort. »Ach so«, erinnerte sie sich, als sie die skeptischen Blicke der anderen bemerkte. Den Todesfall hatte sie in der Aufregung um die Schwangerschaft kurz vergessen.

»Tja, leider gab's da heut einen kleinen Zwischenfall«, sagte Philip mit gedämpfter Stimme, um kein Aufsehen zu erregen.

Frau Schelm beugte sich vor.

»Die ham einen abgeknallt«, sagte Lina frei heraus und ohne besonderes Interesse.

Frau Schelms Augen weiteten sich.

»Ja, wirklich«, stimmte Till mit ein, der jetzt zu neuer Energie erwachte, »letztes Jahr hat man schon Papas und Albertas Standestrulla abgeschossen und dieses Jahr ihren Skilehrer!«

»Schsch!«, machte Philip.

»Was schwätzt ihr da?«, fragte Frau Schelm atemlos.

Alberta neigte sich ihr konspirativ zu. »Es ist tatsächlich so, dass heute unser Skilehrer erschossen wurde. In der Gondel am Söllereck.«

»Aber des isch doch …« Frau Schelm blickte verunsichert zur Küche, wo ihr Mann mit dem Kochen beschäftigt war.

»Schlimm, ich weiß«, meinte Philip mitfühlend.

»Vielleicht ham S' sich do nua verhöart?«

»Nein. Wir haben ihn gesehen.«

Frau Schelm schlug sich eine Hand auf den Mund, dass es klatschte und die anderen Gäste sich zu ihnen umdrehten. Dann verschwand sie ohne ein weiteres Wort in der Küche.

»Vielleicht hätten wir lieber nichts sagen sollen. Die kennen sich hier wahrscheinlich alle«, flüsterte Philip und hätte beinah sein Bierglas umgestoßen.

Nach dem Essen, als sie es sich im Apartment gemütlich gemacht hatten, ging Philip kurz weg, wollte aber nicht sagen, wohin. Er kam mit einer Sektflasche in der Hand zurück, die er um diese Zeit eigentlich nur an einer Tankstelle oder im Hotel gekauft haben konnte.

»Zur Feier des Tages!«, verkündete er. »Ach nee«, fiel ihm plötzlich ein, »du darfst ja keinen Alkohol mehr.«

»Na, ein kleines Schlückchen vielleicht …«, sagte Alberta.

»Auf keinen Fall. Und Ski fahren solltest du jetzt auch nicht mehr.«

»Daran hab ich auch schon gedacht«, sagte sie. »Ich werde morgen mal zum Arzt gehen und fragen, was ich alles machen darf. Und endgültig abklären, ob ich tatsächlich schwanger bin.«

»Das würd ich aber auch mal sagen«, stimmte Lina zu.

Am nächsten Morgen fuhren Philip, Lina und Till also ohne Alberta zum Berg. Dort herrschte eine ganz eigentümliche Stille. Offenbar hatte sich schnell herumgesprochen, was gestern passiert war, und vor allem die Kollegen von Stavros waren geschockt. Einige der Skilehrerinnen hatten Tränen in den Augen, und kaum einer redete mehr als das Nötigste – und wenn, dann in einem gedämpften Tonfall.

Betreten stand auch Jochens und Stavros' Gruppe mit hängenden Köpfen im Schnee und wartete auf ihren Lehrer. Nur Rainer sah ungeduldig aus, hielt aber seine Hände wie zu einem Gebet gefaltet vor dem Körper. Dörte hatte verquollene Augen. Kathrin und Marie starrten mit leeren Blicken in den Schnee. Ihre Tattoos waren in dieser Haltung gar nicht mehr zu erkennen. Jens kaute nachdenklich auf seiner Unterlippe herum, und das Porsche-Pärchen hatte eine fast schon professionell zu nennende Anteilnahmsmiene aufgesetzt. Peters halbes Gesicht war hinter einer riesigen Sonnenbrille versteckt, seine Lippen ein blasser, dünner Strich. Leigh fehlte.

Dann kam Jochen, und alle wurden nervös. Philip klopfte ihm aufmunternd auf die Schulter, als er sich zu ihnen stellte und mit einer Hand vor dem Mund, so als wolle er sich räuspern, nach Worten suchte.

»Ihr werdet's ja sicher scho g'hört ham. Geschtern isch der Schtavros ums Lebe g'komme.« Er musste eine Pause einlegen und rang um Fassung. »Wie's ausschaut, war es koi Unfall, sondern … Mord.« Als er das Wort laut aussprach, ging so etwas wie ein kollektives Zucken durch die Gruppe. »Des isch a großer Schock für uns hier in der Schule. Die Polizei hat geschtern bis in die Nacht h'nei den Tatort untersucht und wird heut wahrscheinlich mit einigen Fragen hier auftauche. Also gebt bitte Auskunft über alles, was ihr wisst. Die Skischule hat sich dazua entschied'n, die Kurse weiterzuführe. Ist sicher das Beschte so. I denk, dass der Schtavros jetzt von ob'm h'nunterschaut und uns wie ei Schutzengel zua Seite steht.« Er blickte in die Runde. Alle nickten zaghaft. »I seh, dass zwoa Persone fehled. Philip, was isch mit Alberta?«

Allein die Tatsache, dass er nicht die Bezeichnung »Prachtbombe« benutzte, zeigte schon, wie angeschlagen er war.

»Sie kommt etwas später nach. Aber sie kommt.«

»Guat. Und die Leigh? Hat jemand was von der g'hört?«

Allgemeines Kopfschütteln.

»Scho recht. Dann lasst uns mal h'nauffahre.«

Antriebslos und mit schweren Beinen tapsten sie in die Station hinein. Die Wetteranzeige auf dem Bildschirm sagte Sonnenschein voraus. Der Sturm war vorbei. Alles hatte sich wieder beruhigt.

6

Alberta stellte den Wagen gegen Viertel nach elf auf dem Parkplatz ab. Als sie den kleinen Anstieg hinaufging, kam ihr ein gelber Laster entgegen, auf dessen offener Ladefläche die Gondel mit der Nummer 63 festgezurrt war. Alberta musste schlucken. Sie stellte sich ganz an den Rand, um das Fahrzeug durchzulassen, und sah der Gondel hinterher, bis der Laster unten an der Straße nach rechts abbog.

Oben an der Hütte standen nur noch wenige Skier parat. Sie erkannte ihr Paar auf Anhieb, ließ es aber stehen und betrat die dunkle Halle der Talstation. Sie musste nicht lange anstehen und fuhr mit einem doch recht mulmigen Gefühl im Magen nach oben. Als die Gondel aus der Senke hinaus und über das Hasiland schwebte, konnte sie Till und Lina nirgends entdecken. Was sie aber erkannte, war, dass die Polizei die gesamte Piste zu den Seiten hin mit Flatterband abgesperrt hatte. Heute würde Till, wenn er wieder einen kleinen Ausflug in das Waldstück unter ihr machte, also schon vom Absperrband aufgehalten werden. Die neue Jacke dürfte somit wenigstens diesen Skiurlaub überleben.

»Schau, da unten ist die Polizei«, sagte der Mann, der mit seiner Frau Alberta gegenübersaß, und deutete in das Waldstück.

Auch Alberta schielte zu den gut sieben Beamten hinunter, die rund um den vierten und fünften Pfeiler der Liftanlage nach Beweisen welcher Art auch immer suchten. Sie erwartete beinahe, Winnetou und Old Shatterhand dort unten auf Iltschi und Hatatitla entlangreiten zu sehen. Dabei fiel ihr ein, dass sie noch nicht einmal wusste, wie die beiden Beamten hießen. Hatten sie ihnen überhaupt ihre Ausweise gezeigt? Die gestrige Begegnung kam ihr inzwischen wie ein surrealer Alptraum vor, und kurz bevor sie die Bergstation erreichten, wusste sie nicht mehr mit Sicherheit zu sagen, ob sie sich das nicht alles nur eingebildet hatte. Die beiden Beamten, die oben die aussteigenden Gäste beobachteten, zeugten allerdings davon, dass es bittere Realität gewesen war.

Alberta stieg aus und strebte zunächst nach links, wo sie gestern gestartet waren. Ihre Gruppe war jedoch nirgends zu sehen. Also ging sie nach rechts an den Waldrand heran, wo sie das im Wind zappelnde Absperrband wie ein Treppengeländer in die Hand nahm. Sie schaute über die Piste und entdeckte ihre Gruppe an einer Kuppe zu einer anderen, nach links abzweigenden roten Piste mit etwas höherem Schwierigkeitsgrad, wo sie stehend Jochens Ausführungen lauschten. Alberta überquerte verbotenerweise die blaue Strecke und lief schnellen Schrittes zu ihrer Gruppe.

Jochen entdeckte sie als Erster und winkte ihr zu.

»Alberta!«

Die anderen drehten sich um, wobei Rainer fast wieder umgefallen wäre.

»Was isch mit dia?«, fragte er und blickte suchend an ihr herab.

»Guten Morgen. Ich kann bei dem Kurs leider nicht mehr mitmachen, ich hab ein Attest vom Arzt.«

»Bischt krank oder verletzt? Oder isch es wege geschtern?«

Alberta verzog unentschlossen den Mund und blickte zu Philip. Dann legte sie ihm einen Arm um die Hüften und drückte einen Kuss auf seine Wange. »Weder noch. Wir erwarten Skinachwuchs.«

Man sah förmlich, wie es in den Köpfen ratterte, bis Jochen und die anderen endlich kapiert hatten.

»Schwanger? Du bischt schwanger?«

Sie nickte lächelnd.

»Ja, herzliche Glückwunsch! A Butzele, des freut mi fia eich!«

Die anderen murmelten ebenfalls Glückwünsche.

»Ob die schwanger is oder nich, dit kann ja keener erkennen«, grummelte Rainer vor sich hin. Kathrin und Marie konnten ihn allerdings verstehen.

»Halt lieber dein Maul, Professorchen«, fauchte Kathrin ihn von der Seite an. Ihm fielen die Gesichtszüge fast zu Boden.

»Wat haste jesacht? Du dumme Lesbe?«

Kathrin und Marie bauten sich vor ihm auf. Ihre Tattoos auf Hals und Schläfe leuchteten gefährlich.

»Was is denn bei eich los?«, rief Jochen.

»Nichts, unser Professor hier hat einfach kein Benehmen!«, rief Kathrin zurück, sah dabei aber immer noch Rainer an.

»Ick bin'n hochrangiger Akademiker, und du … du … bist bloß irgend 'ne daherjelofene Lesbenschwuchtel«, schrie er mit dunkelrotem Gesicht.

»Ich weiß nicht, was du für'n Kraut rauchst, aber du nimmst eindeutig zu viel davon«, meinte Marie trocken, holte mit ihrem Skistock aus und zog ihm damit eins über den Helm, dass er ins Rutschen kam und wackelnd auf den doch recht steil abfallenden Hang fuhr.

»Rainer!«, schrie Jochen noch, da war er auch schon weg. Er nahm Geschwindigkeit auf, erinnerte sich an die Pizza, stellte die Skier aber derart schräg, dass sie sich überkreuzten und er einen Salto vorwärts machte. Oben fing alles an zu lachen, doch man konnte auch von hier sein glutrotes Gesicht sehen, als er sich aus dem Schnee kämpfte.

»Ick bringe sie um!«, schrie er wie von Sinnen und drohte wutentbrannt mit seinem Skistock. »Ick bring die beiden dämlichen Lesben um!«

Keuchend arbeitete er sich den Berg hinauf, seine Skier in einem Arm, mit dem anderen drohend ausholend.

»Ihr jottverdammten Arschkrampen, ick bring euch alle gleich hier auf der Piste um!« Er hatte sie jetzt fast erreicht und holte bereits mit beiden Skistöcken wie mit einer Axt über seinen Kopf aus.

»Wer bringt hier wen um?«, fragte auf einmal eine scharfe Stimme, und Rainer gefror in der Bewegung.

Alle fuhren herum.

Winnetou und Old Shatterhand standen hinter ihnen. Sie waren auf dem Kriegspfad, wie ihre Gesichter verhießen.

»Wat seid ihr denn für zwei Clowns?«, fragte Rainer.

»Mein Name ist Stubenthal, und das ist mein Kollege Troller. Wir sind Hauptkommissare der Kriminalpolizei Kempten«, sagte Old Shatterhand deutlich und mit Nachdruck zu Rainer, der erschrocken seine Skistöcke sinken ließ.

»Ach so … tja … dit konnte ich ja nicht ahnen.«

»Wir untersuchen den Fall des getöteten Herrn Stavros Palatha-konis-sis. Gegen wen hegen *Sie* denn eine Mordlust?«

»Ach, dit war doch nur so eine … Redewendung.«

»Rdnlmmmsfrlm«, nuschelte Troller alias Winnetou leise.

»Hauptkommissar Troller möchte dennoch gern wissen, wen Sie meinten.«

»Mensch, dit war so daherjesacht, da steckt doch keene böse Absicht da…«

»Wen bitte?«

»Herrgott, die beiden Le…tzten hier, die beiden …«, stammelte Rainer und deutete auf Marie und Kathrin. »Die ham mir een'n uff'n Helm jegeben. Da bin ick'n bisschen sauer jeworden, herrje, dit is doch janz normal!«

»Sie haben ihn geschlagen?«, fragte Stubenthal entrüstet.

»Ja, und das hatte er auch verdient. Er hat Alberta beleidigt.«

»Jaar nich!«, fuhr Rainer sie an.

»Nu benimm dich doch mal wie'n richtiger Professor, Professor, und gib's zu! Du bist in einer Tour am Mosern und Motzen und Über-andere-Herziehen.«

»Gibt es unter Ihnen sonst noch jemanden mit Mordgelüsten?«, erkundigte sich Stubenthal sarkastisch und hob seine Augenbrauen, während er die Gruppe ins Visier nahm. Bis auf Alberta, Philip und Jochen schauten alle zu Boden.

»Knnddgdn«, verkündete Troller.

»Was?«, fragte Jochen, der glaubte, angesprochen worden zu sein.

»Kindergarten«, übersetzte Stubenthal. »Frau Rose, wo sind denn Ihre Skier, wenn ich fragen darf?« Er blickte neugierig auf ihre Winterstiefel.

»Ich fahre nicht mehr«, sagte Alberta. »Ich darf nicht.«

»Dürfen?«

»Ja, ich bin …«

»Sie is schwanger!«, trompetete Jochen stolz heraus, gerade so, als sei er der Vater.

»Oh, herzlichen Glückwunsch«, entgegnete Stubenthal, und

Troller lächelte tatsächlich. Oder war es nur ein Schatten in seinem Gesicht? Alberta war sich nicht sicher.

»Der Grund, warum wir hier sind, ist natürlich der Todesfall des Herrn Pala-tha-konis-sis.« Wieder sprach er den Namen hübsch langsam aus, damit er keinen Fehler machte. »Ist jemandem von Ihnen vielleicht etwas Ungewöhnliches aufgefallen? Zum Beispiel ein Streit oder Telefongespräch, das den Herrn ... das Opfer beunruhigt oder verängstigt hat?«

Die Gruppe schüttelte einhellig den Kopf.

»Frau Rose berichtete uns gestern, dass sie mit ihrem Mann, dem zweiten Skilehrer, das sind Sie«, er blickte zu Jochen, der bestätigend nickte, »und einer weiteren Frau in der Bergstation war, als die Gondel mit dem Opfer darin eintraf. Wer war denn diese Dame, bitte?«

»Sie's net do«, sagte Jochen.

»Ach? Interessant. Und die beiden jungen Damen, die eventuell oben waren, weil sie unten nicht mehr gesehen wurden, waren das Sie beide?« Er sah zu Marie und Kathrin hinüber, die sich unangenehm berührt in ihren Jacken regten.

»Wir sind tatsächlich nach oben gefahren und dann gleich wieder hinunter«, gab Kathrin an.

»Im Sturm? Sind Sie nicht eine Anfängergruppe?«

»Eigentlich scho, aber des Niveau isch scho unterschiedlich. Den beiden ist es zuzutraue«, sagte Jochen.

»Als Sie nach unten gefahren sind, hätten Sie jemanden bemerken können, nicht wahr? Andere Fahrer, jemanden, der oder die abseits der Piste herumlief ... Die Strecke soll so gut wie leer gewesen sein. Der Täter aber war auf jeden Fall irgendwo dort. Haben Sie jemanden gesehen oder vielleicht die Schüsse gehört?«

»Nein«, sagte Marie.

Troller grunzte unzufrieden.

»Wirklich nicht«, bekräftigte Kathrin.

»Wie schade«, meinte Stubenthal enttäuscht. »Wir hatten uns von Ihrer Aussage mehr erhofft. Wie dem auch sei, wir werden auf jeden Einzelnen von Ihnen noch mal zukommen. Ihre Aussagen sind von Bedeutung, um den zeitlichen Ablauf und die Planbarkeit der Tat besser verstehen zu können. Aber jetzt machen Sie bitte weiter, sonst wird Ihnen kalt.«

»Danke«, sagte Jochen und deutete mit einem Skistock den Abhang hinunter. »Ihr habt's g'höart, alle Mann und auch Fraue bitte amol runterfahre!«

Marie und Kathrin machten den Anfang, sie waren ruckzuck von der Bildfläche verschwunden. Bis auf Rainer und Dörte kamen alle ohne Sturz unten an. Alberta, Stubenthal und Troller sahen ihnen noch eine Weile hinterher.

»Haben Sie denn schon etwas herausgefunden? Das Gewehrkaliber oder ob es besondere Patronen waren, die benutzt wurden?«, fragte Alberta und drehte sich den beiden Beamten zu.

»Äh, nein.« Stubenthal war etwas befremdet darüber, was Alberta so alles wissen wollte. »Nur dass der Anschlag von einer Position ungefähr zwischen dem dritten und dem fünften Liftmast erfolgte. Leider erweist sich die Spurensicherung als schwierig, da die Wetterverhältnisse, der Regen und der Wind, die meisten Spuren im Schnee verwischt haben.«

Alberta nickte.

»Frgdml mbsflwswdnnchgknnthbknt«, flüsterte Troller seinem Kollegen zu.

»Ja, Frau Rose, hatten Sie das Gefühl, dass jemand aus der Gruppe Herrn Palathakonissis gekannt hat? Also persönlich?«

»Nein, hatte ich nicht. Nur die beiden Skilehrer waren offensichtlich gut miteinander befreundet.«

»Ich verstehe.«

Obwohl, fiel es Alberta da wieder ein, hatte Dörte nicht ziemlich zu Beginn des Unterrichts so eine komische Bemerkung fallen lassen?

Wie war das noch gleich gewesen?

»Nun gut, wir verabschieden uns erst mal. Aber wir werden uns sicher noch sprechen. Vielen Dank, Frau Rose.« Die beiden Beamten reichten ihr die Hand, während Alberta noch darüber sinnierte, was Dörte gesagt hatte.

In Gedanken versunken ging sie den Berg hinunter. Auf halber

Höhe kamen ihr Marie und Kathrin bereits wieder im Schlepplift entgegen. Als Alberta einen spitzen Schrei durch das angrenzende Waldstück hallen hörte, sah sie, wie Dörte, die allein auf ihrem Haken saß, sehr weit nach links hinausgetragen wurde. Vergeblich versuchte sie mit kleinen Tippelschritten, ihre Skier wieder in die ursprüngliche Bahn zu lenken, als ihr der Bügel unter dem Hintern wegrutschte und sie mit einem Rückwärtssalto auf der Strecke landete, nicht weit von Alberta entfernt. Der Bügel baumelte wild an der Schnur, jemand rief etwas, und Jochen winkte von unten.

Alberta eilte zu der Stelle, wo Dörte verzweifelt versuchte, wieder aufzustehen.

»Ich mach schon!«, rief sie zu Jochen hinunter.

Dörte rückte soeben ihre Skibrille zurecht, die schief und voller Schnee auf ihrem Gesicht saß.

»Haaa!«, schrie sie vor Schreck, als sie Alberta vor sich stehen sah.

»Ich bin's nur, keine Angst. Komm, ich helf dir hoch.«

»Also, so was Blödes«, fluchte Dörte und ließ sich von Alberta auf die Beine ziehen. »Das hat ja sicher superdämlich ausgesehen.«

»Ach, das hat keiner mitgekriegt«, meinte Alberta.

Rainer und Peter glitten auf dem Lift an ihnen vorbei.

»Wat war'n ditte für'n jeiler Rittberger!«, rief Rainer und schüttelte sich vor Lachen.

»Blödes Arschgesicht«, zischte Dörte.

»Alles guat bei dia?« Jochen kam mit Jens zusammen als Nächstes hochgefahren.

»Ja, ja, geht schon.« Dörte wischte sich den Schnee aus dem Kragen.

»Fahr wieder runter und warte da auf uns!«, rief er über die Schulter zurück.

»Ich weiß gar nicht, warum ich diesen Scheißkurs überhaupt angefangen habe«, sagte Dörte und stemmte die Stöcke in den Schnee.

»Na ja, es lief ja nun auch ein bisschen anders, als man sich das im Allgemeinen so vorstellt.« Alberta lächelte aufmunternd. »Sag mal, hast du Stavros eigentlich gekannt?«

»Was?« Dörte stand stocksteif da, ihr gerötetes Gesicht glänzte feucht.

»Ach, keine Ahnung, du hast nur mal so eine Bemerkung gemacht. Da dachte ich, dass du vielleicht …«

»Nein«, sagte sie entschieden.

»Wo warst du eigentlich, als es passierte?«

»Unten, wo sonst? Sag mal, was soll die Fragerei?«

»Ich mach mir nur Gedanken.«

»Danke fürs Hochheben«, sagte Dörte wenig freundlich.

Alberta ließ nicht locker. »Wo warst du denn nun?«

»Unten. Stavros meinte, dass das Wetter schlechter wird und wir noch einen Moment warten sollen, damit er sich mit Jochen beraten kann. Vielleicht würde der Lift bald schließen. Da bin ich noch mal auf die Toilette. Als ich wieder rauskam, waren irgendwie alle weg.«

»Wer war denn bei euch?«

»Na, Rainer, das Ekel, Jens, Alexander und Anita.«

»Verstehe. Na, dann will ich dich nicht länger aufhalten.«

Alberta machte den Weg frei, sodass Dörte durch einen kleinen Streifen tieferen Schnee hindurch zur Piste fahren konnte. Eigentlich, dachte sie, wäre es gut, mit allen einmal so zu sprechen. Sie sollte jeden einzeln aus dem Lift katapultieren. Bei Rainer hätte sie gar kein schlechtes Gewissen dabei. Leider hatte sie keine Ahnung, wie sie das anstellen sollte.

Inzwischen schien die Sonne von einem so strahlend blauen Himmel, dass man nie auf die Idee gekommen wäre, gestern sei ein Unwetter hier über den Berg gezogen. Nach einem gemütlichen Fußmarsch entlang der Piste setzte sich Alberta auf die Terrasse der Schrattenalm und genoss einen großen Cappuccino und einen Apfelstrudel. Eins stand für sie dabei fest: Für den Moment war das hier ein wirklich idyllisches Intermezzo, doch weitere drei Tage lang so rumhängen, das war nichts für sie. Nein. Sie brauchte ein bisschen mehr Action.

»Hallo, Papa«, begrüßte sie Philip kess, als er nach Ende des Kurses seine Skier zurückstellte. Er drehte sich zu ihr um. Sie hielt ihm eine Ultraschallaufnahme entgegen.

»Ist es das, was ich denke?«, fragte er atemlos.

»Siehst du dieses kleine, weiße, runde Etwas?«

Er nickte eifrig.

»Das ist unser Kind. Also, die Fruchtblase.«

Mit vor Glück leuchtenden Augen stierte Philip auf die Aufnahme.

»Es ist wunderschön«, sagte er.

»Was ist wunderschön?«, fragte Till, der auf einmal hinter ihnen stand, und riss Philips Arm herunter, damit er aufs Bild schauen konnte. »Was soll'n das sein?«

»Das ist …«

»He, was habt ihr'n da?«, rief Lina, die glaubte, sie versteckten heimlich etwas vor ihr.

»Das ist euer Geschwisterchen«, sagte Alberta liebevoll.

»Ach du meine …«

»Was? Wo?«

»Na, da«, sagte Alberta und deutete auf das kleine Ei.

»Der is ja rund wie'n Pfannkuchen«, sagte Till erstaunt.

»Wundert's dich?«, meinte Lina schnippisch, verstummte aber, als sie Philips Blick bemerkte.

»Das ist die Fruchtblase, da ist es drin. Mehr kann man zurzeit noch nicht sehen.«

»Du meinst, der is in dem Ding drin? Wie in ›Alien‹? So'n Ei, aus dem er dann rausspringt?«

»Oder *sie*«, korrigierte Lina ihn.

»Na, so hässlich wie das Alien ist das Kleine mit Sicherheit nicht, und es springt auch nicht heraus. Es schwimmt da drin.«

»Es kann schwimmen?«

»Nicht so richtig, aber es treibt in der Flüssigkeit, dem Fruchtwasser.«

»Und hält neun Monate die Luft an oder was?« Till wurde es jetzt etwas zu unglaubwürdig.

»Nein, es atmet in der Flüssigkeit«, erklärte Alberta.

»Es atmet in der Flüssigkeit? Das is ja wie in ›The Abyss‹ von James Cameron, wo der da in dem Anzug steckt und dieses rosa Wasser einatmen soll.«

»Till, dir ist schon klar, dass wir keinen Außerirdischen kriegen, oder?«, fragte Lina.

»Woher kennst du überhaupt diese Filme? Du bist acht Jahre alt«, regte Philip sich auf.

»Neun!«

»In zehn Tagen erst«, hielt Philip dagegen.

»Hoffentlich benehmt ihr euch besser, wenn das Kleine erst da ist«, sagte Alberta, und Philips Mund klappte zu.

»Oh ja, natürlich. Entschuldigung.« Er nahm sie in den Arm, und Till und Lina schauten weg.

»Na, kommt, sonst fährt der Bus noch ohne uns.«

Sie marschierten den Berg hinunter zum Parkplatz.

»Wie ist es dir eigentlich ergangen heute?«, wollte Philip wissen.

»Oh Gott. Ich hab mich soooo gelangweilt. Für morgen muss ich mir was einfallen lassen.«

»Alberta, können wir bei dir im Auto mitfahren?«, fragte Lina mit kindhafter Stimme, »dann müssen wir uns nicht in diesen Stinke-Hitze-Bus quetschen.«

Till lachte über den Ausdruck.

»Wenn ihr netter von dem Baby sprecht, nehme ich euch gern mit.«

»Versprochen«, rief Till. »Wann schlüpft es denn?«

1

Abends nach dem Essen saßen Alberta und Philip auf der Couch, Till und Lina lagen vor ihnen auf dem Teppich, und sie schauten sich auf die Empfehlung von Till hin »Mord im Orientexpress« im Fernsehen an. Er meinte, das sei ein Krimiklassiker, den man kennen sollte, und dass Alberta sich etwas davon abgucken könne, denn der sei ja schließlich von Agatha Christie geschrieben worden, die noch viel mehr Erfolg habe als sie.

»Das is doch'n Film für Rentner. Nur alte Leute. Und dann dieser dämliche Detektiv, der aussieht wie'n Räucherstäbchenmann«, beschwerte sich Lina lustlos, während sie nebenbei auf ihrem Handy schrieb. »Was hat'n der mit'm Hals?«

Sie spielte auf die merkwürdige Haltung von Albert Finney an, der den Hercule Poirot fast wie eine Karikatur verkörperte.

»Is bestimmt von Geburt an schon so«, meinte Till.

»Das is'n Schauspieler, du Spasti, der ist doch nicht seit der Geburt wie Quasimodo unterwegs.«

»Du bist Quasimodo«, blaffte Till.

»Und du bist'n Hirnamputee, Alter.«

»Du weißt ja gar nicht, was das ist«, sagte Till mit Nachdruck in ihre Richtung.

»*Du* hast keinen Schimmer, was es bedeutet, und was Quasimodo bedeutet, weißt du auch nicht.«

»Wohl!«

»Never!«

»Doch, ich kenn den Film!«

»Scheiße.« Lina musste zugeben, dass das ein Argument war.

»Aber keiner von euch beiden weiß, was ein Hirnamputee ist, weil es den Ausdruck nämlich gar nicht gibt«, sagte Philip ungehalten.

»Den gibt's schon, du kennst ihn nur nicht«, klärte Lina ihn auf.

»Was heißt es denn?«, wollte Till wissen und hob dabei herausfordernd die Stimme.

»Gehirnamputierter.«

»Bin ich gar nicht!«, fuhr Till sie an.

»Das ist zwar eine schöne Wortkreation«, warf Alberta ein, »auch wenn es korrekterweise ›Brainamputee‹ heißen müsste, aber dennoch eine schreckliche Beleidigung, die ihr in dieser Familie nicht mehr aussprechen werdet.«

Lina stutzte. Alberta hatte noch nie so eine Ansage gemacht.

»Das entscheidest du?«

»Oh ja, liebe Lina, ich entscheide, weil ich für diese Familie verantwortlich bin. Ich habe euren Vater geheiratet, und jetzt bekommen wir ein Kind zusammen. Da möchte ich solche Ausdrücke nicht hören.«

»Der kleine Pfannkuchen ist also jetzt schon wichtiger als wir.« Damit stand sie auf und verließ das Wohnzimmer.

Philip rieb sich angestrengt die Augen.

»Mach dir nichts draus«, sagte Alberta, »das ist die anfängliche Eifersucht der Patchworkkinder. Ist ganz normal. Wenn das Kleine erst da ist, wird alles anders.« Sie streichelte über seinen Arm.

»Ja, schlimmer«, erwiderte Philip, »die beiden werden zu Monstern, und wir müssen das Baby rund um die Uhr vor ihnen beschützen.«

»Äh, Papa, ich bin noch da«, sagte Till mit erhobenem Zeigefinger, so als meldete er sich in der Schule.

»Ja, das tröstet mich«, sagte Philip deprimiert.

»Das ist es!«, rief Alberta wie elektrisiert und hüpfte in den Polstern kurz auf.

»Was ist mit dir?« Philip sah sie erschrocken an.

»Nichts. Du hast ›trösten‹ gesagt.«

»Oh, ja … Aber das Wort sollte dir eigentlich geläufig sein.«

»Das war es, was Dörte zu Stavros gesagt hat.«

»Wovon redest du?«

»Na, am ersten Tag, am Kinderhang. Da ist Alexander auf das Förderband gefallen, und Dörte meinte wie beiläufig zu Stavros, er könne ja seine Frau trösten. Trösten, verstehst du?«

»Nicht so ganz …«

»Herrje, wieso sollte sie wohl eine solche Bemerkung machen? Dass Stavros die Frau von Alexander trösten soll?«

»Ja, keine Ahnung.«

»Weil Dörte weiß, dass er das mit dem Frauentrösten schon mal getan hat.«

»Hä, wen denn?«

»Na, sie selbst wahrscheinlich.«

»Und was bedeutet das?«, fragte Philip ratlos.

Auf Tills Gesicht zeigte sich ein heller werdendes Grinsen.

»Ah, klar, Dörte hat ihn erschossen«, sagte er triumphierend.

»Es wäre zumindest denkbar, dass sie dadurch ein Motiv hatte«, hielt Alberta fest und reckte den Zeigefinger in die Luft.

»Bäm! Wir haben die Mörderin!«, rief Till, woraufhin Lina die Tür aufriss und ihn anschaute, als hätte er den Verstand verloren. Sie blickte auf das Fernsehbild, wo Hercule Poirot gerade eine grässlich geschminkte alte Frau im Abteil vernahm. »Nicht im Film, in echt!«, sagte Till begeistert.

»Immer schön langsam, Till«, sagte Alberta. »Ein Motiv macht noch keinen Mord. Uns fehlen ergänzende Informationen.«

»Du glaubst doch nicht im Ernst, dass Dörte als heimliche Scharfschützin ihren Exlover in einer Gondel abgeknallt hat«, brachte Philip dagegen vor.

»Das nicht, aber da ist was faul.«

»Oh, bitte nicht. Nicht wieder so was wie in Binz. Geh einfach nur in die Therme, genieß eine Massage oder 'ne Ayurveda-Behandlung in der Kräutersauna. Aber misch dich bitte nicht wieder in Mordfälle ein.«

»Ich misch mich nicht ein«, verteidigte sich Alberta, »die Fälle springen mich einfach an.«

»Is ja auch schwer, an dir vorbeizukommen«, sagte Lina und schloss die Tür wieder.

»… das ist jedenfalls eine Antwort«, gab Hercule Poirot im Fernsehen zu bedenken.

»Können wir das überhaupt?«, fragte Philip, als sie am nächsten Morgen zusammen im Bett beziehungsweise auf der ausgezogenen Couch im Wohnzimmer lagen und es draußen allmählich dämmerte.

»Was meinst du?«

»Na, Eltern werden? Sind wir nicht zu alt?«

»Zu alt? Willst du jetzt etwa so frech werden wie deine Tochter?«, rügte Alberta ihn im Spaß und lehnte sich auf einen Ellbogen.

»Du weißt schon. Ich dachte, ich sei inzwischen aus allem raus. Lina ist mitten in der Pubertät, und Till ist … na ja, er ist ein Filmfreak. Aber ein Baby? Ich weiß nicht, ob ich …«

»Was soll ich denn sagen?«, entgegnete Alberta. »Es ist mein erstes Kind, und ich bin schon vierzig. Bitte verdirb mir nicht die Vorfreude mit deinen männlichen Ängsten.«

»Männliche Ängste? Sind das nicht eigentlich Befürchtungen, die Frauen normalerweise haben?«

»Du meinst also, ich müsste so denken? Tut mir leid, mein Lieber. Ich fühle mich nicht alt. Damit stehst du schön allein da.«

Philip lachte, dass das Bett anfing zu wackeln. »Du bist echt klasse. Ich weiß gar nicht, was ich ohne dich gemacht habe.«

»Deine Kinder sehen das leider ein bisschen anders. Meinst du, sie fühlen sich ausgeschlossen, wenn wir ein Baby kriegen?«

»Was willst du tun? Es zur Adoption freigeben?«

»Nein, aber Till und Lina …«

Wieder musste er lachen.

»Oh, könnt ihr vielleicht mal leise sein da drüben?«, rief Lina erbost aus dem eigentlichen Elternschlafzimmer. »So kann man einfach nicht schlafen!«

Die beiden sahen sich schmunzelnd an.

»Du musst eh aufstehen. Jetzt geht's auf die Piste«, rief Philip zurück.

»Du kannst aber auch mit mir Babysachen einkaufen gehen«, fügte Alberta hinzu und horchte neugierig auf ihre Antwort.

Es kam keine, was Alberta ein wenig Sorge bereitete, dass die Tatsache, dass sie ein Baby bekam, die Beziehung zwischen ihr und Lina und vielleicht auch die zu Till tatsächlich negativ beeinflussen könnte.

Als sie am Frühstückstisch saßen, schaute Alberta immer wieder zu Lina hinüber, die ihren Blick beim Essen starr auf den Teller gerichtet hielt.

»Was ist?«, platzte es genervt aus ihr heraus, weil sie Albertas Blick nicht nur bemerkt hatte, sondern ihn auch als höchst störend empfand.

»Ich meinte das ganz im Ernst vorhin«, sagte Alberta sanft. »Ich fänd's schön, wenn wir beide mal zusammen nach Babysachen gucken würden.«

Lina kaute ungerührt weiter. »So wie du aussiehst, können wir die Babyabteilung überspringen und gleich was für Dreijährige kaufen.«

Philip warf wütend seine Serviette auf den Tisch. Alberta legte sofort eine Hand auf seinen Arm.

»Du kannst aussuchen, was du willst«, sagte sie an Lina gewandt, »es wird euer kleines Geschwisterchen.« Sie blickte glücklich von Lina zu Till. »Aber jetzt müsst ihr los. Kommt, gehen wir rauf, damit ihr eure Skiklamotten anziehen könnt.«

Alberta begleitete die drei bis zur Skischule.

»Und was machst du heute?«, fragte Philip, als sie sich voneinander verabschiedeten.

»Ach, mal sehen. Ich lass mich beraten, was man hier noch so alles unternehmen kann.«

»Aber nichts Gefährliches«, mahnte Philip.

»Keine Angst, du Schisser«, gab sie zurück, und eine Frau, die mit ihrem Mann und zwei Kindern neben ihnen stand, drehte sich erschrocken zu ihr um.

»Also wirklich«, sagte sie empört.

»Ja?«

»So können Sie doch nicht mit Ihrem Mann reden. Ihnen fehlt ja jeglicher Respekt vor den Männern.« Sie bekreuzigte sich hastig und schnappte nach Luft.

»Darf ich fragen, was Sie das angeht?«

»Ich wurde unfreiwillig Zeugin Ihrer gottlosen Äußerung, werde meine Augen aber nicht davor verschließen. Ihr Mann hat sicherlich Besseres verdient als eine Frau von so ungestümer

Boshaftigkeit und ... und ... körperlicher Maßlosigkeit, wie Sie es sind.«

»Bitte?«

»Maßlosigkeit ist eine der sieben Todsünden.«

»Sach mal, wer hat dir denn in'n Kopp geschissen?«, blaffte Lina ungeniert und streckte angriffslustig ihr Kinn vor. Jetzt blieben der Frau *und* ihrem Mann die Luft weg. Die Augen der beiden wurden so groß wie Tischtennisbälle, während der Mund der Frau sich öffnete und wieder schloss wie das Maul eines Fischs auf dem Trockenen.

»Würden Sie vielleicht die Freundlichkeit besitzen und dieser jungen Dame antworten?«, fragte Alberta betont pikiert. »Haben Sie denn keine Manieren in Ihrer Männlichkeits-Sekte?«

Seite an Seite standen Alberta und Lina vor der anderen Familie, zu voller und recht einschüchternder Größe aufgebaut. Till zwängte sich zwischen ihnen durch und richtete die Kamera auf die Frau und ihren Mann.

»Sind das Seismologen?«, fragte er, während er ihre Gesichter näher heranzoomte.

»*Scientologen* meinst du«, entgegnete Philip mit einem Lächeln.

»Von mir aus.«

»Nein, wir sind ...«

»Vollpfosten«, sagte Lina abfällig. Sie verschränkte die Arme vor der Brust.

»Du ...«, drohte der Mann plötzlich und zeigte mit dem Finger auf sie.

»Wenn Sie meine Tochter mit Ihrem Finger berühren, vergess ich auch noch den Rest meines Respekts vor den Männern und werde Ihnen mal so richtig maßlos eins auf die Glocke geben«, gab Alberta deutlich zu verstehen.

»Der Bus kommt!«, rief Philip erleichtert.

Verärgert wandten sich die beiden von ihnen ab, nahmen ihre Kinder und stiefelten in Richtung Bus. Philip dankte Gott, dass nicht mehr passiert war.

Alberta drehte sich grinsend zur Seite und hielt ihre Hand in die Höhe. »Gutes Mädchen, schlag ein!«

Lina schlug zu, dass es knallte. »Denen haben wir's gezeigt.«

»Wir nehmen den anderen Bus«, verkündete Philip schnell. »Da vorn kommt er.«

»Hätt'st du dem echt eine gehauen?«, wollte Till fasziniert von Alberta wissen.

»Wenn sich einer an euch vergreifen will, mach ich alles, mein lieber Till.«

Stolz lächelte er sie an.

»So, und jetzt wünsch ich euch viel Spaß. Bis nachher.« Sie klopfte Till auf den Helm und gab Philip einen Kuss. Dann ging sie in die Skischule und stellte sich hinter einer Frau an, die gerade eine Langlauftour buchte. Durchs Fenster sah sie dem Trubel um die Busse zu.

»Bitt schön«, sagte ein Mitarbeiter und bat sie zu sich.

»Guten Morgen, ich hatte zwar einen Abfahrtkurs gebucht, kann jetzt aber nicht mehr daran teilnehmen. Und da wollte ich fragen, was es sonst noch so für Möglichkeiten gibt, mich sportlich zu betätigen.«

Alberta winkte Jochen zu, der gerade am Fenster vorbeiging.

»Ah, warscht beim Jochen?«

»Genau.«

»In dem Kurs, wo …«

»Genau. Tut mir leid um Ihren Kollegen«, sagte Alberta etwas leiser.

»Danke. Ja, was moched mir nu mit dia? Du kannscht Longlauf mache, Schneewandere, Bergski laufe …«

»Sag mal, kennst du die Frau da vorn?«, fragte Alberta und deutete durch das Fenster auf Dörte, der gerade die Skistöcke entglitten und auf den Kopf eines kleinen Jungen gefallen waren. »War die schon mal hier?«

»Die tapsige do?«

Alberta nickte.

Der junge Mann sah kurz zu seinem Kollegen, der aber noch ins Gespräch vertieft war.

»Joa, die isch nit das erschte Mal do.«

»War die zufällig früher schon mal in der Gruppe von Stavros?«

Er pustete durch dicke Backen die Luft aus.

»Scho möglich.«

»Mhm.« Alberta trat näher an den Tresen heran und beugte sich etwas vor. »Und hatten die zwei mal was?«

Er schob seine Augenbrauen eng zusammen. »Isch au möglich. Der Schtavros isch kei Kind von Traurigkeit.« Ihm fiel auf, dass er von ihm sprach, als lebte er noch, und er verstummte.

»Verstehe«, sagte Alberta versöhnlich. »Und er war auch sicher keiner, der hier, na ja … nach der großen Liebe gesucht hat, was?«

Der Mann musste lachen.

»Nein.«

»Schön, was könnte ich denn machen, damit ich auch am Söllereck sein kann? Meine Familie läuft da nämlich.«

»Schneeschuhwandern oder Bergski.«

»Mit dem Bergski kann man auch ein bisschen fahren?«

»Freilich.«

»Gut, dann würd ich das versuchen. Hat Stavros eigentlich hier gewohnt?«

»Drübe in Fischen bei soi'm Kuseng.«

»Ach so. Ist der auch Skilehrer?«

»Na. Der hat a Muckibude.«

»Ach so.«

Alberta ließ sich ihre Ausrüstung geben und fuhr dann ans Söllereck. Man hatte ihr in der Skischule noch den Tipp gegeben, sich nicht zu warm anzuziehen, also quasi auf die Skijacke vollkommen zu verzichten, weil der Aufstieg doch recht anstrengend sei. Und in der Tat arbeitete sich Alberta in ihrem dünnen Skisweater mit aufgekrempelten Ärmeln und geöffnetem Reißverschluss nach oben. Das Absperrband grenzte noch immer die Piste vom Waldstück ab, und auch heute sah sie Beamte in dem Areal unter der Lifttrasse arbeiten. Am Ende des unteren Drittels war sie bereits klitschnass geschwitzt, als sie jemanden rufen hörte.

»He, Alberta!«

Till reckte grüßend den Arm in die Höhe. Lina stand gelangweilt auf ihre Stöcke gelehnt hinter den beiden Eierschalenjungs und hob nur müde die Hand.

»Guck mal, wie ich fahre!«, rief Till, und seine Skilehrerin gab den Weg frei. In beachtlichem Tempo fuhr die Gruppe ihre Kurven, und Alberta war erstaunt, wie leicht und flüssig die Bewegungen der meisten Kinder aussahen.

»Suuuper!«, schrie sie hinunter und winkte. Dann ging es weiter nach oben. Am Ende des Waldstücks sah sie ihre Gruppe auf der hier etwas breiteren Piste ganz rechts außen stehen. Jochen fuchtelte mit beiden Skistöcken in der Hand in der Luft herum. Alberta zog ihr Handy aus der Tasche und aktivierte die Fotokamera.

»Morgen!«, grüßte sie fröhlich und schwer atmend.

»Alberta!«, rief Jochen erfreut.

Sie schoss ein Foto ihrer Gruppe.

Die anderen grüßten auch. Philip blickte erschrocken auf die Skier an ihren Füßen.

»Aber du sollst doch nicht …«

»Des isch schon okay, Philip«, sagte Jochen, »des isch a ganz a leichte Bewegung mit koiner G'fahr des Zusommenstoßes mit and'ren Skifahrern.«

»Hallo, mein Philip Neureuther«, flüsterte Alberta und gab ihrem Mann einen Kuss.

Rainer verdrehte die Augen. »Kommt die jetzt jeden Tach hier hoch und knutscht mit dem da rum, oder wat?«

»Willst du auch ein Bussi?«, fragte sie Rainer, und Marie und Kathrin lachten laut los.

»Mensch, lass mich«, wehrte er angewidert ab. »Zieh dir lieber wat an, siehst ja aus wie'n Pistenflittchen.« Er stierte in ihren Ausschnitt.

»Du stehst nur auf Pflanzen, was?«, fragte sie und schlurfte an ihm vorbei zu Dörte, die als Letzte in der Reihe stand. »Macht ihr nur weiter, ich geh wieder.« Sie blieb etwas erhöht einen Meter hinter Dörte stehen und hörte sich an, was Jochen ihnen heute beibringen wollte.

»Also, liebe Leut«, hob er seine Stimme, »mir probiere heut mol was andres. Und zwoar nehmed mir unsre Stöcke wie einen Degen in die Hand. Ganz locker. Und mir mache Folgendes …« Er stellte sich in Position, um die Übung vorzumachen.

»Morgen, Dörte«, sagte Alberta von hinten, und Dörte sah über ihre Schulter.

»Morgen.«

»Sag mal, du kanntest den Stavros ja doch?«

Dörte stolperte aus dem Stand nach vorn, fing sich aber wieder. »Was?«, fragte sie nervös und gehetzt.

»Du kanntest Stavros schon und warst bereits in seinem Kurs.«

»Wie kommst du denn darauf? Nein.«

Jochen fuhr los. »Ihr zeigt mit der Spitze des Tal-Arms in Richtung Tal und seht, was passiert«, rief er: »Ihr fahrts automotisch ei wunderbare Kurve.«

»Ihr saht so vertraut aus, ihr beide«, log Alberta.

»Quatsch!«, zischte Dörte und trippelte nervös mit ihren Skiern.

»Kann es nicht sogar sein, dass ihr …«

In dem Moment fuhr Dörte einfach los und überholte den vor ihr stehenden Jens. Alberta blieb allein zurück und sah ihr lange hinterher. Diese Reaktion zeigte, dass sie Dörte noch ein, zwei weitere Fragen dazu stellen musste. Doch jetzt stand erst mal der Aufstieg an.

Alberta erklomm den Berg, und die Sonne empfing sie freundlich und warm. Sie hielt sich links und fuhr im Schritttempo den Weg zur Schrattenwangalpe, wo sie jedoch nicht hielt, sondern noch ein Stück weiterfuhr – bis zu einer Stelle, wo größere Felsen die Bergkuppe sprenkelten. Hier wollte sie einen Moment ausruhen und sich von der Sonne trocknen lassen, bevor sie dann in der Hütte einen kleinen Imbiss zu sich nehmen würde. Sie stoppte abrupt, als sie einen dunklen Schatten auf einem der Felsen erblickte und ihn für eine Bergziege hielt, die manchmal hier herumkletterten. Das wäre ein schönes Foto geworden, Till wäre sicher vor Neid erblasst. Doch bei genauerem Hinsehen war es keine Ziege, sondern ein Mensch, der dort auf dem Felsen im Schneidersitz saß, die Augen geschlossen und die Hände nach vorn ausgestreckt, als umfasste er eine unsichtbare Schale.

»Leigh!«, sagte Alberta überrascht und riss sie damit aus ihrer

Trance. Mit einem Blinzeln kehrte sie in das Hier und Jetzt zurück.

»Alberta.«

»Was machst du hier? Wir haben uns gefragt, wo du steckst.«

Leigh lächelte. »Ich bin hier, um mich mit dem Felsen zu vereinen.«

»Mit dem …« Alberta versuchte, ihre Irritation zu überspielen. »Das ist ja … nett.«

»Es ist elementar«, erklärte Leigh feierlich. »Es ist die Berührung, die Vereinigung zwischen uns und dem Gott, der uns hier überall umgibt. Ich werde eins mit ihm. Er ist in mir und ich in ihm.«

»Prima.«

»Was führt dich zu mir?«, fragte sie.

»Ich komme nur zufällig hier vorbei.«

»Es gibt keine Zufälle, das weißt du doch.«

»Ach ja?«

»Setz dich zu mir.«

Alberta löste ihre Skier und kletterte zu Leigh auf den Felsen. Es war herrlich warm in der Sonne.

»Um ehrlich zu sein, hätte ich schon ein paar Fragen an dich«, begann sie dann. »Wo warst du neulich? Wir haben dich hier oben gesucht, aber du warst in keinem der Restaurants.«

»Stimmt. Ich wollte nicht warten und habe mich wieder auf den Weg gemacht.«

»Du? Entschuldige bitte, aber deine Fahrkünste sind wirklich nicht so gut, dass du bei diesem Sturm …«

»Ich habe mich dem Berg anvertraut. Das war eine einschneidende Erfahrung für mich. Aber der Berg hat es gut aufgenommen und mich beschützt. Ich ging zu Fuß.«

»Zu Fuß?« Albertas Kopf fuhr zu ihr herum. »Und deine Skier?«

»Die ließ ich oben. Ich habe nur meine Stöcke gebraucht. Um vor dem Wind geschützt zu sein, bin ich durch das Waldstück gelaufen.«

»Welches?«, wollte Alberta sofort wissen. »Das unter dem Lift oder das auf der rechten Seite?«

»Rechts.«

Alberta blickte nachdenklich auf ihre Schuhspitzen, auf denen in der Sonne der Schnee schmolz.

»Das muss ein langer Marsch gewesen sein.« Sie konnte sich gar nicht vorstellen, wie dieses zarte Persönchen allein den Abstieg geschafft hatte.

»Zeit ist relativ«, entgegnete Leigh.

»Ja. Da hast du wohl recht. Hast du Stavros eigentlich gekannt?«

»Wen?«

»Stavros, unseren Skilehrer.«

»Nein, er war mir fremd. Auch nicht aus einem früheren Leben.«

»Ah ja. Aber du weißt schon, was passiert ist, oder?«

»Ja, ich habe eine Schwingung des Todes empfangen. Und in der Skischule sagte man mir, dass Gott ihn zu sich geholt hat.«

Alberta wollte fragen, ob Leigh mit einem Gewehr umgehen konnte, doch das erschien ihr zu plump, und sie hielt es ohnehin für unwahrscheinlich.

»Hast du noch jemanden gesehen danach oder unterwegs?«

»Ja. Rainer war noch unten. Und Marie und Kathrin auch.«

»Wo waren die? Am Lift?«

»Rainer kam diesen kleinen Weg hinter dem Restaurant entlanggelaufen. Und die beiden Frauen saßen drinnen.«

»Okay, vielen Dank, Leigh.«

»Es war schön mit dir. Du hast eine starke Vergangenheit.«

»Bitte?«

»Dein anderes Leben scheint sehr stark hindurch.«

»Mein Leben?«

»Ja, weißt du, wer du warst in deinem ersten Leben?«

»Äh, nein.«

Sie wandte sich Alberta zu und lächelte sanft mit leicht zur Seite geneigtem Kopf.

»Du warst eine Gans.«

»Gans?«

»Gans.«

»Ach?«

»Ja, eine Graugans. Im 19. Jahrhundert in England.«

»Gibt's ja nicht«, sagte Alberta mit hoher Stimme. Sie wusste nicht, ob sie lachen oder ein wenig Angst vor Leigh haben sollte.

»Hast du manchmal Sehnsucht nach England?«, fragte Leigh und blickte in die Ferne.

»Äh … na ja, jetzt, wo du's sagst. Ich mag England tatsächlich. Mein letzter Roman spielt sogar dort.«

»Siehst du? Du warst eine sehr mutige Gans. Hast dich gegen das Patriarchat der Ganter aufgelehnt und warst sehr angesehen unter den anderen Gänsen.«

»Ist das wahr?«

»Aber das war nur dein erstes Leben.«

»Wie viele Leben hatte ich denn?«

»Sechzehn.«

»Sechzehn?«, stieß Alberta hervor. »Deshalb bin ich auch so füllig, was? Ist immer was hängen geblieben.«

»Es bleibt immer etwas zurück, das stimmt«, sagte Leigh.

»Wie oft hast du schon gelebt?«

»Nur drei Mal. Du bist mir weit voraus.«

»Aber du kannst es sehen, irgendwie. Ich bin ziemlich blind.«

»Ich brauchte auch jemanden, der mich auf den rechten Weg führte. Mein Schamane, Tutziatlorizion.« Sie senkte den Kopf und schien Tränen zu unterdrücken. »Fliegen ist schön, nicht?«, fragte sie dann mit kleiner Stimme.

»Fliegen? Na ja …«

»Du bist als Gans geflogen, und wenn du dich zurückerinnerst, bestimmt auch in diesem Leben. Es wird immer mal wieder so kommen.«

»Dass ich fliege?« Alberta lachte, doch dann fiel ihr ein, dass sie tatsächlich mal ein solches Erlebnis gehabt hatte. Im letzten Jahr erst. Als sie die Verbrecher stellte, die sie hatten töten lassen wollen. Sie war geflogen, von einem Jetski auf das Deck einer Jacht, und hatte die Verbrecher unter sich begraben. Sie schüttelte den Gedanken daran ab und klatschte sich auf die Oberschenkel.

»So, ich werd dann mal wieder.«

»Danke«, sagte Leigh.

»Wofür?«

»Dass du zu mir gekommen bist.«

Alberta wollte erneut darauf hinweisen, dass es nur ein Zufall gewesen war, entschied sich aber in Anbetracht von Leighs Weltanschauung, darauf zu verzichten.

»Gern geschehen. Bis bald, Leigh.«

Sie machte kehrt, anstatt weiterzufahren, und nahm ein kurzes Mittagessen in der Schrattenwanghütte ein, ehe sie schließlich mit dem Lift nach unten fuhr. Sie war die Einzige, denn so gut wie niemand fuhr mit der Gondel zurück ins Tal. Aufmerksam schaute sie sich den Teil des Waldstücks an, in dem Winnetou und Old Shatterhand den Schützen vermuteten. Tatsächlich war der Bereich zwischen dem dritten und fünften Mast perfekt für einen solchen Anschlag. Aufgrund der Steigung konnte man auf gleicher Höhe mit den Gondeln aus der Deckung der Bäume heraus den Schuss ansetzen.

Unten angekommen, entdeckte sie auf der Terrasse des Restaurants ihre Gruppe, die dort zu Mittag aß.

»Guten Appetit«, wünschte sie, stellte sich hinter Philip und legte ihm ihre Hände auf die Schultern.

Er sah zu ihr hoch. »Hallo, Schatz. Wie war's?«

»Ich soll euch schöne Grüße bestellen.« Ihr fiel auf, dass Dörte nicht mit am Tisch saß.

»Von wem?«, fragte Jochen.

»Von Leigh. Ich hab sie oben getroffen. Sie … nun, sie hat sich für etwas anderes als Skilaufen entschieden.«

»Hat ihr wohl der Berg g'flüstert«, sagte Jochen, und Rainer lachte mit vollem Mund.

»Wo ist Dörte?«

»Die ist auf der Toilette.«

»Bin gleich wieder da«, sagte Alberta und ging hinein.

Drinnen saß wenig Kundschaft, die meisten genossen draußen die Sonne, sodass nur zwei größere Tische mit Skigruppen besetzt waren. Alberta ging durch den dunklen Flur bis zur Damentoilette und schob die Tür auf. Dörte stand vor dem Spiegel und zog sich den Kajalstrich nach. Alberta stellte sich hinter sie. Dörte gefror in der Bewegung.

»Was?«

»Ich dachte, wir reden mal unter vier Augen«, meinte Alberta ruhig und ohne jeden Vorwurf.

»Wozu? Über was sollen wir denn reden?«

»Hast du geweint?«, fragte Alberta und deutete in den Spiegel.

»Nein. Was geht dich das eigentlich an?«

»Du hast neulich so eine Bemerkung gemacht, die mich aufhorchen ließ. Du hattest eine Affäre mit Stavros, stimmt's? Und anscheinend warst du sehr wütend auf ihn …«

Dörte knallte den Kajalstift ins Becken.

»Red doch keinen Scheiß!«

Ihre Stimme klang schrill in dem gefliesten Raum.

»Also hab ich recht.«

»Einen Dreck hast du«, sagte Dörte und drehte sich zu ihr um. »Lass mich in Frieden.«

»Er hat dich abserviert, aber du kamst trotzdem noch mal zurück, warum?«, insistierte Alberta.

»Willst du hören, dass ich ihn erschossen habe, ist es das?«, schrie Dörte, und Tränen ließen ihren frisch aufgetragenen Kajal verlaufen.

»Nur wenn es so war.«

»Leck mich, du fette Gans.«

Damit polterte sie hinaus und ließ Alberta allein zurück. Die blickte in den Spiegel.

»Wenn du wüsstest, wie richtig du damit liegst«, flüsterte sie und lächelte ihrem Spiegelbild zu.

8

»Puh«, sagte Alberta und setzte sich zu den anderen an den Tisch.

»Was war denn mit Dörte los?«, fragte Anita.

»Der Tod von Stavros …«, deutete Alberta an, und betreten schauten alle auf ihre Teller. »Aber wir haben vielleicht Glück mit unserem Hotel gehabt«, schob sie lauter und fröhlicher nach. »Die Wohnung und das Essen … einfach klasse. Und bei euch? Wo seid ihr untergekommen?« Sie schaute Anita und Alexander an.

»Hotel Mohren, im Zentrum«, antwortete Alexander, »wir sind auch sehr zufrieden.«

Philip warf Alberta einen fragenden Blick zu.

»Und ihr beide?«, wandte sie sich an Marie und Kathrin.

»Wir haben ein Apartment im Haus Alpenblick mit einem krassen Balkon zum Nebelhorn raus«, entgegnete Kathrin.

»Ein Zimmer oder zwei?«, murmelte Rainer leise.

»Eins, Schnuckelchen. Du schläfst ja sicher allein«, stichelte Marie.

»Wo bist du denn?«, wollte Alberta wissen.

»Wüsste nich, wat dich dit anjeht.«

»Hast ja recht, Professor«, sagte Alberta und schaute sogleich Jens und Peter an.

»Ich bin im Hotel Kühberg am östlichen Stadtrand«, sagte Jens. »Die Lage in Verbindung mit der Höhe über dem Ortsniveau verspricht den meisten Sonnenscheinanteil im Ort. Während die meisten Häuser im Osten gegen Nachmittag im Schatten liegen, habe ich weiterhin Sonne bis in den späten Abend hinein. Hab ich alles vorher auf Google Earth nachgeschaut.«

»Ich hab eine kleine Wohnung oberhalb vom Fluss. Keine Ahnung, wie das da heißt«, fügte Peter als Letzter an.

»So, des woar ei schöne kleine Pause, aber jetz tue mir ma wieder wos«, sagte Jochen forsch. Er stand auf und winkte der Bedienung.

»Was sollte denn das eben?«, flüsterte Philip Alberta zu, als alle zu ihren Skiern aufbrachen.

»Gar nichts, reines Interesse. Small Talk.«

»An dir ist rein gar nichts small«, meinte Philip, und Alberta schlug ihm gespielt empört auf den Arm. »Du führst doch wieder was im Schilde.«

»Geh und lern Ski fahren.« Sie grinste und schubste ihn in Richtung seiner Gruppe, die sich bereits die Helme wieder aufsetzte.

Alberta tippte Rainer auf die Schulter. »Sag mal, hast du Leigh vorgestern zu Fuß hier runterkommen sehen?«

»Wat?«

»Sie sagte, sie hätte dich hier unten gesehen, und ich wollte wissen, ob sie bei dem Sturm tatsächlich zu Fuß den Berg runtergekommen ist.«

»Keene Ahnung. Is mir ooch schnuppe.« Schwungvoll zog er seine Skier aus dem Schnee.

»Was hast du denn noch hier gemacht?«

Er atmete entnervt aus und kam mit seinem Gesicht näher an ihres. »Wenn du't jenau wissen willst, ick bin da drüben in der Wanne Ski jelofen. Und jetzt mach mal'n Wech frei.« Er wollte sie unsanft zur Seite schieben, doch Alberta bewegte sich keinen Millimeter. Also ging er um sie herum.

»Super, Rainer. Danke.«

»Wir haben Leigh gesehen«, sagte Kathrin und schulterte ihre Bretter. »Sie war tatsächlich zu Fuß unterwegs.«

»Und ihre Skier?«, wollte Alberta wissen.

»Keine Ahnung, sie hatte nur ihre Stöcke dabei.«

»Wo wart ihr?«

»Hier im Restaurant. Wir saßen am Fenster und konnten sie vorbeilaufen sehen.«

»Was habt ihr noch so lange hier gemacht?«

Kathrin missfiel diese Frage, und ihr Gesicht wurde finster. Aber Marie antwortete freiheraus: »Wir haben uns besoffen. Die Kante gegeben.«

»Verstehe. Okay, danke.«

»Was soll die Fragerei?« Kathrin wischte sich mit dem Handschuhrücken über die Nase.

»Langeweile.« Alberta winkte ab und seufzte. »Ich weiß nichts mit mir anzufangen.«

»Es soll in Oberstdorf ein Kino geben«, sagte Marie.

»Ach ja? Super, vielen Dank für den Tipp.«

Sie ließ die beiden gehen und stand noch eine Weile unschlüssig da. Dann setzte sie sich auf der Sonnenterrasse an einen Zweiertisch und bestellte ein Weißbier. Erst als die Bedienung ihr das von außen beschlagene Glas mit der weißen Blume im Brauerei-Logo hinstellte, fiel es Alberta wieder ein.

»Ach nein! Ich darf ja gar keinen Alkohol mehr.«

Die Bedienung lächelte. »Im Ernscht?«

»Ja, ich bin … ich bin schwanger«, sagte Alberta leiser werdend. Das war anscheinend immer noch nicht so recht in ihr Bewusstsein vorgedrungen. »Ich zahl das natürlich, aber ich muss noch was anderes bestellen.«

»Ich würd's nehmen«, sagte ein junger Mann am Nebentisch. Er hatte einen langen Vollbart und lächelte aus kleinen Teddybäraugen zu ihr herüber.

»Ja, würden Sie?«

»Sehr gern sogar.«

»Okay, dann buch i des um«, sagte die Bedienung und reichte dem jungen Mann das Glas.

»Nein, schon gut, ich zahl das und nehme noch ein Skiwasser dazu.«

Albertas Nachbar, der mit seiner Frau oder Freundin dort saß, bedankte sich, und kurze Zeit später bekam sie von der Kellnerin ihr Skiwasser serviert.

»Sagen Sie, sind Ihnen vielleicht vorgestern, an dem Tag, als der Skilehrer verstarb, zwei Mädels aufgefallen, die sich hier betrunken haben? Mit auffälligen Tattoos?«

»Joa, sicher, die wared hier.«

»Können Sie sich noch an die Uhrzeit erinnern?«

»Oh, des muass so ung'fähr zwische zwoi und vier g'wese sei.«

»Prima, danke.« Alberta prostete ihr zu und nahm einen großen Schluck.

Tja, die beiden Mädels waren also hier gewesen, nachdem

sie allein den Berg hinuntergefahren waren. Sie hätten die Zeit gehabt, Stavros zu erschießen. Aber setzte man sich nach so einer Tat tatsächlich in eine Gaststube? Oder war das Teil ihres Alibis, das sie vorgeben wollten? Dass sie sich betrunken hatten, könnte auch ein Hinweis darauf sein, dass sie ihre schwerwiegende Tat herunterspülen wollten. Aber dann waren da ja auch noch Leigh und ihr Abstieg ohne Skier. Und Rainer, der auf dem Weg aufgetaucht war. Fragte sich nur, ob er von unten aus der Wanne kam oder von oben vom Söllereck? Alberta wusste, dass im Moment alles Spekulation blieb. Was sie brauchte, war ein Motiv. Alles begann mit einem Motiv. Und dazu musste sie das Opfer besser kennenlernen. Nun, dachte sie, ich habe ja Zeit. Eigentlich könnte ich dem Cousin von Stavros einen Besuch abstatten und ihn befragen.

Ja, das wollte sie tun, gleich wenn sie ausgetrunken hatte.

Sie nahm noch einen Schluck und entsperrte ihr Handy. Keine Nachrichten. Solange die Kinder auf der Piste waren, war das ein gutes Zeichen. Behutsam legte sie eine Hand auf ihren Bauch. Es fühlte sich anders an als sonst. Lächelnd tippte sie auf das Suchfeld und überlegte einen Moment. Wie war das noch? Tut-ziat-lo-rizion, tippte sie und drückte dann auf das Lupensymbol.

Sechs Ergebnisse wurden angezeigt. Sie klickte auf das erste und wurde zu einer Homepage mit dem Namen Tutziatlorizion-Schamane.de weitergeleitet. Allerdings erschien sie mit dem Hinweisfenster: Diese Domain ist nicht mehr vergeben.

»Mmmh.« Alberta verzog den Mund.

Der zweite Eintrag war ein Zeitungsartikel aus dem »Schwabenblatt« mit der Überschrift »Esoterik weicht Wissenschaft«. Ein Foto zeigte eine Gruppe demonstrierender Menschen mit Bannern vor einem abgezäunten Areal, auf dem Bagger standen. Alberta vergrößerte das Bild.

»Ach nee«, sagte sie laut, »Leigh!«

Die Berg-Flüsterin mit den drei vergangenen Leben war auf dem Foto mit einem Transparent in beiden Händen zu sehen. »Wir verzeihen euch! Das Leben wird euch richten!«

Die anderen Einträge waren Kursinformationen von Leigh

selbst. Sie arbeitete als »Naturmedium« und »Reinkarnationsassistentin« und gab Kurse wie »Sei kein Frosch? Doch! Nur Mut!« oder »Mutter Erde in dir, du in Mutter Erde – die wechselseitige Geburt« mit dem Folgekurs »Die Erdmutter – eine Anleitung zum kollektiven Kindsein« und »Genieße deine Leben!«, »Du in der Geschichte«, »Meine Ichs und unser Dasein« oder »Ex-Echsen und Damals-Dachse: Das Tier in mir«. Tutziatlorizion wurde ein paarmal als Gastdozent genannt. Ein Foto auf einer von Leighs Ankündigungen zeigte ihn kniend im Schnee, während der Dalai-Lama ihm eine Hand auf den Kopf legte.

Alberta konnte nicht verstehen, wie es eine Person wie Leigh hierher verschlagen hatte. Aber das war jetzt nicht von Belang. Sie trank aus, googelte die Adresse, zu der sie nun wollte, und ging zu ihrem Auto.

Fischen war der nördlich gelegene Nachbarort, sie benötigte nur knapp zehn Minuten, dann passierte sie das Ortsschild. Das Navi leitete sie in die Mühlenstraße und vor ein quadratisches Flachdachgebäude, über dessen Eingang in roten Leuchtbuchstaben der Schriftzug »Fitness Lipidakis« prangte. Das antik anmutende Vordach über der Eingangstür wurde von – wie sollte es anders sein – griechischen Säulen gestützt, sodass man den Eindruck bekam, man betrete eine zu klein geratene Akropolis. Alberta wollte sich gerade am Tresen nach Stavros' Cousin erkundigen, da kamen ihr zwei Männer entgegen, die allerdings gar nicht sportlich gekleidet waren. Eher filmisch.

»Huch!«, rief Alberta.

»Frau Rose«, sagte Stubenthal überrascht.

»Rmngsn«, ergänzte Troller.

»Was machen Sie denn hier?« Stubenthal reichte ihr die Hand.

»Och, ich … wollte mich sportlich betätigen. Die Piste ist ja nun nichts mehr für mich. Und Sie?«

»Tja, wir sind weiterhin in Sachen Palathakonissis unterwegs. Seinem Cousin gehört dieser Fitness… äh …tempel.«

»Ach?«, sagte Alberta überrascht und blickte an Stubenthal vorbei in den Trainingsraum. »Wie sieht er denn aus? Ich müsste ihm ja wohl kondolieren.«

»Den können Sie nicht verfehlen«, meinte Stubenthal nur, und Troller versteckte ein Lächeln hinter seiner Hand.

»Sind Sie schon weitergekommen mit Ihren Untersuchungen? Gibt es bereits einen Verdächtigen?«

»Nein, so schnell geht das nicht. Außerdem muss ich Sie über unseren Ermittlungsstand nicht informieren.«

»Müssen nicht …«, sagte Alberta.

»Aber?« Ein lauernder Ausdruck erschien auf seinem Gesicht.

Auch Troller zog ernst die Augenbrauen zusammen und näherte sich ihr neugierig.

»Na, wir könnten uns doch vielleicht gegenseitig helfen«, erläuterte Alberta gütig. »Was ich so in meiner Gruppe höre und erfahre, gebe ich gern an Sie weiter, und was Sie ermitteln, könnten Sie doch in Maßen mir zukommen lassen, wenn es nicht gerade staatsgefährdend ist.«

»Was bieten Sie uns hier an?«, fragte Stubenthal und drehte den Kopf leicht zur Seite. »Ich glaube, ich verstehe nicht ganz.«

»Gegenseitige Hilfe. Eine Hand wäscht die andere.«

»Gnmmsklmnsl.« Trollers Augen wurden größer und irgendwie wässrig.

»Kommissar Troller fragt sich, was für eine Funktion Sie dabei hätten, und mir geht das auch noch nicht auf.«

»Wie schon gesagt, ich kenne mich ein wenig mit Scharfschützengeschichten aus und bin Krimiautorin, ich habe so etwas wie eine natürliche Neugier, was Kriminalfälle anbelangt.«

Stubenthal atmete tief ein und richtete sich zu seiner ganzen Größe auf. Er schaute wirklich ganz genauso skeptisch, wie Lex Barker es immer getan hatte, wenn er den Soldatenversprechungen nicht vertraute.

»Ich denke, wir sollten Realität und Fiktion nicht miteinander vermischen.«

»Wsnammhfrgn.«

Stubenthal hielt kurz inne.

»Ich soll Sie fragen, was Sie über Ihre Gruppe in Erfahrung gebracht haben.«

»Oh, gar nichts. Ich bin ja nur eine Schriftstellerin und phantasiere gern. Guten Tag.«

Damit ging sie an den beiden vorbei und marschierte schnurstracks durch die Tür zum Kraftraum.

»Äh, hallo, haben Sie einen Ausweis?«, rief die Dame vom Empfang Alberta hinterher, doch mit der Körpersprache und -masse, die Alberta besaß, machte die Dame keine Anstalten, sie am Weitergehen zu hindern.

Alberta sah sich in dem rechteckigen, mäßig besuchten Raum um, der die Ausmaße einer Schulsporthalle besaß. Die recht modernen Geräte waren in einer ihr sich nicht erschließenden Ordnung auf einem blauen Filzteppich aufgebaut. An den Längsseiten waren die Wände bis zu einer Höhe von etwa zwei Metern mit Spiegeln versehen und darüber verglast, sodass man eine gute Sicht auf die Berge hatte und reichlich Tageslicht einfiel. Die gesamte hintere Wand war mit riesenhaften Schwarz-Weiß-Fotos von angespannten Muskeln verschiedenster Art tapeziert. Alberta erkannte einen Bizeps mit dicken, mäandernden Adern darauf, ein muskelbepacktes Knie in der Beinpresse, einen Trapezmuskel, so hoch, dass der Winkel zwischen Schulter und Hals fast neunzig Grad betrug, und einen Muskel, den sie nicht zuordnen konnte. Er hätte zum Rücken, aber auch zum Oberarm gehören können.

»Komm schon!«, rief eine martialisch tiefe, grollende Stimme durch die Halle. »Komm, komm, beißen, beißen! Los, noch mal, noch mal! Komm, du Scheißkerl! Ja, jaaaa!«

Alberta folgte der Stimme um einige Geräte herum, bis sie schließlich vor einer Drückerbank stand, auf der ein Mann in einer Art Ringertrikot lag. Sein Brustkorb hatte den Durchmesser eines Schlafzimmerschranks, und auf seiner glatt rasierten, solariumgebräunten Haut lief der Schweiß in Strömen herab. Die Enden der Hantelstange über seinem Kopf waren mit so vielen Gewichten bestückt, dass sich die Stange in der Mitte leicht durchbog. Und genau dort lagen die riesigen, schwarz behaarten Pranken eines zweiten Mannes. Auch er trug ein enges Trägertrikot, das sich über seinen Muskeln bis zum Zerreißen spannte. Er war klein, höchstens eins fünfundsiebzig groß, und am Körper dicht und lockig behaart bis zum Hals, wo der Wuchs plötzlich aufhörte wie an der Baumgrenze in den Bergen und sein säulendicker, auffällig kurzer Hals begann. Sein Kopf war schmaler als der Hals, und die nach unten abstehenden Ohren sahen aus wie von einem Kleinkind mit Uhu an den Kopf geklebt. Wulstige, wie ein Nackenhörnchen bis seitlich unter die Ohren reichende Nackenfalten endeten dort, wo die kahle, wie eine Billardkugel glänzende Schädeldecke begann. Seine Augen waren weit aufgerissen, und seine dünne Oberlippe zitterte über ein paar kurzen Frontzähnen. Ein texanischer Stier wäre vor Neid erblasst, wenn er diesen Mann hier hätte schnauben hören. Der Schweiß rann von seiner Glatze herab, als wäre das Dach leck und es tropfte ihm direkt auf die Schädeldecke.

»Sind Sie Herr Lipidakis?«, fragte Alberta und stand so kräftig und voluminös vor den beiden Männern wie eine Gleichgesinnte, die auf ein Duell im Bankdrücken aus war. Sie trug immer noch ihren engen Skipullover zur schwarzen Softshellhose.

Lipidakis' kleine schwarze Augen schätzten sie in Sekundenschnelle ab, er kam jedoch zu keinem eindeutigen Ergebnis. »Was wollen Sie?«, fragte er und schnaubte noch eine Runde.

»Ich bin Alberta Rose, ich war im Skikurs, den Ihr Cousin geleitet hat. Es tut mir sehr leid.«

Er ließ die Stange los und stemmte seine Arme in die nicht vorhandenen Hüften.

»Verzieh dich!«, raunzte er.

Alberta blinzelte und schnappte nach Luft.

»Oh, ich denke, Sie brauchen nicht gleich ausfallend zu werden …«

»Nicht du«, sagte er und gab dem Mann unter ihm eine Ohrfeige. »Du!«

Der Bankdrücker katapultierte sich hoch, bedachte Alberta mit einem feindseligen Blick und wischte sich dann mit seinem Handtuch übers Gesicht und verschwand.

»Was wollen Sie?«

Er sieht aus wie ein sprechender Felsklotz, dachte Alberta, wie dieser versteinerte Kerl aus dem Comic »Die Fantastischen Vier«. Wie hieß der noch?

»Was wollen Sie?«, wiederholte Lipidakis nachdrücklicher.

»Ich wollte Ihnen sagen, dass es mir leidtut.«

»Haben Sie schon.«

»Und ...« Jetzt hatte sie's. Das Ding, der Typ aus dem Comic hieß »Das Ding«.

»Und was?«, bellte er.

»Sie sind sein Cousin?«

»Ja.«

»Er wohnte bei Ihnen?«

»Maláka, was geht Sie das an?«

»Er erwähnte Sie«, sagte Alberta freundlich lächelnd.

»Ilíthios!«

»Er war sehr nett. Ich mochte ihn.«

Lipidakis blinzelte sie verständnislos an.

»Ich habe ihn gefunden. In der Gondel. Und ich dachte, ich sollte einfach mal mit Ihnen darüber sprechen.«

Jetzt tat sich etwas in seinem Felsengesicht. Ein Gefühl regte sich.

»Das war sicher ein schlimmer Schock für Sie. Auch dass er erschossen wurde.«

Es zuckte über seiner rechten Augenbraue und im linken Mundwinkel. Dann rann plötzlich eine Träne über seine Wange. Oder war das Schweiß?

»Herr Lipidakis?« Alberta ging um die Bank herum zu ihm.

Er schüttelte stumm den Kopf und ließ ihn hängen, soweit das mit dem kurzen Hals überhaupt möglich war. Es mochten nur ein paar Zentimeter sein. Alberta legte mitfühlend eine Hand auf seine verschwitzte Schulter, und er begann augenblicklich zu schluchzen.

»Kommen Sie, setzen wir uns.«

Alberta drehte ihn so herum, dass sie dem Fitnessraum den Rücken kehrten, und sie setzten sich nebeneinander auf die Bank, die unter dem Gewicht ächzte.

»O xádelfós mou«, jammerte er und rieb sich über seine Glatze.

Alberta kam sich vor, als spräche sie mit Troller. Sie verstand kein Wort, aber es klang traurig. Behutsam klopfte sie auf seinen Rücken.

»Sie haben also zusammengelebt?«, fragte sie leise.

»Nai, sto spíti mou. In meinem Haus.«

»Sie standen sich sehr nahe, nicht?«

Er nickte verzweifelt.

»Und wissen Sie, wer einen Grund gehabt haben könnte, ihn …« Sie wollte es nicht aussprechen, um ihn nicht weiter zu quälen.

Er blickte fast erschrocken zu ihr auf.

»Oichi«, hauchte er, »nein.«

»Hatte er denn Feinde, hatte er mit irgendjemandem Streit in letzter Zeit?«

»Nein. Er war … kaló paidí, ein guter Kerl.«

»Aber mit Frauen hat er sich schon gern amüsiert, oder? Bei seinem Aussehen war er doch sicher ein Frauenschwarm?«

Das rang ihm ein Lächeln ab.

»Ja, schon, ja.«

»Kennen Sie vielleicht eine Frau namens Dörte?«

Ein Zucken ging durch seinen Körper, und er setzte sich kerzengerade hin.

»Maláka. Dörte!«, rief er, und seine Halsadern schwollen beängstigend an. »Sie war eine … wie sagt man … Psychopathin.«

»Inwiefern?«

»Sie hat immer SMS geschrieben, angerufen, zehn, zwanzig Mal am Tag. Psycho, ganz klar.« Seine Trauer wurde von Wut abgelöst, und seine Kieferknochen mahlten. »Warum?«, schob er nach.

»Nun …« Alberta wusste gar nicht, ob sie es sagen sollte, entschied sich dann aber, bei der Wahrheit zu bleiben. »Sie war auch in der Gruppe.«

Seine kohlschwarzen Augen funkelten sie an. »Skatá«, flüsterte er, und es konnte nichts Gutes bedeuten, schätzte Alberta.

»Und sonst hatte Stavros keinen Ärger? Schulden vielleicht?«

»Er brauchte nicht viel. Ski fahren war seine Leidenschaft.«

»Also haben Sie keine Idee, wer ihm etwas antun wollte?«

»Nein, die Polizei war eben da und hat die gleichen Fragen gestellt wie Sie. Aber ich weiß nichts.«

»Na schön. Vielen Dank erst mal.«

Er griff unter die Bank und holte eine Tupperbox hervor. »Karpouzi?«

Alberta blickte hinein. Es war Wassermelone.

»Vielen Dank!« Sie nahm sich ein Stück.

Alberta fuhr zurück zum Söllereck, um ihre Familie in Empfang zu nehmen, die von der Piste zurückkam. Überraschenderweise war Lina bestens gelaunt.

»Was ist denn mit deiner Schwester los?«, fragte sie Till erstaunt.

»Erinnerst du dich an den Kerl, der uns die Skier geliehen hat? Der hat heute den Kurs gegeben.«

»Ah«, sagte Alberta, »die Hormone.«

»Nein, der Stefan«, korrigierte Till. »Außerdem sind Fred und Tom heute auf der Piste zusammengekracht und ohnmächtig liegen geblieben.« Er deutete auf einen Notarztwagen, der weiter oben parkte und an dessen offenem Kofferraum ein Arzt gerade den Pupillentest bei einem der eierschalenfarbenen Brüder machte. Anita und Alexander standen besorgt daneben.

»Eijeijei«, meinte Alberta.

»Du warst heute ja fast sportlicher unterwegs als wir«, meinte Philip.

»Ja, mit den Bergskiern kommt man ganz schön ins Schwitzen.«

»Aber du bist doch nicht runtergefahren mit den Dingern?«

»Nein, mit dem Lift. So, Bus oder Auto?«, fragte sie laut.

»Auto!«, rief Lina sofort.

Sie kamen um halb vier am Hotel an, parkten in der Tiefgarage und gingen zu ihrem Apartment. Lina hüpfte förmlich über den Gartenweg bis nach hinten zum Eingang, wo sie aber wie vor eine unsichtbare Wand gelaufen stehen blieb. Links und rechts neben der Eingangstür standen wie zwei Wachen der englischen königlichen Leibgarde Stubenthal und Troller.

»Äh …« Lina drehte sich mit ungläubig hochgezogener Oberlippe zu Alberta und Philip um. »Sind die aus Bad Segeberg ausgebrochen, oder was?«

»Schscht!«, machte Philip entrüstet und ging, ein schnelles Lächeln aufsetzend, auf die beiden Beamten zu. »Kommissar Stubenthal, Kommissar Troller, herzlich willkommen. Was können wir für Sie tun?«

»Wir möchten mit Frau Rose sprechen«, sagte Stubenthal.

»Darf ich Ihnen den Rest der Familie vorstellen? Das sind Lina und Till.«

Lina nickte nur verhalten. Till glotzte die beiden fasziniert an und suchte in seiner Tasche nach seiner Kamera, die er dann auch fand.

»Sehr nett«, sagte Stubenthal.

Till richtete die Linse auf die beiden Kommissare.

»Was … äh … tut der Junge da?«

»Er filmt. Ist seine Leidenschaft.«

»Ich möchte nicht, dass er uns filmt.«

»Hast du gehört, Till? Mach das Ding aus«, fuhr Philip ihn an.

Widerwillig nahm Till den Camcorder herunter.

»Wollen wir nicht nach oben gehen?«, schlug Alberta vor, und alle stiegen die Treppe hinauf bis in ihr Apartment, wo sie den Beamten einen Kaffee anbot, den das Western-Duo aber ausschlug.

Sie setzten sich in die Küche, weil die Couch im Wohnzimmer noch nicht wieder zum Sitzmöbel umfunktioniert war.

»So, wie kann ich Ihnen denn helfen?«, fragte Alberta scheinheilig.

»Nun, Frau Rose …« Stubenthal räusperte sich. »Wir haben uns gefragt, ob Herr Lipidakis Ihnen vielleicht etwas gesagt hat, das er uns nicht mitteilen wollte.«

»Um das zu beurteilen, müsste ich wohl erst mal wissen, was er *Ihnen* gesagt hat. Eine Information, die Sie mir aber ja nicht geben wollen.«

»Ich verstehe. Nun, sagen wir mal, er war recht zugeknöpft uns gegenüber. Er scheint der Polizei ganz allgemein nicht sehr aufgeschlossen gegenüberzustehen.«

Alberta überlegte einen Moment.

»Ich bin nicht sicher, ob das, was ich Ihnen sagen könnte, eine gewisse Person eventuell in ein falsches Licht rückt.«

»Bitte, Frau Rose, vertrauen Sie uns, dass wir niemanden ohne die dazugehörenden Beweise verdächtigen. Um wen geht es?« Stubenthal legte erwartungsvoll die Hände ineinander und harrte einer Antwort. Troller nahm so langsam wie ein Faultier seinen kleinen Block und einen Kugelschreiber aus der Manteltasche.

»Gibt es schon ein Obduktionsergebnis?«, fragte Alberta.

Stubenthal blickte zu Troller, der die Augen niederschlug. Ein kaum merkliches Nicken.

»Ja, das gibt es in der Tat.«

»Das ging aber schnell.«

»Ja, bei uns ist nicht so viel zu tun wie in Berlin. Herr Palathakonissis starb an einer von insgesamt sechs abgeschossenen Gewehrkugeln, die noch in seinem Kopf steckte. Drei drangen in die Kabine ein, drei prallten an der Dachkonstruktion ab. Todeszeitpunkt: zwischen vierzehn und vierzehn Uhr dreißig. Die Winkel der Einschusslöcher in der Gondel lassen darauf schließen, dass der Täter aus leicht erhöhter Position, mindestens aber aus ungefähr gleicher Höhe geschossen hat. Das Opfer saß wohl zunächst mit dem Rücken zum Hang in der Gondel. Der Schuss muss ihn auf die andere Seite befördert haben. Dabei verlor er auch das Handy, mit dem er kurz vor seinem Tod noch eine SMS verschickte.«

»An wen?«, fragte Alberta sofort.

»Das können wir noch nicht sagen.«

»Können oder wollen?«

»Wir verstehen uns, wie ich sehe«, meinte Stubenthal mit einem schmalen Lächeln.

»Das ist nicht viel Neues, muss ich sagen«, entgegnete Alberta.

Troller räusperte sich unzufrieden.

»Also schön«, lenkte Alberta ein, »ich habe herausgefunden, dass Stavros eine Affäre mit einer Frau aus unserer Gruppe hatte.«

»Ach ja?«, platzte Philip überrascht heraus.

»Ja, und diese Person war wohl nicht ganz einverstanden damit, dass Stavros diese Liaison beendete.«

»Von wem sprechen Sie, bitte?«

»Von Dörte. Ich kenne ihren Nachnamen nicht.«

»Buschwein.«

»Gut, also sie hatte letzte Saison oder jedenfalls vor einiger Zeit etwas mit Stavros, und wie Herr Lipidakis mir berichtete, muss sie ihn mit Anrufen und SMS bombardiert haben. Er nannte sie eine Psychopathin.«

»Soso«, sagte Stubenthal sinnend, während Troller ohne große Regung etwas auf seinen Block schrieb.

»Was ist?«, fragte Alberta irritiert, da Stubenthal nicht sonderlich überrascht wirkte.

»Die letzte SMS war an Frau Buschwein adressiert.«

Alberta und Philip sahen sich vielsagend an.

»Sie lautete: ›Lass mich endlich zufrieden, oder ich schalte die Polizei ein, du beschissene Stalkerin.‹«

»Sehen Sie«, sagte Alberta, »und ich kann einfach nicht glauben, dass Dörte Buschwein mit einem Scharfschützengewehr im Busch sitzt und ihren Exlover abknallt. Vielleicht können Sie ja Weiteres über sie herausfinden, irgendwas, wodurch dieses Szenario wahrscheinlicher wird. Für mich sieht es aber mehr nach Mafiamethode aus.«

»Mafia«, wiederholte Stubenthal, »wie könnte die da reinpassen?«

»Keine Ahnung.«

Einen Moment lang sagte keiner mehr etwas. Nur aus dem Schlafzimmer hörte man Handygeräusche.

»Nun gut. Wir brechen jetzt auf. Eine Frage habe ich aber noch …«

Stubenthal und Troller erhoben sich, Alberta und Philip ebenfalls.

»Was meinte Ihre Tochter vorhin mit Bad Segeberg?«

»Meine … äh … Bad Segeberg?«, stammelte Alberta und sah Philip fragend an.

»Ach, das hab ich gar nicht … so mitbekommen.« Er lachte verlegen.

»Doch, es war recht deutlich«, sagte Stubenthal.

»Sie wissen aber schon … eigentlich … oder nicht?« Alberta musterte die beiden forschend.

»Was?«

»Na, also dass … Sie beide … Ihre Erscheinung …«

»Ja?«

»Kennen Sie Karl May?«

»Natürlich, aber was hat das mit uns zu tun?«

Alberta pustete angestrengt aus und gestikulierte wild mit den Händen in der Luft herum.

»Karl May hat ja nun über den Wilden Westen geschrieben, über … äh … dieses Pärchen …«

»Ein Paar?«

»Nein, ein … also, zwei Männer … Winnetou und Old Shatterhand.« So, jetzt war es raus.

»Ja, kenn ich. Und?« Stubenthal blickte zu seinem ebenfalls ahnungslos dreinblickenden Kollegen.

»Och bitte«, flehte Alberta, »sehen Sie sich doch mal an! Sie beide … das ist doch frappierend.«

»Smdwwdbsnd.«

»W-wollen Sie etwa sagen, dass wir wie Winnetou und Old Shatterhand aussehen?«, fragte Stubenthal entsetzt.

»Ja, natürlich«, meinte Alberta mit gezwungener Zurückhaltung.

Die beiden Beamten blickten an sich herunter.

»Und wer soll Winnetou sein?«

»Das sehen Sie nicht? Das ist doch sonnenklar!«

Stubenthal zog Troller mit sich vor den großen Spiegel im Flur. Schulter an Schulter standen sie da.

»Na, bitte«, sagte Alberta, »Blutsbrüder, wie sie im Buche stehen.«

Die Schlafzimmertür öffnete sich, und Till wollte herauskommen. Er stoppte aber auf Philips Wink hin und blieb stehen. Durch den Spalt sah er den beiden Polizisten zu.

»Ist mir noch nie aufgefallen, dir?«, fragte Stubenthal seinen Partner.

Troller schüttelte entgeistert den Kopf.

»Ich bin halt allergisch gegen alle Synthetics«, verteidigte Stubenthal sein Outfit.

»Ha!«, rief Till, »wie bei ›Zurück in die Zukunft‹! Genau das Gleiche hat Doc Brown auch gesagt.«

»Tut mir leid«, sagte Philip entschuldigend und signalisierte seinem Sohn mit einer Geste am Hals, dass er ihn umbringen werde.

Stubenthal begutachtete sich weiter ausgiebig im Spiegel.

»Na ja, jetzt wo Sie's sagen …«

Er drehte sich prüfend nach links und rechts, bis Troller ihn in die Seite stieß.

»Ja, gut. Wir gehen dann jetzt. Hat mich gefreut. Ach ja, morgen ist übrigens die Beerdigung, wollte ich noch gesagt haben. Sechzehn Uhr, in Oberstdorf. Er war hier gemeldet.«

Damit verließen sie das Apartment.

9

Philip lag kurz vor dem Einschlafen auf der Couch, die Kinder fläzten sich auf dem Teppich und schalteten die Programme rauf und runter. Rauf und wieder runter. Hundertvierunddreißig Programme. Alberta saß im Sessel neben dem Fenster und musste sich einfach ablenken. Bis zum Abendessen waren es noch knapp zwei Stunden. Sie konnte diese Überdosis an Nachmittagsfernsehen nicht länger ertragen. Außerdem hatte sie Heißhunger, und zwar jetzt. Sie konnte nicht noch zwei Stunden warten, unmöglich.

»Ich geh noch mal schnell zu … zur Apotheke«, sagte sie, weil sie wusste, dass die Kinder dann nicht nachfragen würden.

»Mmmmh«, lautete denn auch das abwesende Registrieren von Till. Lina rührte sich gar nicht, und Philip war soeben eingeschlafen.

Also ging Alberta schnellen Schrittes in die Ortsmitte und überlegte, wo sie eine klitzekleine Kleinigkeit zu essen bekommen könnte. Das Hotel Mohren lag auf ihrem Weg gleich links, und sie dachte, dass sie vielleicht zwei Fliegen mit einer Klappe schlagen könnte.

Als sie das Café des Hotels betrat, saßen dort, wie für sie bestellt, Anita und Alexander mit ihren beiden Söhnen, die wie immer dumpf vor sich hinstarrten.

»Hallo, das ist ja ein Zufall!«, sagte Alberta erfreut und stellte sich an ihren Tisch.

»Alberta, was tust du hier?«, fragte Anita.

»Ach, zu Hause wollen alle nur fernsehen. Ich hatte Kuchenhunger. Könnt ihr mir etwas empfehlen?«

»Tja, zu empfehlen ist so ziemlich alles, denk ich«, sagte Alexander. »Die Kuchen hier sind großartig.« Er schaute unsicher zu seiner Frau. »Magst du dich zu uns setzen?«, fragte er gezwungenermaßen.

»Gern, das ist aber nett.«

Alberta schnappte sich einen Stuhl von einem leeren Nachbartisch und nahm Platz.

»Was war denn heute los? Ich hab gesehen, dass euch ein Notarzt behandelt hat.« Sie adressierte dabei die Jungen, die aber nur müde und abwesend wirkten.

»Sie hatten einen Unfall auf der Piste«, klärte Anita sie auf, »es ist wohl eine leichte Gehirnerschütterung.«

»Wahrscheinlich aber gar nichts«, fügte Alexander an.

»Sie waren ohnmächtig«, erinnerte Anita ihn spitz.

»Na ja, benommen.«

»Warst du dabei?«

»Nein, du aber auch nicht.«

»Aber ihr wart doch dabei?«, fragte Alberta die beiden Jungen.

Nichts. Keine Reaktion.

»Siehst du, es geht ihnen nicht gut.«

Die Kellnerin kam, und Alberta bestellte einen Kaffee und einen Erdbeerkuchen mit Sahne, außerdem Tomatensaft und einen Toast Hawaii. Als Alberta die Bestellung aufgab, tauchte zum ersten Mal so etwas wie eine Reaktion im Gesicht der Brüder auf. Anscheinend amüsierte es sie.

»Bis morgen seid ihr sicher wieder fit. Tja, wo wir hier schon so beisammensitzen, wollte ich euch mal fragen, wie das neulich alles so abgelaufen ist an dem Tag, als das mit Stavros passierte.«

»Wie meinst du das?«, fragte Anita.

»Na, wir waren in der Hütte zusammen und gingen dann hinaus. Ich fuhr mit Philip, Leigh und Jochen hinauf, aber sonst kam niemand mehr. Wo wart ihr denn? Hat Stavros mit euch gesprochen?«

»Ja, sicher«, antwortete Alexander, »er sagte, wir sollen erst mal warten. Er ahnte wohl schon, dass der Lift bald schließt. Er suchte noch die beiden Les… äh … Mädels und versuchte, Jochen zu erreichen.«

»Mit wem standet ihr denn da?«

»Da waren Jens, Rainer, Dörte und wir.«

»Dörte meinte, sie wäre dann aufs Klo gegangen?«

»Stimmt. Sie musste noch mal zur Toilette und ging in die Alpe, kam aber irgendwie nicht zurück.«

»Und Peter?«, wollte Alberta wissen.

»Peter hatte Probleme mit der Rechnung. Die hatten ihm wohl zu viel abgezogen. Außerdem hatte er keine Lust mehr. Ich weiß gar nicht, ob er überhaupt noch mal zur Station gekommen ist. Vielleicht ist er auch gleich nach Haus gefahren.«

»Was habt ihr gemacht, als ihr da standet?«

»Gewartet. Als Stavros sagte, dass der Lift den Betrieb einstellt, sind wir wieder rausgegangen. Jens ist ... keine Ahnung, wo der hingegangen ist. Und Rainer, na ja, der redet ja eh mit keinem von uns.«

»Er sagte, er sei in der Wanne Ski gelaufen. Wisst ihr, ob der Lift da unten noch lief?«

»Keine Ahnung.«

»Und dann seid ihr mit eurem eigenen Auto nach Hause gefahren?«

»Ja, als wir die Kinder abgeholt hatten. Mit dem Bus fahren wir nicht, das muss man sich nicht antun«, sagte Anita und strich ihre frisch geföhnten Haare zurück.

Albertas Bestellung kam, und sie machte sich gleich über den Kuchen her und probierte ein Stück vom Toast.

»Du bist wirklich schwanger«, sagte Anita lachend.

»Ach, ich glaub, das ist ganz normal bei mir.« Alberta trank einen Schluck Kaffee und aß dann weiter. Die anderen sahen ihr zu. Fred und Tom blickten ausdruckslos vor sich hin. Die Stille war ein wenig peinlich, weil man Albertas Essgeräusche jetzt umso lauter vernahm.

»Papa ist vorher noch mal weggefahren.«

Alberta schaute überrascht auf. Jemand musste diesen Satz gesagt haben, und so, wie er betont gewesen war, nämlich überhaupt nicht, konnte es nur einer der Eierschalenjungs gewesen sein.

»Bitte?«, fragte sie nach.

Der Junge, der ihr am nächsten saß, blinzelte in Zeitlupe.

»Papa ist noch mal weggefahren.« Sein Mund blieb leicht geöffnet.

»Was redest du da?«, fragte Anita.

»Das Auto stand doch woanders.«

»Stimmt«, gab Alexander schnell zu. Alberta drehte sich zu ihm. »Ja, ich musste noch mal zurück ins Hotel, ehe wir die Kinder abholten, weil … weil ich, äh, mein Geschäftshandy hier liegen gelassen hatte und einen wichtigen Anruf erwartete.«

»Ah ja.« Alberta lächelte und biss in den Toast. »Bist du unterwegs jemandem begegnet?«, fragte sie.

»Entschuldige bitte, Alberta, aber wieso stellst du all diese Fragen?«, wollte Anita wissen. »Weshalb verhältst du dich wie eine … Miss Marple oder was auch immer?« Sie lachte gekünstelt.

Alberta überlegte.

»Ich versuche, es zu verstehen. Den Mord, die ganzen Umstände.«

»Ich glaube, wir müssen uns jetzt für das Abendessen umziehen«, meinte Anita mit einem flinken Blick auf ihre Armbanduhr.

»Sicher, geht nur. Ich brauche noch ein wenig.«

Anita stand auf und forderte Alexander mit den Augen auf, sich ebenfalls zu erheben. Sie verabschiedete sich, und Alberta blieb allein am Tisch zurück. Genüsslich aß sie ihre Teller leer und lehnte sich dann mit einer zweiten Tasse Kaffee in der Hand zurück, während sie darüber nachdachte, was die Porsche-Familie alles gesagt hatte.

Auf dem Rückweg kam Alberta zufällig an der Wohnung von Marie und Kathrin vorbei. Neben dem Eingang zum Haus entdeckte sie einen kleinen Kasten mit Broschüren zu der Ferienwohnung, als oben eine Balkontür aufging und Kathrin heraustrat. Sie hängte nasse Wäsche auf die beiden Gartenstühle. Alberta winkte ihr zu.

»Huhu, Kathrin!«

»Ach, hallo«, rief Kathrin zurück.

»Habt ihr einen Moment Zeit?«, fragte Alberta.

»Äh … ja, willst du raufkommen?«

»Gern!«

Alberta betrat das Grundstück durch ein Gartentor und öffnete die Haustür.

»Hier oben«, sagte Kathrin durch den Hausflur. Alberta stieg die Treppe hinauf in den ersten Stock.

»Hallo, das ist nett«, sagte sie, »ich kam hier gerade vorbei. Hab mit Anita und Alexander Kaffee getrunken.«

»Komm rein.«

Es war ein kleines, aber uriges Apartment, dessen schweres Eichenmobiliar mit sehr bunten, rotlastigen Accessoires und aktuellen Fotos aus der Gegend aufgelockert war. Marie kochte in der offenen Küchenzeile etwas sehr Knoblauchhaltiges.

»Hallo Alberta. Willst du was mitessen?«, fragte sie.

»Nein, vielen Dank, ich gehe gleich nach Hause und esse im Hotel.«

Kathrin bot ihr am Tisch einen Platz an, und sie setzten sich. Marie kam mit ihrem Weinglas dazu.

»Wein kann ich dir auch nicht anbieten, was?«

»Nein, ich hatte auch eben erst Kaffee und Kuchen, jetzt brauch ich ein Päuschen, bis unser Abendessen losgeht.«

»Ein echt verrückter Kurs, was?« Kathrin nippte an einem Bier, das bereits auf dem Tisch gestanden hatte. Sie trug ein enges langärmeliges T-Shirt und sah sehr sportlich darin aus, fast wie eine Kampfsportlerin. Ihre Arme und Schultern waren sehr muskulös. Marie hingegen bevorzugte den Schlabberlook mit sackartigen Hosen und einem ebensolchen T-Shirt. Aber auch darunter konnte man einen durchtrainierten Körper erahnen.

»So was hab ich auch noch nicht erlebt. Es ist alles so unwirklich«, sagte Alberta, obwohl ihr sehr wohl schon etwas Ähnliches widerfahren war.

»Ja, wie ein Film kommt's mir manchmal vor«, meinte Marie, »und jetzt geht alles so normal weiter.«

»Der arme Stavros«, murmelte Kathrin traurig in ihr Bier hinein und nahm einen Schluck.

»Hatte er Familie?«, fragte Marie.

»Einen Cousin, soweit ich weiß«, sagte Alberta.

Betreten blickten die beiden auf den Tisch. In der Pfanne brutzelte es, und der Dampf ließ den Deckel tanzen. Marie lief hinüber und drehte die Hitze runter.

»Danke übrigens, dass ihr neulich so für mich eingestanden seid«, sagte Alberta, »als Rainer etwas abfällig geworden ist.«

»Rainer«, murrte Kathrin mit grimmiger Stimme, »der Kerl bringt mich noch zur Weißglut.«

»Ja, er ist'n echter Stinkstiefel.«

»Wie kann so'n Typ Universitätsprofessor sein?«, fragte Marie und kam kopfschüttelnd an den Tisch zurück.

»Habt ihr ihn eigentlich noch irgendwo gesehen, nachdem ihr an dem Tag vom Berg gekommen wart?«

»Nee, der kann uns auch gestohlen bleiben.«

»Also habt ihr nur Leigh gesehen?«

»Du willst wohl'n bisschen Detektiv spielen, was?« Kathrin lächelte über den Hals ihrer Flasche hinweg.

»Ja, ich muss gestehen, dass ich mich in dieser Hinsicht schwer zurückhalten kann.«

»Und du schreibst tatsächlich Krimis? Was für ein Zufall, oder? Dass ausgerechnet in deinem Kurs so was passiert?«

»Ja. Der Mörder kannte mich wohl nicht«, flachste Alberta.

»Du meinst, es war einer aus unserer Gruppe?« Marie umklammerte ihr Weinglas mit beiden Händen.

Alberta zog die Nase kraus. »Ach, ich weiß nicht. Die Art und Weise spricht eher für ganz andere Täter.«

»Nämlich?«, fragte Kathrin neugierig.

»Die Mafia oder was Ähnliches.«

»Mafia«, wiederholte Kathrin abwesend.

»Wie auch immer. Gesehen habt ihr also nur Leigh? Dörte nicht? Oder Jens und Peter?«

»Nein, als wir runterkamen …«

»Doch, Jens war noch da und schaute dem Hubschrauber zu, meine ich«, sagte Marie, »aber da hatte ich schon was getrunken.«

»Und unterwegs? Ich meine, zu der Zeit, als ihr runtergefahren seid, muss es ja ungefähr passiert sein. Habt ihr niemanden gesehen? Oder etwas gehört?«

»Bei dem Wind?« Kathrin schüttelte den Kopf.

»Da war niemand«, bestätigte Marie.

»Wir sind allerdings nicht die Hauptpiste runtergefahren, sondern oben am Wäldchen abgebogen, weil es da weniger windig war.«

»Ach so«, sagte Alberta, »dann seid ihr rechts von der Piste gefahren, im Zauberwald?«

»Ja, genau.«

»War mutig von euch.«

»Du bist doch auch runtergefahren.«

»Ja, schon. Aber ihr zwei seid ja noch jung und nicht so ängstlich wie wir. Und außerdem fahrt ihr wirklich gut. Ich weiß gar nicht, warum ihr in unserem Anfängerkurs seid.«

Marie und Kathrin warfen sich einen kurzen Blick zu.

»Na ja, es war bei mir schon länger her, dass ich das letzte Mal gefahren bin, und Marie war noch nicht ganz so sicher auf den Skiern«, erklärte Kathrin.

Alberta nickte nur und klopfte dann auf den Tisch.

»So, dann will ich mal wieder. Euer Essen riecht großartig, was gibt's denn?«

»Thailändisch.«

»Dann lasst's euch schmecken. Bis morgen.«

»Mach's gut«, sagten beide im Chor und hoben die Hand zum Abschied.

Alberta ging die Treppe hinunter und wunderte sich. Die beiden Mädels wirkten alles andere als ängstlich. »Unsicher auf Skiern« waren beide nicht. Wieso hatten sie den Anfängerkurs gebucht? Das leuchtete ihr immer noch nicht ein. Im Grunde mussten sie sich doch zu Tode langweilen.

»Wo warst du?«, fragte Philip erstaunt, als Alberta um Viertel vor sieben wieder im Apartment eintraf.

»In der Apotheke«, sagte sie.

»Fast zwei Stunden? Die Kinder sagen, du bist um fünf losgegangen.«

»Hab noch einen kleinen Schaufensterbummel gemacht. Außerdem hast du doch friedlich geschlafen, was regst du dich so auf?«

»Ich reg mich nicht auf. Ich bin nur besorgt. Du bist schwanger und läufst einfach so in der Gegend herum, was soll ich da denken?«

»Philip«, sagte Alberta ernst und legte den Kopf schief, »ich bin nicht krank oder gebrechlich. Ich bin einfach nur schwanger, und das noch nicht sehr lange, auch wenn's anders aussieht bei mir.«

»Ja, entschuldige.«

»Entschuldige dich nicht, zieh dich lieber um, oder willst du in dem Aufzug ins Hotel zum Abendessen gehen?«

Philip blickte an sich herunter. Er trug einen verwaschenen Kapuzensweater mit dem Logo der Rolling Stones darauf und eine Trainingshose von Adidas, die er in den Achtzigern gekauft hatte.

»Schon gut.«

Beim Abendessen fing Alberta, während sie auf den Hauptgang warteten, auf einmal an, eine Art Karte auf ihre Serviette zu zeichnen. Neugierig reckten die anderen drei die Köpfe.

»Was machst'n da?«, fragte Till.

»Ich will nur was verdeutlichen, für mich selbst.«

»Oh nein«, jammerte Philip, der erkannt hatte, was es darstellen sollte. »Warum lässt du nicht einfach die Finger davon, Alberta?«

»Was macht sie denn?«, fragte Lina.

»Schnüffeln.«

»Müffeln heißt das«, sagte Till.

»Nein, nicht *sie* riecht, sondern sie *erschnuppert* etwas, und zwar ... ach, was red ich überhaupt«, sagte Philip, als er an der diebischen Freude im Gesicht seines Sohnes erkannte, dass Till ihn diesmal auf den Arm genommen hatte.

»Hier ist die Talstation«, begann Alberta ihre Karte vom Skigebiet zu erklären, »Stavros sitzt in der letzten Gondel, die fährt. Unten sind Peter, Jens, Dörte, Anita, Alexander und Rainer. Dörte ist hier auf der Toilette.« Sie schrieb den Namen »Dörte« in die Almhütte. »Peter ist angeblich auch noch in der Alpe, weil es einen Fehler bei der Rechnung gab.« Sie schrieb auch seinen

Namen mit hinein. »Rainer wartet nicht länger, sondern geht in die Wanne zum Skilaufen.« Sie trug seinen Namen in der angedeuteten Senke ein. »Das heißt, Jens muss noch hier sein, ebenso wie Anita und Alexander. Der ist laut seines einen Sohnes allerdings noch mal kurz nach Haus gefahren, sein Handy holen. Also ist Anita allein mit Jens.«

»Cool. Und jetzt?« Till starrte gebannt auf die Serviette, als würde gleich ein Film darauf zu sehen sein.

»Wir, euer Vater und ich, sind hier oben, in der Bergstation, zusammen mit Jochen und Leigh. Marie und Kathrin sind schon auf der Piste und fahren runter. Leigh geht gerade zu Fuß los. Jetzt passiert es. Jemand erschießt Stavros. Auf der Piste sind demnach zum Zeitpunkt seines Todes drei Frauen unterwegs. Die anderen sind unten. Wo Dörte, Peter und Alexander sind beziehungsweise ob ihre Angaben stimmen, können wir nicht genau sagen, weil sie allein waren.«

»Du meinst, das sind deine Verdächtigen?«, fragte Lina wenig überzeugt.

»Ich bin mir sicher, der Täter ist in unserer Gruppe zu finden. Ein Außenstehender hätte nicht wissen können, was wir untereinander besprochen haben. Und er hätte bei diesem Wetter nicht jeden seiner Schritte nahtlos überwachen können. Außerdem schien Stavros laut seinem Cousin keine Feinde gehabt zu haben. Nur von einer Person weiß ich bisher, dass sie ein Motiv gehabt haben könnte. Dörte kannte Stavros und wurde von ihm zurückgewiesen. Wenn sie den anderen sagt, sie geht auf die Toilette, in Wahrheit aber ein Gewehr holt, zu einem der Liftmaste geht und Stavros erschießt …«

»Dörte?«, fragte Lina. »Eine Mörderin namens Dörte?«

Alberta ließ den Stift fallen. »Ich weiß, wie es klingt, aber sie ist die Einzige mit Verbindung zum Opfer. Bis jetzt. Morgen muss ich mit Peter, Jens und Rainer reden. Vielleicht irre ich mich ja auch, aber dann habe ich wenigstens mit allen gesprochen, die ich überprüfen kann.«

»Du meinst, die anderen hast du schon gesprochen?« Philip blickte ganz verdattert.

»Joa, das ergab sich ganz zufällig auf dem Spaziergang durch die Stadt.«

»Zufällig?«

Alberta schlug scheinheilig die Augen auf und sah ihren Mann mit Dackelblick an.

»Diese Frau macht mich noch vollkommen bräsig«, schimpfte er vor sich hin, genau in dem Moment, als Frau Schelm mit dem Essen an den Tisch kam.

»Meinen S' mich?«

»Nein, Frau Schelm, wo denken Sie hin. Meine Frau natürlich.«

»Ach, lassen S' mol, die's scho gonz recht.«

Sie zwinkerte Alberta zu. Dann fiel ihr Blick auf die Serviette, und ihr wäre fast der Teller aus der Hand gerutscht.

»Hoi!« Sie bekam ihn rechtzeitig wieder zu fassen, und alles blieb, wo es sein sollte. »A Guat'n«, wünschte sie und verschwand wieder in der Küche.

Alberta zog die Serviette unter ihrem Teller hervor und steckte sie ein.

»Die brauch ich vielleicht noch, wenn ich Jens einen Besuch abstatte. Wie hieß das noch, wo er wohnte?«

»Keine Ahnung, irgendwas mit Schafen«, antwortete Philip.

»Kühberg!«

Nach dem Essen wollte Alberta gleich aufbrechen und fragte sogar, ob Philip mitwollte. Ein kleiner Abendspaziergang wäre doch nett.

»Na gut.« Philip ließ sich breitschlagen, auch weil er meinte, er könne eventuell zurückhaltend auf Alberta einwirken, ehe sie sich mit ihrer Fragerei in Teufels Küche brachte.

Der Spaziergang erwies sich als etwas zu intensiv für Philips Geschmack, mussten sie doch eine steile Anhöhe hinauflaufen, die sich ziemlich hinzog. Doch als sie erst einmal angekommen waren, fanden sie sich in einem netten kleinen Hotel mit einer sehr gemütlichen Gastwirtschaft und einer phantastischen Aussicht wieder. Um diese Zeit waren die meisten Gäste bereits mit dem Abendessen fertig, und die Kundschaft reihte sich um die Bar des Hauses. So auch Jens, er winkte den beiden aus der Mitte einiger Personen zu.

»Hey, ihr beiden! Hier!«, rief er. »Die sind aus meinem Skikurs«, erklärte er seinen Hotelbekanntschaften.

»'n Abend, Jens«, sagte Alberta, »das ist aber nett hier.«

»Was hat euch denn herverschlagen?«

»Können wir dich einen Moment sprechen?«, fragte Alberta.

»Nur wenn du ihm nicht wehtust«, sagte einer der Männer und lachte schallend.

»Die Catcherbraut bricht unserem Professor noch alle Knochen«, rief ein anderer und bog sich ebenfalls.

»Keine Angst, schwere Knochenbrüche tragen nur diejenigen davon, die mich eine Catcherbraut nennen«, sagte Alberta todernst. Augenblicklich verstummte das Lachen. Ein breites Grinsen zeigte sich auf ihrem Gesicht. »Haaa, reingefallen, ihr Angsthasen!«

Jens löste sich aus der Gruppe, und sie setzten sich an einen der freien Tische.

»Geht's um Stavros?«, fragte er gleich.

»Ja, in der Tat«, sagte Alberta und schob Salz- und Pfefferfässchen und die ausliegende Karte so beiseite, dass nichts mehr zwischen ihr und Jens stand. »Ich frag dich einfach mal geradeheraus: Kanntest du ihn schon vorher?«

»Stavros? Nein. Ich bin zum ersten Mal hier in Oberstdorf, woher sollte ich ihn kennen?«

»Na bitte«, meinte Philip erleichtert, weil er Jens nun entlastet sah.

»Ich wollte dir auch noch ein paar Fragen stellen, was den Zeitraum angeht, in dem es passierte«, fuhr Alberta fort. »Mit wem standest du unten, als der Lift nicht mehr fuhr?«

»Mit Dörte, Anita, Alexander und Rainer. Nee, Moment … Alexander ist rasch ins Hotel gefahren, wegen eines Anrufs oder so ähnlich.«

»Ja, er hatte wohl sein Geschäftshandy vergessen.«

»Genau.«

»Hast du mitbekommen, wann er wiederkam?«

»Gesehen hab ich ihn erst wieder, als der Hubschrauber schon da war.«

»Und die anderen?«

»Du übernimmst jetzt den Job der Polizei, was?« Er lächelte und trank von seinem Bier. »Oh, wollt ihr auch was? Ein Bier, ja?«

»Nicht für mich«, wehrte Alberta ab.

»Ach ja, stimmt.«

»Ein Wasser wäre wunderbar.«

Jens bestellte schnell an der Bar das Wasser und ein Bier für Philip.

»Ich hab auch schon drüber nachgedacht, wer's gewesen sein könnte«, sagte er, als er an den Tisch zurückkam. »Der Täter …«

»Oder die Täterin …«, ergänzte Alberta.

»Richtig … Er oder sie muss das Ganze auf jeden Fall geplant haben. Das war mit Sicherheit keine Affekthandlung. Ein Scharfschützengewehr findet man ja nicht mal eben am Wegesrand. Nein, der Mörder hatte einen gut durchdachten Plan, und ich denke, er wollte auch die Wetterlage ausnutzen.«

»Ja«, stimmte Alberta ihm zu, »als das Wetter schlechter wurde, konnte er oder sie sich im Schneetreiben quasi unbemerkt auf der Piste bewegen, und der Lift fuhr nur noch stockend bis gar nicht, sodass er mehr Zeit für den Schuss hatte. Die Wetterlage erklärt auch, warum er so viele Schüsse abgeben musste, der Wind war einfach zu stark.«

Jens lächelte bewundernd. »Philip, du hast wirklich eine clevere Frau.«

»Danke«, sagte Philip, auch wenn ihn diese Cleverness mitunter Nerven kostete.

»Tja, wer kann es nun gewesen sein? Klar ist, dass er oder sie das Schießen gelernt haben muss«, fuhr Jens fort.

»Und dass er oder sie gute Augen haben muss«, meinte Alberta mit erhobenem Zeigefinger. »Trägst du eine Brille?«

Das rang Jens ein lautes Lachen ab, er nickte anerkennend. »Nicht schlecht, Alberta, nicht schlecht, in der Tat brauche ich manchmal eine Lesebrille. Aber in die Ferne sehe ich gut.«

»Wer aus dem Kurs trägt denn noch eine?«, fragte Alberta und wandte sich mit dieser Frage auch an Philip.

»Ich glaub, Alexander«, sagte er.

»Stimmt, beim Kaffee trug er diese schwarze, auch von Porsche.«

»Beim Kaffee?«, fragte Philip irritiert.

»Ja, wir haben vorhin einen zusammen getrunken«, erklärte Alberta beiläufig, »aber Anita hat keine. Bei ihr würde ich auch eher denken, dass sie Kontaktlinsen trägt.«

»Rainer hatte eine, aber auch nur, um die Speisekarte zu lesen«, meinte Jens.

»Oh, ja. Hässliches Ding«, erinnerte sich Alberta.

»Das hilft uns aber nicht wirklich weiter, man müsste noch mehr über die Leute herausfinden«, sagte Jens und kaute auf seiner Unterlippe herum.

»Ja, das sehe ich auch so. Du bist also das erste Mal in Oberstdorf?«, fragte sie.

»Ja, bin ich«, entgegnete er amüsiert.

»Hast du einen Waffenschein, bist du Jäger, warst du bei der Bundeswehr oder so was?«

»Ich war Sanitäter beim Zivildienst und habe noch nie eine Waffe in der Hand gehabt, außer auf dem Rummel. Doch ich hab keinen einzigen dieser dämlichen Hasen erwischt.«

»Gut«, sagte Alberta und trank ihr Glas in einem Zug leer. »Dann wollen wir dich nicht um deinen schönen Abend hier bringen. Wir gehen wieder nach Hause.«

Sie verabschiedeten sich und machten sich auf den Rückweg.

»Na, was hältst du von ihm?«, fragte Alberta Philip, als sie Hand in Hand die Straße hinunterschlenderten.

»Er ist hochintelligent. Er hätte uns alles Mögliche erzählen können. Aber er ist dabei so sympathisch und entspannt, finde ich. Wie jemand, der von Hass getrieben ist, wirkt er nicht.«

»Das sehe ich ebenso wie du«, sagte Alberta. Sie blickte zum Mond hinauf, der klein und weiß über den Bergspitzen stand. »Nur komisch, dass ein Kerl wie er, intelligent, lustig, gebildet, erfolgreich, dass so einer allein in den Urlaub fahren muss. Keine

Frau, keine Freundin, obwohl er Gesellschaft nicht abgeneigt ist, wie man eben gesehen hat.«

»Mmmh, jeder hat so seine Macken«, meinte Philip.

»Nur du nicht«, entgegnete Alberta und drückte seine Hand fester, »du bist der perfekte Mann.«

»Ach …«, sagte Philip geschmeichelt.

»Ein kleiner Angsthase vielleicht, aber sonst perfekt.«

»Wie bitte?«

10

Am nächsten Morgen, als die Heerscharen von Skischülern und -lehrern an der Nebelhornstraße standen und auf die Busse warteten, zog Alberta Jochen beiseite.

»Wos is?«, fragte er.

»Du willst doch, dass wir den Mord an Stavros aufklären, oder?«

»Wir?«, fragte er irritiert.

»Na ja, die Polizei und vielleicht mit meiner Hilfe …«

»Äh … joa, natürlich will i des.«

»Lässt du mich dann mal ganz kurz in eurer Anmeldeliste nachschauen, wo Rainer und Peter wohnen?«

Er sah sie mahnend an.

»Für Stavros«, sagte sie ernst.

Er nahm sie beim Arm und zog sie mit sich in den Verkaufsraum.

»So, dann kontrolliere wir des amol!«, sagte er laut, ging hinter den Tresen und nahm sich das Buch vor. »Wie war dei Nachname?«, fragte er wieder so laut, dass es nur ein Alibi sein konnte.

»Rose.«

Er blätterte in den Papieren, blickte dabei verstohlen zur Seite, aber keiner seiner Kollegen schien sich für sie zu interessieren.

Er fand die richtige Stelle und legte seinen Finger auf eine Zeile.

»Haus Teichrose«, flüsterte er, »Rainer.« Dann blätterte er weiter. »Peter: Haus Bergglühen.« Seine Lippen bewegten sich kaum, als er sprach. »Rose, do hammas joa«, rief er dann in seiner normalen Lautstärke. »Joa, des mache mir so, i trag des ein!«

»Danke«, sagte Alberta, auch wenn sie nicht wusste, wovon er sprach. Mit einem lauten »Plopp« klappte er das Buch zu und kam hinter dem Tresen hervor.

Alberta prägte sich die beiden Hausnamen ein und folgte dann den Bussen hoch zum Söllereck. Zuallererst ging sie zu Fuß hinunter in die Wanne, die sie noch gar nicht kannte. Es war eine nette kleine Anfängerabfahrt, mit einem die Piste kreuzenden Schlepplift und einem etwas steileren, nach rechts abfallenden unteren Teil. Sie hielt sich ganz links und wanderte hinunter bis zum Häuschen der Liftanlage, wo sie an die Türe klopfte.

»Joa!«, hörte sie von innen eine tiefe Stimme rufen.

Alberta trat ein und stand einem kleinen stämmigen Mann in einem Fleecepullover gegenüber. Seine Wangen waren rot wie Weihnachtskerzen, ein Schnäuzer verdeckte seine Oberlippe.

»Wos isch?«

»Ich würde Sie gern kurz etwas fragen. An dem Tag, als …«

»Wo habeds denn Ihre Ski?«, fragte er erstaunt.

»Ich bin zu Fuß.«

»Wos, warum?«

»Ja, weil ich nur eine Frage an Sie habe.«

»So können S' hier nit den Lift hochfahre, des isch a Schlepplift, da brauchen S' Ski unter die Fiaß.«

»Ich weiß. Aber es geht auch um etwas anderes. Ich möchte wissen …«

»Donn weiß i nit, wos Sie von mir wolle könna.«

»Vielleicht lassen Sie mich mal ausreden?« Alberta blähte ihren Brustkorb auf und spreizte ihre Arme etwas ab. Das imponierte ihm offenbar, denn sein Mund klappte zu. »Ich will wissen, ob an dem Tag, als der Skilehrer Stavros erschossen wurde, ein Mann hier bei Ihnen am Lift war. Mitte fünfzig, Vollbart, ältere Skiklamotten und … ja, vielleicht ein wenig aggressiv.«

»Aggressiv?« Der Mann hob wissend beide Brauen. »Joa und ob, do woar einer, der isch zwoamol in den Fangzaun h'neig'kachelt und hänga g'blieba. Der hat g'schrie, als ob einer sei ganze Familie obg'schlocht hätt.«

»Den mein ich«, sagte Alberta. »Wann war das ungefähr?«

»Do war ja Sturm, des war kurz vor der Schließung. Mei, des woar so um zwoi, holb drui rum.«

»Nicht länger?«

»Der konnt ja nit fahre. Außerdem hob i ja auch um vierzehn Uhr dreißig g'schlossa.«

»Okay, vielen Dank.«

»Kommed Sie von der Polizei?«, fragte er.

»Ja, Spezialeinheit. Schwere Artillerie«, witzelte Alberta, aber der Kerl nahm sie ernst. Sie verzichtete darauf, sich zu erklären, und ging.

Alberta stapfte wieder hinauf und suchte dabei mit dem Handy auf der Webseite des Porsche-Konzerns nach Alexander. Da sie seinen Nachnamen nicht kannte, ging sie nach den Fotos, die die gesamte Chefmanager-Etage zeigte.

»Ah, da bist du ja. Alexander van Bergen.«

Sie war am Kinderhang angekommen, an dem sie zuerst gefahren waren, und stellte sich einfach auf das Förderband, damit sie in Ruhe telefonieren konnte.

»Porsche Automobil Holding, Frau Markowski am Apparat«, meldete sich eine junge, aber geschulte Stimme.

»Ja, guten Tag«, sagte Alberta ernst, »mein Name ist Rose, persönliche Assistentin von Herrn Dr. Winterkorn. Frau Markowski, Herr Dr. Winterkorn möchte Herrn van Bergen in einer dringenden Angelegenheit sprechen. Wäre es möglich, mich mit ihm zu verbinden?«

»Oh, das ist aber gerade schlecht«, sagte Frau Markowski hörbar beeindruckt. Das Büro des ehemaligen Wolfsburger Vorstandsvorsitzenden hatte sie sicherlich nicht oft am Apparat. »Herr van Bergen ist in den Bergen … also, er ist im Urlaub zurzeit.«

Alberta atmete bedrohlich zischend die Luft ein. »Das ist aber bedauerlich. Ja, Frau Markowski, wäre es vielleicht möglich, Herrn van Bergen über sein Geschäftshandy zu erreichen?«

»Nun … äh … Herr van Bergen ist seit kurzer Zeit quasi vollends beurlaubt. Er ist nicht mehr in diesem Haus tätig.«

Wieder zischte Alberta, diesmal überrascht. »Oh, das wusste ich nicht. Können Sie ihn denn noch anderweitig erreichen? Sie verstehen, dass Herr Winterkorn etwas unter Zeitdruck steht und nicht so lange warten kann.«

»Ja, wissen Sie, ich schaue nach, ob wir noch Kontaktdaten haben. Ich versuche, ihn zu erreichen. Bleiben Sie bitte am Apparat?«

»Gern. Vielen Dank.«

Alberta war am Ende des Förderbands angekommen und trat herunter. Damit hatte sie nicht gerechnet. Alexander schien vor Kurzem gefeuert worden zu sein. Oben erkannte sie ihre Gruppe, die sich nach der Abfahrt wieder formierte.

»Guten Morgen«, rief sie und winkte.

»Alberta, i hob's grad schon den andern g'sagt: Heut isch die Beerdigung vom Schtavros, und es wär schön, wenn ihr alle kommen würdet. Es werden nit viel do sein. Er hat nur Tante, Onkel und seinen Kuseng.«

»Na, klar, das hatten wir eh vor«, entgegnete Alberta und verschnaufte kurz. Wurde sie schon kurzatmiger?

Ein Handyklingeln ertönte, und Alexander zog sein Smartphone aus der Ärmeltasche.

»Van Bergen.«

Da fiel Alberta ein, dass sie immer noch die Leitung aufrechterhielt, und sie legte hinter ihrem Rücken eilig auf.

»Was? Wer?«, rief Alexander laut in den Hörer.

Anita blickte besorgt zu ihm.

»Hat sie gesagt, was er will?« Er lauschte angestrengt seiner ehemaligen Sekretärin.

»Ja, gut … dann … aha. Ja, bis dann.« Er legte auf und wischte sich mit der Hand übers Gesicht.

»Wer war denn das, was ist los?«

»Der Winterkorn wollte mich sprechen.«

»Der …« Anita konnte nicht weitersprechen.

»Keine Ahnung, was das soll. Seine Sekretärin hat bei mir im Büro angerufen.«

»Und jetzt?«

»Sie hat aufgelegt. Vielleicht ruft sie gleich noch mal an.«

»Ihr sprecht doch nicht von *dem* Winterkorn, oder?«, fragte Jens spaßeshalber.

Alexander sah ihn ernüchtert an.

»Okay, ich halt mich da raus.«

Sie reihten sich wieder in die Schlange zum Lift ein.

»Was machst du jetzt?«, fragte Philip.

»Ich mach heut 'nen ganz ruhigen Tag.«

»Schön«, sagte er erfreut.

»Viel Spaß euch!«

Sie gaben sich einen Kuss, und Alberta schlenderte nachdenklich zum Parkplatz. Alexander hatte also gar kein Geschäftshandy mehr. Was konnte er dann im Hotel gewollt haben? War er überhaupt im Hotel gewesen? Das lässt sich auch noch herausfinden, dachte sie.

Zunächst fuhr sie jedoch in ihr Apartment zurück und nahm sich für die Recherche, die sie jetzt anstellen wollte, den Laptop zur Hand. Mit einem Tee und ein paar Keksen setzte sie sich auf die Couch und fing an, Namen einzugeben. Sie begann mit Alexander van Bergen und fand Einträge bei Business-Plattformen, in diversen Wirtschaftsmagazin-Artikeln und Universitätsveröffentlichungen. Ein paar ältere Beiträge gingen auf Alexanders sportliche Karriere als Leichtathlet ein. In den frühen neunziger Jahren hatte er es als Dreispringer zum Süddeutschen Meistertitel gebracht. Seine Freundesliste auf Facebook umfasste an die dreihundertsechzig Personen, von denen die meisten mit dem VW- und Porsche-Konzern in Verbindung standen. Golf und Tennis waren zwei weitere sportliche Freizeitaktivitäten, die unter seinen Hobbys auftauchten. Aber mit Oberstdorf oder Stavros persönlich gab es keine Überschneidungen, vor allem, weil Stavros gar kein Profil besessen hatte.

Anita hatte in Tübingen studiert, war im ASTA gewesen, und der Sport blieb auf das Reiten konzentriert. Als Alberta allerdings die Homepage des Hofes öffnete, auf dem Anita groß geworden war, entdeckte sie etwas, das sie stutzig machte. Anitas Vater besaß nicht nur diesen kleinen Reiterhof, sondern er war auch Jäger gewesen. Ein Hinweis, den man mit der Tat in Verbindung bringen konnte. Anita hätte von ihm gelernt haben können, wie man mit einem Gewehr umgeht.

Alberta fackelte nicht lang und tippte die Nummer des Hofes ein. Anitas Eltern hießen Reinhard, es meldete sich aber jemand mit einem anderen Namen, den Alberta nicht verstehen konnte.

»Hier Schwenninger«, log Alberta, um nicht wieder mit ihrem

eigenen Namen ins Gespräch zu kommen, »ich hätte gern Herrn oder Frau Reinhard gesprochen.«

»Kleinen Augenblick, bitte.«

Der Hörer wurde lautstark zur Seite gelegt, sie vernahm Schritte und weit im Hintergrund die Stimme, die nach Frau Reinhard rief.

»Reinhard?«, meldete sich schließlich eine recht jung klingende Frau.

»Ja, mein Name ist Schwenninger von der Zeitung ›Wild und Hund‹, und ich habe hier ein kleines Problem mit einer Abonnentin, und zwar Frau Anita Reinhard. Es sind zwei verschiedene Adressen aufgeführt, und ich wollte mich erkundigen, welche die richtige ist.«

»Oh, das ist meine Tochter, die heißt aber schon lange nicht mehr so.«

»Entschuldigen Sie bitte, wir stellen gerade unser Computersystem um, und ich bekomme ständig diese Fehlermeldungen«, erklärte Alberta. »Ich habe hier einmal den Fasanenblick 32–34 und die Schildhauerstraße 12a in Truchtelfingen.«

Die erste Adresse hatte Alberta im Impressum gelesen, die zweite hatte sie sich ausgedacht.

»Nein, nein, meine Tochter wohnt in Stuttgart. Fasanenblick sind wir. Aber die andere Adresse ist falsch.«

»Ihre Tochter ist aber noch Abonnentin? Manchmal kann ich das auch nicht mehr einsehen.«

»Das kann ich Ihnen gar nicht sagen. Wie hieß die Zeitung noch gleich?«

»Wild und Hund. Wir schreiben über alles, was mit der Jagd zu tun hat.«

»Na ja, kann sein. Ich weiß nur nicht, ob ich Ihnen die Adresse so rausgeben kann.«

»Dann machen wir es so: Sie können ja mal mit Ihrer Tochter sprechen, und sollte sie weiterhin Interesse haben, wir haben auch gerade eine attraktive Waffenbörse in der aktuellen Ausgabe, kann sie mich ja einfach anrufen. Wie wäre das?«

»Ist gut, ja. Ich habe auch was zu schreiben.«

»Prima. Also, das ist die 02343-773425512, und meine Durchwahl ist die 51.« Alberta hatte keine Ahnung, für welchen Ort das die Vorwahl war und ob die Nummer überhaupt existierte.

»Gut, vielen Dank, Frau …«

»Mein Name war … Schwenninger.« Jetzt hätte sie beinah ihren Decknamen vergessen.

Sie verabschiedete sich und legte auf.

Tja, das war zwar kein hundertprozentiges Indiz, aber die Mutter schien nicht überrascht gewesen zu sein, und als sie von der Waffenbörse hörte, hatte sie auch nicht widersprochen. Alberta nahm einen Stift, umkreiste Anitas Namen auf der Serviette und versah ihn mit einem Fragezeichen.

Rainer hatte – für Alberta wenig überraschend – auch kein Facebook-Profil und keine eigene Homepage, war aber natürlich auf der Plattform der Technischen Universität Braunschweig sowohl mit einem Seminarverzeichnis als auch mit diversen Fachartikeln vertreten. Er hatte einige Auszeichnungen für seine Forschung über Heilpflanzen erhalten und nur ganz knapp einen großen Forschungsauftrag auf dem Gebiet der Erforschung von Pilzarten als alternative Heilmethode zur Behandlung neurologischer Krankheiten verpasst. Hierzu war ein Foto von ihm in der Braunschweiger Zeitung abgebildet, und es wurde gesagt, dass der Forschungsauftrag letztlich an ein privates Unternehmen ging, was Rainer selbst als »sehr fragwürdig« einstufte. Er schätzte es als gefährlichen neuen Trend ein, dass viele Pharmaunternehmen lieber private Labore beauftragten, die von ihnen bezahlt würden, als unabhängigen Universitäten ein Mitspracherecht einzuräumen. Alberta konnte sich ungefähr vorstellen, wie Rainer nach dieser Entscheidung gewütet und getobt haben musste. Wenigstens hatte der Fotograf ihn in einer eher neutralen Gemütsverfassung abgelichtet. Bezüge zu Oberstdorf oder Stavros konnte Alberta hier aber auch nicht finden. Für Rainer wäre es wahrscheinlich besser gewesen, wenn er im Sommer hergekommen wäre, um den hiesigen Kräuterwuchs zu begutachten.

Die Recherche hatte Alberta bereits über zwei Stunden gekostet, und die Kekse hatten sich irgendwie in Luft aufgelöst, sodass sie nun einen quälenden Hunger verspürte, dem sie mit einem Gang ins Café Mohren begegnen wollte.

»Entschuldigen Sie«, fragte sie den Rezeptionisten, bevor sie in die Räumlichkeiten des Cafés ging, »waren Sie vor zwei Tagen auch schon hier, so zwischen eins und drei?«

»Ja, wie kann ich Ihnen denn behilflich sein?«

»Vor zwei Tagen kam ein nett aussehender Herr eilig hereingelaufen, und wir stießen im Flur zusammen. Ich fürchte, ich habe dabei mein Handy verloren, und wollte fragen, ob dieser Herr sich vielleicht bei Ihnen gemeldet hat?«

»Oh, das tut mir leid, aber nein, es wurde nichts abgegeben.«

»Ich meine, es war ein Hotelgast. Eine weiße Bogner-Jacke, sehr adrett und schlank, so um die fünfzig. Können Sie sich nicht erinnern?«

»Das klingt nach einem Gast, den ich kenne, aber der kam erst gegen vier Uhr mit seiner Familie zurück. Was war es denn für ein Handy?«

»Ein Samsung, schon etwas älter, in Schwarz.«

»Ich werde mir das notieren, Frau …«

»Rose.«

»Frau Rose. Und ich werde mich selbstverständlich umhören, ob unsere Angestellten etwas gefunden haben.«

»Das ist nett von Ihnen. Ich bin öfter hier im Café, aber kein Hotelgast.«

»Ich weiß, das hätte ich mir gemerkt«, sagte er und wurde augenblicklich rot, weil ihm wohl bewusst wurde, dass man das als versteckte Beleidigung verstehen konnte, in dem Sinne, dass er sich eine *so dicke Frau* sicher gemerkt hätte. Alberta legte eine Hand auf seinen Arm.

»Sie sind ein Schatz. Ich bin im Café, falls Sie mich suchen.«

Erleichtert atmete er auf und hängte sich sofort ans Telefon.

Alberta genoss einen imposanten Schoko-Nuss-Kuchen mit einer dicken, knackigen Glasur und einen Kaffee mit braunem Zucker.

Wenn es stimmte, was der Mann an der Rezeption sagte, war Alexander an dem Tag gar nicht noch mal im Hotel gewesen.

Wenn er aber weggefahren war, um etwas zu holen, das er angeblich hier vergessen hatte, wo war er dann abgeblieben? Warum hatte er lügen müssen? War er in der Zeit irgendwie an die Piste herangefahren, hatte sein Gewehr aus dem Wagen genommen und dann auf Stavros geschossen? Wenn ja, aus welchem Grund? Ein Motiv hatte bis jetzt nur Dörte, sie war die Einzige, die ihn vor dem Kurs gekannt hatte. Die beste Gelegenheit, weil sie allein auf der Piste unterwegs gewesen waren, hatten Marie und Kathrin gehabt. Und natürlich Leigh. Aber gerade Leigh als eine das Leben und die Natur verehrende und respektierende spirituelle Frau war für Alberta am wenigsten als eiskalte Mörderin vorstellbar. Oder machte sie gerade dieser Umstand noch verdächtiger? Alberta hatte so eine Ahnung, dass die Lösung des Rätsels in ihrer Gruppe lag, aber es tauchten noch zu viele Fragezeichen auf. Sie musste noch mal zu Stavros' Cousin und ihn aushorchen. Sie bezahlte und verließ das Hotel.

»Tut mir leid, ich konnte noch nichts in Erfahrung bringen«, entschuldigte sich der Mann am Empfang. Alberta winkte im Vorbeigehen und bedankte sich erneut.

Der Arme, er gab sich ja wirklich alle Mühe. Alberta konnte ihn nicht so schmoren lassen. Sie blieb vor der Tür stehen, sah sich um und wandte sich den beiden großen Terrakottakübeln links und rechts des Eingangs zu. Sie bückte sich und fing an, in den Seramis-Kügelchen zu wühlen.

»Ah!«, rief sie so laut, dass der Empfangsmann sie hören konnte. Sie trat einen Schritt zurück und hielt ihr Handy in die Luft. »Da ist es! Ich hab's!«

Sie ging wieder hinein mit dem Handy vor der Brust und legte ein freudig überraschtes Gesicht auf. »Ich hab's gefunden. Da draußen war's. Im Pflanzenkübel.«

»Is ja'n Ding«, sagte der junge Mann.

»Und es funktioniert noch!«, sagte sie und riss ihre Augen noch weiter auf. »Klasse, super, echt prima. Vielen Dank, dann hat sich ja alles erledigt.«

Und schwupp war sie wieder draußen.

Herr Lipidakis war heute nicht in seinem Studio. Die Dame

am Tresen klärte Alberta auf, dass er auch nicht mehr kommen würde, wegen eines Trauerfalls in der Familie. Alberta ging wieder hinaus, blieb aber vor der Tür stehen, weil ihr einfiel, dass die meisten Läden im Falle eines Feueralarms eine Notrufnummer an der Eingangstür stehen hatten. Sie wurde nicht enttäuscht. Schnell tippte sie die Nummer ein und hörte bald die grollende Stimme von Stavros' Cousin.

»Lipidakis?«

»Herr Lipidakis, mein Name ist Rose. Ich war gestern bei Ihnen im Fitnessstudio, und wir haben über Ihren Cousin gesprochen.«

»Wo haben Sie die Nummer her?«, fragte er bedrohlich langsam.

»Die steht an Ihrer Tür.«

»Ah, nai.«

»Doch, schon.«

»Nai, ich weiß.«

»Wie bitte?«

»Nai heißt Ja«, sagte er.

»Nee heißt Ja?«, fragte Alberta unsicher. Sprach er jetzt in einer Geheimsprache? Gab es Leute, die eventuell mithören konnten?

»Im Griechischen«, erklärte Lipidakis. »Nai heißt Ja. Oichi heißt Nein.«

»Ach so«, sagte Alberta, »ich dachte schon … na ja, egal. Herr Lipidakis, ich würde gern noch mal mit Ihnen sprechen. Ginge das?«

Er grummelte etwas Unverständliches.

»Heute ist die Beerdigung«, meinte er schließlich.

»Ja, ich weiß. Ich komme auch.«

Er atmete schwer am anderen Ende der Leitung.

»Fahren Sie in die Ortsmitte, dann ist links ein griechisches Restaurant. Da finden Sie mich.«

»Okay, dann bis gleich.«

Alberta legte auf und fuhr mit ihrem Wagen nach Fischen bis auf den kleinen Parkplatz hinter dem typischen Allgäuer Bauernhaus mit dem Schriftzug »Taverna Knossos« über der Holztür.

Sie betrat den dunklen Gästeraum und entdeckte Lipidakis' riesige Gestalt an der Bar, die etwas nach links versetzt am hinteren Ende des Raums stand. Er saß auf einem zierlichen Barhocker, der unter ihm wirkte wie ein Tablett, das auf vier Zahnstochern stand. Er trug ein weißes Hemd und eine schwarze Anzughose und ließ den Kopf so weit hängen, dass man von hinten nur seine Nackenrollen erkannte.

»Herr Lipidakis?«, sagte Alberta vorsichtig.

Er drehte sich um, dass der Hocker beängstigend knarrte.

»Frau Rose«, sagte er fast mit ein wenig Hoffnung in der Stimme.

Sie gaben sich die Hand, und er bot ihr den Hocker neben seinem an.

»Es ist nett, dass Sie Zeit für mich finden. Heute ist es sicher besonders schwer für Sie.«

»Nai.«

Alberta wunderte sich kurz, verstand dann aber.

»Tja, Herr Lipidakis …«

»Giorgios.«

»Alberta«, entgegnete sie, und sie gaben sich erneut die Hand.

»Also, Giorgios …«

»Jorjos.«

»Giorgios«, wiederholte sie und fuhr fort, »ich wundere mich noch immer über die Art, wie Stavros getötet wurde. Es sieht für mich so sehr nach einem Profi aus. Aber wenn Sie sagen, dass er keine Schwierigkeiten und keine Feinde hatte, niemandem Geld schuldete außer Ihnen, dann weiß ich nicht.«

»Was soll ich sagen? Er war einfach ein Skilehrer, ganz normal. Und er mochte Frauen, auch ganz normal.«

»Könnte es sein, dass er vielleicht auch mit verheirateten Frauen was hatte? Dass ihn ein eifersüchtiger Ehemann umgebracht hat?«

Seinem Gesichtsausdruck nach zu urteilen, war das nicht völlig abwegig.

»Aber«, sagte er dann, »er musste keine Verheirateten nehmen. Es kommen viele allein hierher. Das ist einfacher. Er hat sie auch nie mit zu mir gebracht, sondern ging immer zu ihnen ins Hotel.«

»Verstehe. Und sonst, fällt Ihnen wirklich nichts ein? Hat er Glücksspiel betrieben?«

Er schüttelte den Kopf.

»Wetten abgeschlossen?«

Wieder ein Kopfschütteln.

»Alexandros! Éla!«, rief er so abrupt, dass Alberta schon dachte, er würde »Feuer!« oder irgendetwas in der Art rufen, doch es war wohl nur ein kleiner Mann, den er zu sich gebeten hatte und der nun fast schleichend aus der Küche kam. Er war um die sechzig, mit grauschwarzem Haar und einem Oberlippenbart. An einem Geschirrtuch trocknete er sich seine Hände ab.

»Das ist mein Vater, Alexandros. Das ist Alberta.«

»Hallo, guten Tag«, sagte Alexandros und reichte ihr die Hand über den Tresen. Aus der anderen Richtung kam eine Frau in einem schwarzen Kleid und stellte sich an seine Seite.

»Das ist meine Mutter, Elena.«

Auch sie begrüßten sich, und Giorgios begann, sie auf Griechisch etwas zu fragen.

»Then xéro«, sagte der Onkel weinerlich, und seine Frau wischte sich die Tränen aus den Augen.

»Sie wissen auch nichts«, übersetzte Giorgios.

Die Mutter stellte ihm eine Frage, auf die er ungehalten reagierte, und in der Folge entstand offenbar ein Streit zwischen den dreien. Sie sprachen unglaublich schnell und steigerten die Lautstärke immer mehr, bis Alberta schließlich dazwischenging.

»Entschuldigung, worum geht's denn jetzt?«, fragte sie laut und hielt beide Hände beschwichtigend in die Höhe.

»Meine Mutter fragt, ob Sie etwas essen wollen.«

Alberta blinzelte verdattert. Das war die Essenz dieser Debatte? Dann wollte sie nicht wissen, wie es aussah, wenn sie sich tatsächlich mal stritten.

»Nein, vielen Dank«, sagte sie, obwohl sie ein leichtes Hungergefühl verspürte. »Ich habe nur noch eine Frage.«

Alberta wollte wissen, ob Stavros einen der anderen Teilnehmer des Skikurses gekannt hatte, und zählte die Namen auf, aber auch das verneinten sie.

Dafür luden sie Alberta und ihre Familie am heutigen Abend zum Essen ein. Das konnte und wollte Alberta ihnen nicht abschlagen. Diese Menschen waren ihr sofort sympathisch gewesen.

Am Söllereck schien die Sonne, sodass die meisten Skischüler, die jetzt noch zusammenstanden, ihre Jacken geöffnet oder ganz ausgezogen hatten. Alberta wartete am Skiständer auf die anderen, und als alle beisammen waren, erklärte Jochen, wo der Friedhof war, an dem sie sich in knapp einer Stunde wiedertreffen wollten.

Sie hatten natürlich keine Trauerkleidung dabei, daher sah die Skigruppe auf dem Friedhof unpassend bunt aus. Aber neben der großen Gruppe von Skilehrern, die alle in ihrer roten Dienstkleidung erschienen waren, fiel es nicht weiter auf.

Etwas abseits, mehr Richtung Bahnhofstraße, hatten sich Stubenthal und Troller eingefunden. Troller hatte die Arme vor der Brust verschränkt und sein Kinn gehoben. Er sah aus wie ein stolzer Apachen-Häuptling bei Verhandlungen mit dem weißen Mann. Winnetou undercover im Allgäu, dachte Alberta.

Sogar Rainer war gekommen, was Alberta gar nicht vermutet hätte, und als sie sich um das Grab postierten und der Pfarrer einige Worte sprach, blickte sie in die Gesichter jedes Einzelnen, um irgendeine Gefühlsregung zu erhaschen, die erahnen ließ, dass der Täter vielleicht unter ihnen war.

Die Trettach plätscherte leise im Hintergrund, ein Vogel zwitscherte auf einem Baum.

»… ist es besonders schwer, wenn ein geliebter Mensch auf solch brutale Weise aus unserer Mitte gerissen wird. Dennoch dürfen unsere Herzen nicht verbittern ob dieses Grolls und der Wut, nein, vielmehr müssen wir uns befreien von diesen Gefühlen und verzeihen lernen. Nicht für den Täter, sondern für uns selbst«, las der Pfarrer aus dem aufgeklappten Büchlein in seiner Hand vor.

Giorgios drückte sich seine dicken Finger in die Augen, während neben ihm seine Tante schluchzend in ein Taschentuch heulte, umarmt von ihrem Mann, der verloren in das rechteckige Loch zu seinen Füßen blickte.

Kathrin und Marie wirkten eher wütend als traurig. Dörte stand mit schmalen, blassen Lippen und dunklen Rändern unter den Augen da und versuchte, gegen ihre Tränen anzukämpfen. Rainer stierte ausdruckslos auf seine Füße. So hätte man ihn auch an der Bushaltestelle warten sehen können. Jens hatte die Hände vor dem Körper verschränkt und zog ständig die Unterlippe ein. Anita und Alexander wirkten betroffen, aber gefasst, und Peters gesamte untere Gesichtshälfte war in seinem Schal, den er beim Skilaufen nicht tragen durfte, versteckt. Er blickte mit großen Augen über den Rand hinweg ins Grab. Und Jochen, Jochen kämpfte neben Alberta um Fassung, das spürte sie. Sie hörte, wie er stockend atmete und immer wieder schluckte.

»… geben wir nun die sterblichen Überreste von Stavros Pa… la…tha…ko…«

»Palathakonissis«, flüsterte seine Tante.

»…tha…konis…sis in deine Hände«, las der Pfarrer aus dem Büchlein vor und atmete erleichtert aus, als er den Zungenbrecher hinter sich hatte. »Asche zu Asche, Staub zu Staub.«

Er warf mit der Schaufel etwas Erde auf den Sarg und bedeutete dann den Angehörigen, dass sie ans Grab treten durften.

Zu dritt sich umarmend, wobei Elena gerade mal bis zur Mitte von Giorgios' Rücken greifen konnte und unter seinem baumdicken Arm fast verschwand, stellten sich Stavros' Angehörige vor das Loch und beteten leise etwas auf Griechisch, bevor sie dann alle drei etwas Erde ins Grab warfen. Als Zweites führte Eduard, der Besitzer der Skischule, die Kollegen nach vorn, wo sie sich in einem großen U um das Loch formierten, und Alberta schaute mitfühlend zu Jochen, der den Anfang machen sollte. Mit roten Augen winkte er seine Gruppe zusammen, woraufhin sie alle ans Grab traten.

»Warscht a guater Kerl«, sagte Jochen mit zitternder Stimme und griff zur Schaufel. Auch Alberta und Philip schippten etwas Erde hinein. Jens holte eine Skibrille aus der Innentasche seiner

Jacke, hielt sie kurz in den Händen und warf sie dann hinunter. Mit einem dumpfen »Plock« landete sie auf dem Sarg. Verwundert sahen ihn die anderen an. Alberta nahm eine Bewegung bei Stubenthal und Troller wahr, die etwas zur Seite rückten, um besser sehen zu können.

»Die hatte er mir geliehen. Das war nett von ihm«, erklärte Jens leise. Alberta blickte hinunter auf die Brille. Die Brille, die Brille, überlegte sie. Sie gehörte Stavros.

Irgendetwas begann in Albertas Kopf zu rattern.

»Wann war das?«, fragte sie und beugte sich näher zu Jens.

»An dem Tag, bevor …«

»Und du hattest keine?«

»Doch, meine war kaputt. Die hat er solange genommen.«

Philip stieß Alberta in die Seite. »Hör mal auf damit, das ist jetzt nicht der Zeitpunkt …«

»Schschsch!«, machte sie mit erhobener Hand und konnte ihren Blick nicht von der Brille nehmen. Peter nahm jetzt die Schippe und wollte Erde hinterherwerfen.

»Also hattest du seine und er deine Brille auf?«, wollte Alberta wissen.

»Leise«, schimpfte Philip hinter vorgehaltener Hand.

»Ja, aber was …«

»Verdammt!«, sagte Alberta etwas zu laut. Der Pfarrer räusperte sich mahnend.

»Wos isch mit dia?«, fragte Jochen jetzt.

»Waren das identische Modelle?«

»Fast, ja«, sagte Jens, inzwischen leicht ungehalten, weil er Albertas Fragerei nicht verstand, »meine hatte nur'n anderen Schriftzug.«

»Verdammt.«

»Sch!«, machte Philip.

Der Pfarrer räusperte sich noch nachdrücklicher und riss drohend seine Augen auf.

»Versteht ihr nicht?«, flüsterte Alberta, »der Mörder kann euch verwechselt haben! Er sah durch das Zielfernrohr den Schriftzug der Skibrille und dachte, das wärst du!«

Die Schaufel entglitt Peters Hand und plumpste hinunter auf den Sarg.

»Was tun Sie da eigentlich?«, fragte der Pfarrer nun entrüstet und kam näher.

Alberta warf einen Blick hinüber zu Stubenthal und Troller.

»Wir …«

»Wir haben die Schaufel verloren«, sagte Philip.

Der Pfarrer presste die Lippen aufeinander, als müsste er eine Schimpftirade zurückhalten, und schloss kurz seine Augen. »Gaanz ruhig …«, beschwor er sich selbst und legte eine Hand auf die Bibel.

»S-sollen wir sie rausholen?«, fragte Jens.

»Wie denn das? Hier vor allen Leuten und der Familie des armen Mannes?«, zischte der Pfarrer empört.

»Entschuldigung.« Jens zog betreten den Kopf ein.

»Tut mir leid«, murmelte Peter in seinen Schal hinein.

»Sie treten jetzt bitte alle zurück«, ordnete der Pfarrer an, »bevor Sie noch mehr Schaden anrichten.«

»Und die …« Jochen wollte nach der Schaufel fragen, doch der Pfarrer fuhr ihm über den Mund.

»Lassen Sie die Schaufel Schaufel sein! Herrg…« Er stockte, fing sich aber in letzter Sekunde. »Herr … erbarme dich.«

Sie wandten sich nach links, um der Familie zu kondolieren. Alberta nahm Alexandros, Elena und Giorgios in den Arm und winkte anschließend Stubenthal und Troller zu. Neugierig reckten die beiden ihre Köpfe.

»Was haltet ihr davon, wenn wir jetzt alle noch was zusammen essen?«, schlug Alberta vor. »Stavros' Tante und Onkel haben ein Restaurant in Fischen.«

»Das ist eine gute Idee«, stimmte Jochen zu und ließ damit Rainer verstummen, der wahrscheinlich eher ablehnen wollte.

Sie verabredeten sich für halb sieben in der Taverne, und Alberta zog Philip und Jens mit sich in Richtung der beiden Kriminalbeamten.

»Was war denn da los?«, fragte Stubenthal gleich ohne jede Begrüßung.

»Wir haben ein Problem«, erklärte Alberta und deutete auf Jens. »Sag ihnen, was passiert ist.«

»Tja, also … ich weiß gar nicht, was Alberta jetzt genau meint, aber Stavros hatte mir an dem Tag seine Skibrille geliehen, weil meine kaputtgegangen war. Ich bin auf der Piste mit jemandem zusammengeprallt und hatte einen Riss im Glas.«

Stubenthal und Troller blickten abwechselnd von Jens zu Alberta.

»Sie trugen also seine Brille?«, resümierte Stubenthal wenig dramatisch.

»Ja, die hab ich eben ins Grab geworfen, weil ich dachte, dass wäre irgendwie richtig …«

»Komm zur Sache«, drängte Alberta.

»Ich hab jedenfalls seine Brille bekommen, und er hat meine genommen«, stellte Jens fest.

»Er trug Ihre Brille?«

»Richtig.«

»Warmrnnfflg?« Trollers Augen nach zu urteilen, hatte er Feuer gefangen. Ein Funke blitzte darin auf.

»War Ihre Brille sehr auffällig?«

»Wir hatten beide orangefarbene Gläser, aber mein Gummiband war anders. Auf seinem stand der Herstellername in Blau, auf meinem in Neongelb.«

»Verstehen Sie? Neongelb«, sagte Alberta. »Der Mörder steht am Berg, es windet, es stürmt, es schneit, die Sicht ist schlecht. Da kommt die Gondel, und er sieht durch das Fenster vielleicht nur den Helm mit diesem Schriftzug hintendrauf. Und bäng – schießt er auf das Opfer! Aber das falsche Opfer! Weil es nicht Jens' Kopf unter seiner Brille war, sondern Stavros' Kopf unter Jens' Brille!«

Eine dumpfe Stille entstand. Alberta hätte schwören können, dass sogar der Vogel über ihnen im Baum aufhörte zu zwitschern.

»Du meinst, jemand wollte *mich* erschießen?«, brach es aus Jens heraus.

»Alberta.« In Philips Stimme lag ein Anflug von Vorwurf.

»Das ist gar nicht mal so abwegig«, meinte Stubenthal gedehnt, und Troller nickte sehr einverstanden. »Wann tauschten Sie die Brillen, um welche Uhrzeit?«, fragte er Jens.

»Kurz vor der letzten Fahrt. Da ist es passiert. Er meinte, bei dem Wetter soll ich nicht ohne Brille fahren.«

»Haben die anderen Kursteilnehmer das mitbekommen? Wenn ja, wer nicht?«

»Keine Ahnung. Wir standen da unten im Auslauf und die anderen neben uns. Ich weiß nicht, wer das mitbekommen hat.«

»Sie beide jedenfalls nicht?«, fragte Stubenthal und richtete einen Zeigefinger auf Alberta und Philip.

»Nein«, antworteten sie im Chor.

11

Sie waren die Ersten in der Taverna Knossos. Alexandros und Elena empfingen Alberta und Philip mit offenen Armen und freuten sich auch sehr über die beiden Kinder, die sie gleich an sich drückten.

»Was geht'n hier ab?«, flüsterte Lina.

»Sie mögen euch und Kinder im Allgemeinen«, sagte Alberta.

»Das is ja nett«, meinte Till erfreut.

Sie wurden an eine große Tafel geführt, die für ihre Truppe reserviert und bereits gedeckt war. Das Restaurant war um diese Zeit gut gefüllt, es schien beliebt zu sein, und der Duft, der aus der Küche drang, verriet, warum das so war.

»Éla, éla!«, winkte Elena sie heran und rückte die Stühle ab.

Sie nahmen Platz und bestellten etwas zu trinken, wobei sie von einem Männertisch links am Fenster beobachtet wurden.

»Alter Schwede«, raunte einer der Männer seinen Freunden zu, »die braucht ja bald zwei Stühle.«

»Ich wette, die bestellt drei Gerichte und lässt sich noch was für zu Hause einpacken«, flüsterte ein anderer hinter vorgehaltener Hand.

Alberta unterhielt sich gerade mit Philip über die Speisekarte und hatte nicht mitbekommen, was dort am Tisch über sie gesagt wurde, aber Till und Lina, die schweigend dasaßen, hatten es.

»Diese blöden Arschgranaten«, sagte Till wütend und blickte finster zu dem Männertisch hinüber, während seine Schwester wieder nur auf ihrem Handy herumtippte. »Oder? Sag doch auch mal was!«

Lina schaute gelangweilt von ihrem Display auf.

»Sie haben ja nicht ganz unrecht.«

»Du bist 'ne blöde Arschkuh«, blaffte Till sie an.

»Was soll ich denn machen? Rübergehen und denen eins aufs Maul hauen oder was?«

»Fänd ich spitze«, entgegnete Till.

Die Männer lachten über irgendeinen Witz, den einer von

ihnen gerissen hatte. Lina legte ihr Handy zur Seite. Till staunte sie mit großen Augen an.

»Willst du das wirklich machen?«

Lina atmete ein und wollte gerade aufstehen, da schob sich eine riesige Gestalt an ihr vorbei. Für einen Moment wurde ein dunkler Schatten auf die beiden geworfen. Lina plumpste zurück in ihren Sitz und blickte zu Giorgios auf. Der stampfte auf Alberta zu und umarmte sie. Philip erschrak dermaßen, dass er etwas von seinem Weizenbier verschüttete.

»Alberta.«

»Giorgios.«

»Schön, dass ihr da seid. Alles gut so weit, habt ihr schon bestellt?«

»Danke, nur etwas zu trinken. Mit dem Essen warten wir auf die anderen.«

»Und ihr beide? Kalà, alles prima?«, fragte er Till und Lina fürsorglich.

»Super«, piepste Till.

»Na ja …«, meinte Lina, und Giorgios hielt inne.

»Was ist denn?«, hakte Giorgios nach.

Aller Augen waren jetzt auf Lina gerichtet.

»Die Männer da drüben«, erklärte sie laut und deutete zum Nebentisch, »haben sich über Alberta lustig gemacht, weil sie so dick ist.«

Augenblicklich wurde es still im Restaurant. Die Augen der Männer weiteten sich entsetzt. Mit seinem typischen Stierschnaufen richtete Giorgios sich auf. Als er sich langsam und schwer in ihre Richtung zu bewegen begann, schüttelten die Männer am Fenstertisch intuitiv die Köpfe, so als könnten sie damit drohendes Unheil von sich abwenden.

»Stimmt das?«

Giorgios' Stimme dröhnte durch den Gastraum. Ängstlich blickten die Männer zu ihm auf. Sie verschwanden quasi hinter Giorgios riesigem Körper.

»Äääh … nein … natürlich nicht«, traute sich einer zu sagen.

»Also lügt das Mädchen?«, fragte Giorgios scharf. Jetzt saßen sie in der Falle. Egal, was sie antworteten, es würde ihren schmerzhaften Tod bedeuten.

»Wir haben über was ganz anderes gelacht …«

»Und das wäre?«

»Ein Witz«, behauptete ein dünner Langhaariger hastig. »Eddi hat'n Witz erzählt.« Er schluckte trocken.

»Bist du Eddi?«, fragte Giorgios und zeigte auf den Mann, den der Langhaarige angeguckt hatte.

»Ja.«

»Welcher Witz war das?«

Eddi schaute Giorgios an wie das Kaninchen die Schlange, und man sah, dass in seinem Kopf völlige Leere herrschte. Er atmete laut für bestimmt zehn Sekunden, rührte sich aber nicht.

»Er … f-fällt mir einfach n-nicht mehr ein.«

Giorgios musterte strafend die betretenen Gesichter.

»Bezahlen und raus!« Mit einer Daumenbewegung nach hinten unterstrich er seinen Befehl. »Malákes!«

Die Männer zückten eifrig ihre Geldbörsen, und Alexandros und Elena bekamen ein Rekord-Trinkgeld.

Als sie gingen, kamen zur aufgehaltenen Tür die anderen Skigruppen-Mitglieder herein. Sie grüßten leise und nahmen um den Tisch herum Platz.

»Isch des schö, dass ihr alle do seid«, sagte Jochen und bedankte sich für das Kommen. »Der Schtavros wäre sicher sehr erfreit.«

Jens, der sich neben Alberta gesetzt hatte, stieß sie mit dem Ellbogen an. »Ich hab lange über deine Theorie nachgedacht«, flüsterte er.

»Und?«, raunte sie zurück.

»Ich hab Schiss, dass da was dran ist.«

Alberta musterte ihn aufmerksam. Seine Angst schien nicht von ungefähr zu kommen. Er wirkte wie jemand, der eine begründete Furcht hatte. Was konnte ihn in diese Lage versetzt haben? Hier am Tisch konnten sie das selbstverständlich nicht besprechen.

Jemand legte behutsam eine Hand auf Albertas Schulter. Es war Elena, die die Bestellung aufnehmen wollte.

»Oh ja, ich nehme …« Zu ihrer eigenen Verwunderung hatte Alberta im Moment gar keinen Appetit. Zu viel ging ihr gerade im Kopf herum, hatte sich mit ihrer Entdeckung während des Begräbnisses geändert. »Ich nehme nur einen großen Salat, danke.«

Rainer lachte schnaubend durch die Nase, dass es fast wie ein Nieser klang.

»Was?«, fragte Alberta.

»›Nur‹ ein Salat«, entgegnete er spitzfindig und schüttelte den Kopf, »davon sieht man bestimmt nicht *so* aus.« Er steckte die Nase wieder in die Karte.

»Nur vom Stiefmütterchenzüchten kriegt man auch keine so bipolare Persönlichkeit, wie du sie hast«, entgegnete sie.

Rainer sah auf, und seine Augen verengten sich. »Was hast du gesagt?«

»Die Gärtner, die ich kenne, sind jedenfalls alle völlig ausgeglichen.«

»Gärtner? Ich bin ein habilitierter Akademiker!« Seine Stimme schwoll an, und sein Gesicht verfärbte sich wieder in dieses beängstigende Rot.

»Aber was machst du denn?«

»Ich erforsche Pflanzen und ihre …«

»Also musst du sie doch auch anpflanzen«, unterbrach Alberta ihn.

»Ja, sicher, es sind ja Pflanzen. Sie müssen schon wachsen.«

»Na, siehst du. Du bist ein Gärtner.« Alberta war ganz amüsiert, wie leicht sie ihn in Rage versetzen konnte.

»Ich bin ein …« Er stand auf und richtete drohend seinen Finger auf sie. Wieder rückte ihr Tisch ins Zentrum der Aufmerksamkeit, das ganze Lokal starrte ihn an.

Man hörte eine Bodendiele knarzen, und Giorgios, der von der Seite einen Schritt auf den Tisch zugemacht hatte, baute sich neben ihnen auf. Rainer entschied sich, dass es besser für seine Gesundheit wäre, sich wieder zu setzen und den Finger herunterzunehmen.

Es herrschte Totenstille. Rainer kochte innerlich, und Alberta lächelte.

»Was is'n eine bilopare Persönlichkeit?«, fragte Till neugierig.

Das brachte alle zum Lachen, und die Geräuschkulisse war wie auf Knopfdruck wieder da.

»Erklär ich dir später, du Hirni«, sagte Lina und wuschelte ihrem Bruder durch die Haare.

Als das Essen kam, entwickelte sich ein Gespräch, und Jochen erzählte Anekdoten aus Stavros' Skilehrerleben. Nach dem Hauptgang musste Alberta zur Toilette. Auf dem Rückweg in den Gastraum ging sie an der Herrentoilette vorbei, aus der gerade ein Mann heraustrat, sodass Alberta in den Vorraum mit den Waschbecken blicken konnte. Dort stand Peter mit einem Herrn zusammen, der, wie sie wusste, ein paar Tische weiter mit seiner Frau saß. Peter notierte etwas für ihn, so wie es aussah. Dann fiel die Tür wieder zu.

Was konnte Peter hier, in der Herrentoilette eines griechischen Restaurants, mit einem fremden Mann zu bereden haben? Oder war er gar nicht fremd, kannten sie sich?

Alberta nahm wieder Platz und beobachtete genau, wann beziehungsweise wie die beiden zurückkamen. Der ältere Herr trat zuerst aus dem Schatten des kleinen Flures und begab sich zu seinem Platz, wo er seiner Frau etwas zuflüsterte. Dann kam Peter zurück, ohne die beiden zu beachten, setzte sich und hielt seinen Blick starr auf das Tischtuch geheftet. Irgendetwas war hier im Gange. Aber es ergab noch keinen Sinn. Hatte Peter Informationen an diesen Mann weitergegeben? Welcher Natur könnten diese sein? Hatten sie etwas mit Jens als potenziellem Mordopfer zu tun?

»Geht's dir nicht gut?«, fragte Philip und legte eine Hand auf ihre Schulter.

»Doch, doch. Alles in Ordnung. Ich bin nur müde.«

»Ja, wir können auch bald gehen. Es war ein langer Tag.«

Alberta nickte. Sie kritzelte Jens ihre Adresse auf die Serviette und schrieb »21 Uhr« dazu. Das war in einer Dreiviertelstunde. Sie legte ihm die Serviette unter dem Tisch auf den Schoß, als Philip sich erhob und sie sich von den anderen verabschiedeten. Von der Familie Lipidakis wurden sie in den Arm genommen, und Elena und Alexandros versicherten ihnen nochmals, dass sie heute ihre Gäste waren.

Noch im Auto wählte Alberta die Handynummer von Stubenthal.

»Hallo, Herr Stubenthal? Hier ist Frau Rose.«

Philips Kopf fuhr erschrocken herum, als er den Namen des Kommissars hörte.

»Ja, könnten Sie gegen neun Uhr in unserer Ferienwohnung sein? Ich denke, wir haben noch etwas zu besprechen.«

Sie horchte auf seine Antwort, während Philip immer wieder von ihr zurück auf die Straße und wieder zu ihr blickte.

»Ist gut, bis gleich.«

Sie legte auf.

»Was machst du?«, fragte Philip.

»Es hat sich wahrscheinlich ein ganz neuer Tathergang ergeben.«

»Tathergang?«, fragte Philip aufgebracht. »Aber das kann dir doch egal sein. Du bist im Urlaub! Wir laufen Ski!«

»Ich nicht mehr.«

»Nein, aber du bist schwanger, du musst über andere Dinge nachdenken. Strampler, Wiege, Windeln, Kinderwagen, Schnuller … Stattdessen redest du von Tathergang.«

»Es gab ja auch einen Mord, mein Lieber. Und wir waren quasi dabei.«

»Ja, aber dafür ist die Polizei da. *Die* machen das.«

»Deshalb treffen wir uns ja auch mit ihnen.«

Verzweifelt schüttelte er den Kopf. »Das geht nicht gut aus«, jammerte er.

»Für den Täter jedenfalls nicht, nein«, sagte Alberta bestimmt.

»Weißt du schon, wer's ist?«, fragte Till neugierig von der Rückbank.

»Vielleicht nachher.«

»Ach, so'n Quatsch!«, rief Philip ärgerlich.

»Ganz ruhig, Papa. Sonst wirst du auch noch so 'ne bilatente Persönlichkeit.«

Beide Kinder waren nach Albertas Ankündigung, heute Abend womöglich noch den Mörder enttarnen zu können, nervös. Statt sich wie sonst auch mit ihren Handys in ihr Zimmer zurückzuziehen oder vor dem Fernseher zu liegen, scharwenzelten sie um Alberta herum, die den Tisch mit ein paar Knabbereien deckte und Kaffee und Tee kochte.

»Kommen die eigentlich mit'm Pferd?«, fragte Lina und schaute aus dem Fenster.

»Lina, keine Winnetou-Sprüche heute Abend, verstanden?«, ermahnte Philip sie.

»Wenn dieser Rainer kleiner wäre, würde er aussehen wie Sam Hawkins«, stellte Till bierernst fest.

»Für dich gilt das Gleiche. Ihr geht in euer Zimmer, wenn sie kommen, und bleibt auch dort.«

Wie auf Kommando klingelte es an der Tür.

»Beim großen Manitu, das sind sie!«, rief Lina, um ihren Vater zu ärgern. Sie öffnete die Tür.

Tatsächlich standen die beiden Beamten auf der Matte.

»Herzlich willkommen«, sagte Lina freundlich und ließ sie ein.

»Guten Abend.«

Philip bat sie in die Küche, wo Alberta sie empfing. Er scheuchte die Kinder mit einer eigenen Schüssel Chips hinaus, und sie nahmen um den kleinen Küchentisch Platz.

»So, Frau Rose, wir sind gespannt, warum Sie uns einbestellt haben«, begann Stubenthal das Gespräch.

»Nun, falls meine Theorie mit der Skibrille stimmen sollte, haben wir einen ganz anderen Fall, und vorhin auf dem Friedhof hatten wir nicht genug Zeit, darüber zu sprechen.«

Es klingelte ein weiteres Mal an der Tür, und alle schauten zum Flur.

»Das ist Jens«, kündigte Alberta an und erhob sich. Till war vor ihr an der Tür und öffnete.

»Guten Abend«, sagte Jens freundlich.

»Sind Sie auch von der Polizei?«, fragte Till.

»Nein, ich bin aus dem Skikurs.«

»Ach so«, meinte Till enttäuscht und ging wieder in sein Zimmer.

»Schön, dass du kommst.« Alberta führte ihn in die Küche zu den anderen. »Ich habe Jens dazugebeten, weil er im Fokus der veränderten Umstände steht«, erklärte sie.

Philip räusperte sich etwas verärgert über den ganzen Aufmarsch, den seine Frau hier veranstaltete, obwohl sie nichts damit zu tun hatte. Letztes Jahr war sie ja noch selbst betroffen gewesen, aber dieser Mord war nicht ihre Angelegenheit.

»Frau Rose, es ist sehr aufmerksam von Ihnen, dass Sie uns unsere Arbeit abnehmen wollen«, sagte Stubenthal nicht minder verstimmt, »aber wie unsere Ermittlungen fortlaufen, sollten Sie uns überlassen.«

»Selbstverständlich, ich will mich da auch gar nicht einmischen«, sagte Alberta. »Ich möchte nur zu bedenken geben: Wenn die Brillentauschaktion entscheidend war und es zu einer Verwechslung kam, könnte Jens vielleicht Licht in die Angelegenheit bringen.«

»Frau Rose …«, begann Stubenthal.

»Und«, unterbrach ihn Alberta, und er ließ sie höflich gewähren, »die bis jetzt verdächtigte Person wäre damit ganz aus dem Rennen um die Täterschaft. Dörte hatte lediglich ein Motiv, Stavros zu töten. Mit Jens hat sie gar nichts am Hut. Oder?«, fragte sie ihn.

Überrascht schüttelte er den Kopf.

»Da ist in der Tat etwas Wahres dran«, entgegnete Stubenthal. »Wir waren inzwischen nicht untätig und haben uns die Brille noch mal genau angesehen. Sie wies einen Sprung auf, den wir fälschlicherweise als Folge des Sturzes von der Sitzbank einstuften. Nachdem wir nun den wahren Grund kennen, könnte die Brille tatsächlich zum tragischen Detail in dieser Geschichte werden. Herr Lehmann, wenn Sie das eigentliche Ziel waren, können Sie sich vorstellen, wer einen Grund haben könnte, Sie zu töten?«

Jens blickte furchtsam in die Gesichter seiner Tischnachbarn. »Nein, eigentlich nicht.«

»Aber vorhin meintest du doch, dass etwas dran ist an meiner Theorie. Kennst du jemanden aus dem Kurs von früher?«, wollte Alberta wissen.

Er biss sich auf die Unterlippe. »Na ja, nicht direkt …«

»Wie meinen Sie das bitte?«, hakte Stubenthal nach, nachdem Troller ihm einen Stupser mit dem Ellbogen gegeben hatte.

»Also, der Rainer und ich, wir haben mal um Forschungsgelder konkurriert.«

»Die neurologischen Krankheiten«, fiel es Alberta ein, »ich hab was darüber gelesen.«

Das verwunderte Jens ebenso wie Philip. Die beiden Beamten hingegen wirkten nicht sonderlich überrascht.

»Wir haben uns nicht persönlich kennengelernt oder so«, erläuterte Jens. »Wir wussten, dass wir beide im Rennen waren. Und man informiert sich ja über seine Konkurrenz. Aber wir sind uns nie begegnet.«

»Fschlmnggsslmmrnsms«, sagte Troller gespannt und schob sich einen Paprikachip in den Mund.

»Was waren das für Forschungsgelder?«, übersetzte Stubenthal.

»Es ging um eine dauerhafte Förderung des ausgewählten Forschungsprojektes über drei Jahre. Das bedeutet finanzielle Planungssicherheit. Wir bekamen die Gelder, und Rainer ging leer aus. Das ist ja eigentlich ganz normal und Alltag in unserer Branche, aber jetzt, da ich Rainer kennengelernt habe …«

»Mmh«, brummte Troller neugierig und auffordernd.

»So cholerisch, wie er ist, aufbrausend, jähzornig … vielleicht will er sich … rächen.« Er sprach das letzte Wort aus, als ob es einen unangenehmen Geschmack auf seiner Zunge verursachen würde.

»Und sonst? Kennst du sonst jemanden hier im Ort oder aus dem Kurs?«, fragte Alberta.

»Nein, jedenfalls nicht dass ich wüsste. Ich kenn ja nicht mal alle Nachnamen«, sagte Jens. »Bei Rainer bin ich auch nur darauf gekommen, wer er ist, weil er sein Institut erwähnt hat.«

Stille trat ein. Nur das Geknurpse von Troller, der noch mehr

Chips aß, war zu hören. Philip meinte, von nebenan die Titelmusik von »Winnetou« vernehmen zu können.

»Könnte es sein, dass Sie mit einem Mitglied aus Ihrem Kurs geschäftlich zu tun hatten?«, fragte Stubenthal.

Jens pustete geräuschvoll Luft aus.

»Ach, aber das wäre schon ein großer Zufall.«

»Was meinen Sie?«

»Wir haben mal mit meiner anderen Firma für Porsche einen Luftfilter entwickelt.«

»Porsche«, sagte Alberta salbungsvoll. »Alexander.«

»Schon, aber ob's jetzt genau der ist …« Jens legte zweifelnd die Stirn in Falten.

»Rklllmss.«

»Erklären Sie uns das bitte?«

»In unserem Kurs ist auch ein Porsche-Mitarbeiter, Alexander, mit seiner Frau. Der Luftfilter, den wir für Porsche entwickelt haben, konnte leider den Hitzeanforderungen im Motorraum nicht standhalten. Er ging in Flammen auf, und Porsche musste die Fahrzeuge zurückrufen. Das war aber nicht unsere Schuld, denn wir waren für die Auswahl der bei der Herstellung verwendeten Verbundmaterialien nicht verantwortlich. Ein Herr van Bergen war damals mein Ansprechpartner.«

»Mensch, Jens!«, rief Alberta. »Alexander heißt van Bergen! Da ist es doch, das Motiv!«

»Was?«, rief er verwundert. »Aber das kratzt doch Porsche nicht. Bei der geringen Stückzahl, die anfangs verbaut wurde, ist der Rückruf nicht weiter gravierend gewesen.«

»Nein, nicht für den Konzern, aber für Alexander. Er ist gefeuert worden.«

»Bitte?«

»Jaaa!«

»Woher weißt du das alles?«, fragte Philip.

»Er sagte mir, dass er, kurz bevor der Mord geschah, noch mal ins Hotel fuhr, um sein Geschäftshandy zu holen. Das habe ich überprüft, indem ich bei ihm im Büro anrief.«

»Frau Rose«, sagte Stubenthal entrüstet, »das ist nicht Ihre

Aufgabe. Sie können nicht einfach die Ermittlungen in Ihre Hände nehmen.«

Troller führte langsam seine chipsgefüllte Hand zum Mund und beobachtete Alberta und seinen Kollegen, als ob er einen Kinofilm verfolgen würde.

»Es war doch lediglich ein Anruf. Und ich habe etwas erfahren, das Sie bis jetzt nicht wussten«, gab sie zurück.

»Trotzdem, Frau Rose«, beharrte er und klappte ein Notizbüchlein auf. »So, und Sie, Herr Lehmann, wissen nicht, mit welchen Leuten Sie hier auf der Piste sind, die Sie sich vorher bereits zum Feind gemacht haben?«

»Nein«, antwortete Jens ehrlich. »Vielleicht war ich zu naiv, aber daran denkt doch kein Mensch.«

»Bismmpst«, sagte Troller mit vollem Mund.

»Bitte?«

»Bis es passiert«, übersetzte Stubenthal.

»Bis heute Mittag haben doch außerdem noch alle geglaubt, dass es um Stavros und nicht um mich ging.«

»Das ist korrekt, aber aller Wahrscheinlichkeit nach nicht mehr aktuell. Herr Lehmann, gab es irgendwelche Drohungen dieser beiden Herren gegen Sie?«

»Nein.«

»Haben Sie Anrufe erhalten, die Sie nicht zuordnen konnten, oder wissen Sie von sonstigen Versuchen, Sie auszuspähen?«

»Nein.«

Unzufrieden schnaubend legte Stubenthal den Stift nieder und lehnte sich zurück. »Es kann natürlich alles Zufall sein. Aber dass gleich zwei Männer, mit denen Sie beruflich Kontakt hatten, hier in Oberstdorf in Ihrem Kurs auftauchen, ist mehr als verwunderlich.«

»Und damit nicht genug«, meinte Alberta. »Wenn es sich tatsächlich so verhält, bedeutet das, der Mörder ist noch nicht am Ziel. Du lebst schließlich noch.«

Jens' Augen weiteten sich, als er begriff, dass er sich möglicherweise in Lebensgefahr befand.

»Da hat Frau Rose recht«, stimmte Stubenthal zu.

»Mmbr wnndsmmrdssmdmmlw, dnnkrrnslmnsflrm.« Troller blickte sie an, als wäre damit alles geklärt. Natürlich konnte sich auf das, was er von sich gegeben hatte, keiner einen Reim machen.

»Herr Troller meint, dass der Mörder jetzt aber nicht genauso weitermachen kann, das wäre zu auffällig.«

»Unn swzfll wnn rwdabsrswnd.«

»Und er konnte nach der Tat auch nicht sofort abreisen, ohne aufzufallen. Vorausgesetzt, er gehört wirklich zu den Teilnehmern Ihres Skikurses.«

»Stimmt. Verdächtiger könnte man sich nicht machen«, sagte Alberta.

»Es sei denn …«, meldete sich Philip zu Wort.

»Ja?«, fragte Stubenthal aufmerksam.

»Es sei denn, er hat sich so geschickt *ungeschickt* angestellt, dass es keinem auffiel.«

Alberta verstand sogleich, was Philip meinte.

»Martin.«

»Martin?«, fragte Stubenthal ratlos.

Alberta ließ Philip den Vortritt, weil es sein Einfall gewesen war.

»Wir hatten anfänglich einen jungen Mann im Kurs, der aufgrund seiner Fähigkeit oder besser gesagt Unfähigkeit aus dem Kurs ausschied. Das war, noch bevor das mit Stavros passierte.«

»Mmmh!«, machte Troller, so als hätte er einen überraschend gut schmeckenden Bissen im Mund.

»Er könnte sein schlechtes Skilaufen nur vorgetäuscht, sich zurückgezogen und dann das Attentat verübt haben. Sein Fortbleiben wäre dadurch nicht als Flucht aufgefallen. Allerdings hat der Täter dann ja den Falschen erschossen, er ist also vielleicht immer noch da.«

»Kanntest du den etwa auch?«, wollte Alberta wissen.

»Martin? Nicht dass ich wüsste. Wo arbeitete der noch?«

»Hat er nicht gesagt«, erinnerte sich Alberta.

»Hat dieser Martin auch einen Nachnamen?«, erkundigte sich Stubenthal.

»Den kennen wir nicht. Wir reden uns alle nur mit Vornamen an. Aber in der Skischule können Sie das erfahren. Sie müssen nur …«

»Danke«, wehrte Stubenthal ab, »wir wissen, wie wir unsere Arbeit zu machen haben.«

»Und b-bin ich jetzt noch in Gefahr?«, fragte Jens eingeschüchtert.

Troller und Stubenthal wechselten einen Blick, wobei bei Troller zunächst die linke, dann die rechte Augenbraue in die Höhe schnellte.

»Das ist nicht auszuschließen«, antwortete Stubenthal schließlich.

»Gott, das ist ja wirklich wie bei uns letztes Jahr, da musste ich feststellen, dass der Mörder hinter mir her war und nicht hinter der Standesbeamtin.«

»Und wer war der Täter?«, wollte Jens mit einem unheilvollen Zittern in der Stimme wissen.

»Ein Auftragskiller.«

»Ich brauche Schutz«, sagte Jens schnell.

Stubenthal rieb sich über die Stirn.

»Es wäre von Vorteil, wenn Sie sich an einen Ort zurückziehen, den keiner kennt.«

»Aber wohin denn?«

»An Ihrer Stelle würde ich noch heute die Unterkunft wechseln. Nehmen Sie ein Apartment, kein Hotel. Und bleiben Sie dort. Gehen Sie nicht mehr in den Kurs.«

»Oder …« Alberta hob ihre Stimme gleichzeitig mit ihrem Finger.

Troller hörte auf zu kauen, und Stubenthal beugte sich näher heran.

»Ja?«

»Oder er geht morgen noch mal hin, sagt laut und deutlich, dass er aus irgendeinem Grund seine Unterkunft gewechselt hat, und verrät auch seine neue.«

»Aber dann …«, stammelte Jens.

»… locken wir den Feind eben an. Und im Handumdrehen

haben wir ihn in der Falle.« Alberta blickte freudestrahlend in die Gesichter am Tisch.

»Und ich bin das Stück Käse in dieser Falle?«

»Musst du nicht sein. Du nennst nur dein neues Domizil und verkündest, dass heute dein letzter Tag ist, sodass der Mörder gezwungen wird, sich zu beeilen.«

Ganz langsam griff Troller in die Chipsschale, wo seine Hand allerdings nichts mehr fand. Etwas peinlich berührt zog er sie wieder zurück.

»Fnd ksn man«, sagte er.

»Na, also«, freute sich Alberta und alle, insbesondere Troller, starrten sie mit großen Augen an, weil sie seinen Satz verstanden hatte.

»Wie meinen?«, fragte Stubenthal skeptisch.

»Er sagte, er findet, das kann man so machen.«

»Ja, richtig«, bestätigte Stubenthal erstaunt.

Troller grinste breit, ein seliges Leuchten erhellte seine Augen.

»Gut, dann stellen wir dem Killer also eine Falle«, sagte Alberta zuversichtlich und rieb sich die Hände.

12

»Oh, es geht schon los«, sagte Stubenthal und streckte die Hände aus, als sie eine halbe Stunde später aus dem Haus traten. »Es war Eisregen angesagt.«

»Na, dann fahren Sie bitte sehr vorsichtig.« Alberta verabschiedete die beiden und verschloss die Tür hinter ihnen. Jens war noch geblieben und wollte von hier aus versuchen, eine Schlafmöglichkeit für heute Abend zu finden. Mit den beiden Kommissaren hatten sie ein Haus, dessen Besitzer Troller kannte, als die Adresse auserkoren, die sie dem Mörder servieren wollten.

Als Alberta wieder nach oben kam, standen Till und Lina in der Küche und beäugten neugierig ihren Gast.

»Du bist aber nicht der Mörder?«, fragte Till, und Lina schlug ihm auf den Hinterkopf.

»Lina! Till!«, schimpfte Philip. »Du musst entschuldigen, Jens, aber sie sind halt manchmal kleine Monster.«

Jens nahm es mit Humor und stellte sich ans Fenster, von wo er hinüber zum Hoteleingang schaute.

»Hier ist nicht zufällig was frei?«

»Stimmt«, sagte Alberta, »wir könnten Frau Schelm fragen.«

»Die Wohnung unter uns steht leer«, meinte Lina gelangweilt und ließ eine Kaugummiblase platzen.

»Das wäre doch ideal«, sagte Jens und lächelte. Er schaute auf die Uhr. Es war kurz vor halb elf. »Ob da jetzt noch jemand ist?«

»Wir gehen mal rüber«, schlug Alberta vor.

Die Erwachsenen zogen ihre Jacken an und verließen das Haus. Philip ging vor und wäre auf der Stufe vor der Haustür beinah böse gefallen. Alberta fing ihn auf.

»Hoppla!«

»Glatt! Es ist teuflisch glatt«, rief er.

Sie blickten auf den feucht schimmernden Boden und dann zum Himmel, aus dem leise kleine Tropfen fielen. Es hatte sich merklich abgekühlt, und vor ihren Mündern bildeten sich Atemwolken.

»Blitzeis«, sagte Alberta, »Stubenthal und Troller hatten das erwähnt.«

»Schön, dass du mir das jetzt sagst«, meinte Philip etwas gereizt.

Vorsichtig setzte Alberta einen Fuß hinaus und tapste mit abgewinkelten Armen wie auf einem Drahtseil über den kleinen Weg.

»Ihr müsst aufpassen. Aber es geht.«

Wie auf rohen Eiern folgten die beiden Männer Alberta über den schmalen Weg. Immer wieder glitten ihre Füße zu den Seiten weg, und sie mussten sich fangen. Es dauerte Minuten, bis sie es zur Straße geschafft hatten. Drüben im Hotel brannte noch Licht, aber die abschüssige Straße zwischen ihnen glitzerte gefährlich glatt. Alberta blickte nach links und rechts und dann wieder zurück nach links, weil sie dort aus dem Augenwinkel heraus etwas Merkwürdiges registriert hatte.

Ein dunkler Wagen stand am Straßenrand, neben dem ein Mann auf dem Gehweg kniete. Sie meinte, Stubenthals Lederoutfit zu erkennen.

»Kommissar Stubenthal?«, rief sie.

»Jaa-a«, krächzte er angestrengt.

»Was machen Sie da?«

»Ich v-versuche, zu meinem A-Auto zu gelangen!«

»Seit einer halben Stunde?«

»Es ist glatt, falls Sie es noch nicht bemerkt haben.«

»Wo ist Herr Troller?«

»Der liegt auf der anderen Seite!«

»Hnhn«, hörte sie Trollers nasale Bestätigung.

»Gehen Sie wieder ins Haus, Sie brechen sich hier draußen alle Knochen«, ächzte Stubenthal.

»Aber wir müssen noch eine Wohnung für mich mieten«, rief Jens. »Hier im Haus ist wohl was frei.«

»Hören Sie lieber auf mich.«

»Tja, leider ist in unserer Wohnung alles belegt, das Bett, die Couch«, sagte Philip, »sonst würden wir dir ja anbieten, bei uns zu bleiben.« Sein rechter Fuß schlitterte nach hinten, und er hielt sich an Jens fest, der sich wiederum an Alberta klammerte.

»Wir müssen doch nur über die Straße«, sagte Alberta.

»Danach müssen Sie aber ja auch wieder zurück«, mahnte Stubenthal.

»Ich ruf einfach an«, fiel es Jens ein. Er zückte sein Handy, geriet dabei ins Rutschen und breitete fuchtelnd die Arme aus, um sein Gleichgewicht wiederzufinden. Das Handy flog im Salto mortale durch die Luft, landete auf der Straße und rutschte direkt auf einen Gully zu. Wie gebannt starrten sie dem Gerät hinterher.

»Ach Quatsch, das passiert jetzt nicht ernsthaft«, murmelte Jens flehentlich.

Sein iPhone glitt fast lautlos auf die Streben zu, wurde in der Waagrechten langsamer, drehte sich um neunzig Grad und kippte dann in den Zwischenraum der ersten beiden Streben. *Plumps.*

»Das gibt's doch nicht.«

»Okay, ich geh rüber«, sagte Alberta entschieden. »Die haben bestimmt Streusalz, das wir dann benutzen können.«

»Lass uns zusammenbleiben«, bat Philip. Sie klammerten sich zu dritt aneinander und staksten mit steifen Beinen Zentimeter für Zentimeter vorwärts. Von hinten sahen sie aus, als hielten sie sich an den Händen, um Sirtaki zu tanzen. Nun mussten sie einen Fuß auf die Straße setzen. Stubenthal hatte inzwischen den Türgriff zu fassen bekommen und zog sich daran hoch, während seine Füße immer wieder in alle Richtungen wegglitten.

»Okay, auf drei«, meinte Alberta konzentriert. Sie zuckten und wackelten. »Eins, zwei, drei …«

Alle drei setzten den rechten Fuß auf die Fahrbahn und zogen schnell den linken hinterher, damit sie keinen Spagat machten. So standen sie vornübergebeugt, aber fest auf der sich nach rechts neigenden Straße. Vorsichtig richteten sie sich auf. Stubenthal öffnete indes die Autotür, was ihn völlig von den Beinen holte. Zwischen Dach und Türrahmen hängend stöhnte und keuchte er vor Anstrengung.

Jens, Philip und Alberta blickten zu ihm, und diese minimale Drehung ihrer Köpfe reichte aus, um sie in Bewegung zu setzen. So wie sie standen, rutschten sie ganz langsam den Berg hinunter.

»Uuuooaah«, rief Philip und begann, mit den Armen zu

rudern. Dabei lösten sich ihre Griffe, und jeder versuchte für sich selbst, mit wilden Oberköperbewegungen das Gleichgewicht zu halten.

Alberta blickte den Berg hinunter und entdeckte Frau Schelm, die ihr vom Eingang des Hotels mit großen Augen dabei zusah, wie sie wie auf einem unsichtbaren Skateboard davonglitt. Jens fiel klatschend zur Seite und fegte mit seinen Füßen Philip um. Beide drehten sich flach auf den Bauch und versuchten, mit den Händen Halt zu finden. Alberta rutschte unterdessen im Surferstil an dem Gully vorbei, in dem das Handy verschwunden war, welches just in diesem Moment anfing zu klingeln.

»Jens! Telefon!«, rief sie scherzend, da zog es auch ihr die Beine weg, und sie fiel auf die Eisbahn. Der Sturz beschleunigte ihr Tempo, und so schlitterte sie immer schneller werdend den Berg hinunter. Egal, was sie tat und wie sie sich drehte, es gab kein Anhalten.

»Alberta!«, schrie Philip.

Sie schaffte es, sich halb aufzurichten, blickte zu ihrem Mann, der oben auf der Straße hockte, und erkannte hinter ihm ein gelbes Flackern, das die Häuserfassaden erhellte. Sie drehte sich wieder in Rutschrichtung und blickte nach unten. Zwischen ihren Füßen tauchte ein Streufahrzeug mit einer gelben Lampe auf dem Dach auf und verteilte knisternd Salz auf der eisglatten Fahrbahn. Der Mann am Steuer bemerkte sie, seine Augen wuchsen auf Tennisballgröße an, und er trat auf die Bremse. Alberta war das nicht möglich. Sie schoss wie auf einem Skeletonschlitten auf das Fahrzeug zu. Es hatte hohe, profilstarke Räder.

»Nein!«, hörte sie Philip schreien. »Meine Frau! Sie ist SCHWANGER!«

Das letzte Wort hallte in einem gewaltigen Echo durch den Ort. Aber es half nichts. Alberta schloss die Augen, drehte sich auf den Bauch und machte sich so flach wie möglich. Ein warnendes Hupen war das Letzte, was sie hörte, ehe sie mit Tempo zwanzig unter die Stoßstange rutschte und wie ein Korken steckenblieb. Für einen Moment hatte sie gehofft, dass sie komplett hindurchpassen würde, aber nun hing sie wie eine Galionsfigur vorn unter dem Wagen. Der Motor wurde abgestellt, und der Fahrer stieg fluchend aus.

»Alberta!«, gellte Philips Stimme durch das Tal.

»Alles gut!«, rief sie zurück.

»Sabbrlott noch amol! Wos hom S' denn do unte zu due?«

»Ich … ich komm nicht mehr ra-haus«, sagte Alberta und musste sich ein Lachen verkneifen. Sie wackelte mit dem Hinterteil, aber das war wie im Schraubstock fixiert.

»Konnten S' nit worte, bis i die Straße fertig g'mocht hob?«

»Ich hab Sie ja gar nicht kommen sehen. Tut mir leid. Meinen Sie, Sie kriegen mich hier raus, ohne mich zu überfahren?«

Er stemmte eine Hand in die Hüfte und kratzte sich mit der anderen auf dem Kopf. Er stand so nahe, dass sie seine Spikes unter den Arbeitsstiefeln erkennen konnte. Dann packte er ihre Arme und riss mit festem Griff an ihr herum.

»Huch!«, rief sie, überrascht über seine ungestüme Art.

»Bist du verletzt?« Philip war dabei, auf dem Hintern den Abhang herunterzurutschen.

»Nein, aber gleich …«

»Na, so … jetz ober mol!«, stieß ihr Helfer einem Kampfruf gleich aus und zog, dass Alberta glaubte, er würde ihr die Arme auskugeln. Vor Lachen konnte sie inzwischen keine Körperspannung mehr aufbauen, und ihr dicker Körper begann zu wackeln und zu zucken.

»Huhuhu, ich glaub, das hi-hilft n-nicht!«

»Wos gibt's denn do z'lacha?«, fragte er erbost und ließ ihre Hände los.

»Alberta!« Philip war angekommen.

»Wer isch des?«, fragte der Mann.

»Mein Ehemann. Darf ich vorstellen? Philip. Und Sie sind?« Wieder lachte sie los, und er winkte ab.

»Wie soll man denn so eine retten, he? Teifl auch.« Er kletterte zurück ins Führerhaus. Philip hielt besorgt Albertas Hand.

»Bist du auch wirklich nicht verletzt?«

»Nein, hilf lieber dem Verkehrsfritzen.«

»Ich kann ja nicht mal stehen«, sagte Philip verzweifelt. Da kam der Mann mit einem Wagenheber zurück. Ohne ein Wort der Erklärung zu verlieren, kniete er sich hin und setzte den Heber an. Gleich beim ersten Versuch rutschte er weg.

Damit schien der Mann gerechnet zu haben, denn jetzt holte er eine Spraydose aus seiner Hosen- und ein Feuerzeug aus seiner Brusttasche.

»Sie wollen doch nicht unter dem Motor …«, sagte Philip noch, da drückte er auch schon auf den Knopf und zündete das Feuerzeug. Ein fast vierzig Zentimeter langer Feuerstrahl rauschte aus der Dose auf den Asphalt unter dem Wagen. Nach fünf Sekunden stoppte er und prüfte den Untergrund. Das Eis war weg. Er konnte den Wagenheber ansetzen.

»Gute Idee«, ächzte Alberta. »Ist auch kaum warm geworden.«

»Hier, ziehen S' die a und Ihre Frau da drunter h'vor.«

Er reichte Philip ein Paar Spikes, die dieser gleich überstülpte. Die Stoßstange hob sich immer mehr, und Philip riss an Albertas Armen. Endlich kam sie frei. Philip stöhnte erleichtert auf.

»Zua Seite«, dirigierte ihn der Mann, »zua Seite, ziehen S' die Frau an die Seite!«

Philip tat wie ihm geheißen und schleifte Alberta wie einen laut lachenden Kartoffelsack an den Straßenrand.

»So, und jetzt warten S', bis i mit dem Streuwoga durch bin. V'rstonda?«

»Jawo-hohl«, bestätigte Alberta kichernd, »und tausend Dank. Sie haben mir das Leben gerettet.«

»Und Sie mir meins fascht zua Höll g'macht.«

Damit stieg er ein, startete den Motor und fuhr den Berg hinauf, wo die anderen lagen. Troller klappte in letzter Sekunde gerade noch den Kragen seines Mantels hoch, bevor ihn der Salzregen erreichte.

Nach dieser Aufregung spendierte ihnen Frau Schelm erst mal einen »Obschtler« und Alberta einen Cappuccino.

Das Apartment unter dem von Alberta und Philip stand tatsächlich leer und war erst in zwei Tagen wieder gebucht, sodass es Jens möglich war, dort einzuziehen. Nachdem die Streufahrzeuge der Lage Herr geworden waren, konnte er auch seine Koffer holen.

Philips Stresshormone zwangen ihn, kaum dass sie wieder in ihrer Wohnung waren, in die Knie. Er warf sich auf die Couch und schlief quasi sofort ein. Alberta wollte ihn auch nicht mehr wecken, um ihm zu sagen, dass er sich noch umziehen musste. Sie hingegen war nach dem Cappuccino hellwach und setzte sich an den Laptop, um ihre Recherche von heute Vormittag zu wiederholen und noch mehr darüber zu erfahren, wie die anderen Kursteilnehmer statt mit Stavros vielleicht mit Jens verbandelt waren.

Sie fing mit Marie und Kathrin an, weil ihr immer noch aufstieß, dass die beiden in einem Kurs fuhren, der unter ihren Möglichkeiten lag. Sie waren abgesehen von Martin auch die Einzigen, von denen sie nicht wusste, was sie beruflich machten.

Alberta staunte nicht schlecht, als sie herausfand, dass die beiden in Bochum einen Skiladen mit dem Namen »Die drei Schwestern« betrieben. In der Sparte »Über uns« las Alberta, dass es sich bei den Inhaberinnen aber nicht um drei Schwestern handelte, sondern um drei Schulfreundinnen, die mit der Gründung des Ladens ihr Hobby zum Beruf gemacht hatten. Die Dritte im Bunde war eine gewisse Angela. Marie, Kathrin und Angela. Aber warum taten die beiden dann so, als hätten sie vom Skifahren keine Ahnung? Und wo war Angela? Musste sie den Laden weiterführen, während ihre Kolleginnen sich hier amüsierten oder gar weiterbildeten?

Für einen Anruf war es zu spät. Sie musste weiter im Netz nachforschen und fand die Facebook-Seite des Ladens. Hier hatten viele User ihre Berichte über den Service und die Qualität der Ware gepostet. »Cooler Laden mit fähigen Mitarbeiterinnen«, hieß es da. Oder »Ein Skiverleih in Bochum? Die drei Schwestern sind ein Muss. Sehr geil!« und »Danke für die tolle Beratung. Der Skiurlaub war perfekt!«.

Alberta scrollte in der Historie der Beiträge zurück, um etwas über die Ladengründung zu erfahren. Da stieß sie auf eine größere, schwarz gerahmte Anzeige: »Es tut uns leid, euch mitteilen zu müssen, dass unsere Partnerin Angela nach kurzer schwerer Krankheit verstorben ist.« Es folgten Dutzende Beileidsbekundungen und Fotos von Angela im Geschäft und auf der Piste.

Nachdenklich legte Alberta ihre Hände links und rechts neben dem Laptop auf den Tisch und starrte auf den Bildschirm. Das war es. Genau hier, in dieser Information, musste das Geheimnis der beiden versteckt liegen, das fühlte sie.

»Was machst'n da?«, fragte Till und kam aus dem Schlafzimmer zu Alberta an den Tisch. Lina öffnete den Kühlschrank, wo sie nach irgendetwas Essbarem suchte. »Weißt du jetzt, wer's war?«

»Nein, leider nicht. Es sind noch zu viele Verdächtige.«

»Können wir dir helfen?«, fragte Till und stützte seinen Kopf in beide Hände, während er, neben Alberta stehend, auf den Bildschirm spähte. Lina hatte einen Joghurt gefunden und knallte die Kühlschranktür zu.

»Ist es nicht ein bisschen spät für einen Snack?« Alberta blickte sie wohlwollend an, weil sie in den Ferien nicht zu streng sein wollte, aber sticheln musste sie wenigstens.

»Kannst mir dankbar sein, wenn ich dir das wegesse. Nachher kriegt das Kind noch Diabetes.«

»Mach ruhig, ich hab noch einen Vorrat auf der Fensterbank«, wiegelte Alberta ab.

»Was ist mit Papa?«, wollte Till wissen und deutete mit einer Kopfbewegung zu Philip, der mit offenem Mund dalag und röchelte.

»Der Eisregen vorhin hat ihn etwas mitgenommen.«

»Schade, ich hätte deine Rutschpartie gern gefilmt«, sagte Till enttäuscht.

Alberta begann wieder zu lachen.

»Ja, das hätte ich auch gern gesehen.«

Sie versuchte sich wieder auf ihre Recherche zu konzentrieren und klickte das Impressum auf der Homepage der »Drei Schwestern« an. Dort waren alle drei Namen verzeichnet. Angela Sukowa. Sukowa war jetzt kein Allerweltsname. Einige Angehörige konnte sie doch bestimmt auftreiben. Allerdings war es bereits Viertel nach elf. Ein anderer Gedanke drängte sich Alberta auf.

»Äh, Till?«

»Was denn?«

»Hast du eigentlich gerade gefilmt, als du neulich in das Waldstück reingefahren bist und dir die Jacke kaputt gemacht hast?«

»Klar.«

»Kannst du mir das zeigen?«

»Ich hol's«, sagte er fröhlich und lief auch schon los.

Alberta griff zum Handy und suchte im Bochumer Telefonbuchverzeichnis nach dem Namen Sukowa. Es waren nur drei Namen aufgeführt. Sie wählte die erste Nummer, doch niemand nahm ab. Sie versuchte die zweite, und eine junge Dame meldete sich.

»Ja, guten Abend«, sagte Alberta munter, »ich hätte gern Frau Angela Sukowa gesprochen.«

Es folgte eine Pause, und Alberta glaubte schon, dass sie getrennt worden seien. Dann raschelte etwas.

»Hallo?«, fragte Alberta.

»Es ist spät«, sagte die Dame.

»Ach, das tut mir leid. Ich rufe aus den USA an, die Zeitverschiebung hatte ich ganz vergessen.«

»Was wollen Sie denn?«

»Angela und ich haben uns vor längerer Zeit bei einem Skikurs kennengelernt, und ich wollte mich einfach mal melden. Entschuldigen Sie bitte. Bin ich denn überhaupt richtig bei Ihnen?«

»Eigentlich schon«, sagte die Frau gedämpft, »aber … Angela ist leider vor einem Jahr überraschend verstorben.«

»Was?«

»Ja. Wir …« Sie konnte nicht weitersprechen.

»Mein Gott, das tut mir aufrichtig leid. Sind Sie die Mutter?«

»Ihre Großmutter.«

Wow, dachte Alberta, für eine Großmutter hat sie eine unglaublich junge Stimme.

»Ich kann's gar nicht glauben.« Alberta merkte, wie berührt sie war, jetzt, da sie mit der Großmutter von Angela sprach. »Darf ich fragen, was passiert ist? Sie war doch noch so jung.«

»Sie wurde sehr krank. Malaria. Sie hatte sich im Urlaub angesteckt, und es ist zu spät entdeckt worden.«

»Zu spät? Wie geht denn so was?«

»Sie war im Krankenhaus, und der Test war angeblich negativ. Es stellte sich aber heraus, dass der Test nicht funktioniert hatte. Sie wurde falsch behandelt und verstarb an den Folgen des Fiebers.«

»Mein Gott, dass das noch möglich ist heutzutage«, sagte Alberta ehrlich bestürzt.

»Ja, und das in einem deutschen Krankenhaus.« Die Großmutter schnäuzte in ein Taschentuch.

»Frau Sukowa, das tut mir furchtbar leid. Ich weiß gar nicht, was ich sagen soll. Sie war …« Alberta überlegte kurz, was sie sagen sollte. Schließlich hatte sie Angela nicht gekannt. »Sie war ein toller Mensch.«

»Danke«, sagte die Großmutter mit erstickter Stimme.

»Entschuldigen Sie bitte nochmals die späte Störung.«

»Das macht doch nichts.«

»Alles Gute für Sie«, sagte Alberta mitfühlend.

»Mmh-mh.«

»Auf Wiederhören.« Alberta legte auf und kämpfte mit den Tränen.

»Wen hast du denn angerufen? Deinen Diätberater?«, fragte Lina und warf ihren Joghurt in den Mülleimer.

»Das ist der Biomüll«, klärte Alberta sie auf.

Lina blickte in den Eimer.

»Das ist der Biomüll«, wiederholte Alberta.

»Soll ich den jetzt wieder rausholen?«

»Allerdings sollst du das.«

»Ohhhh«, moserte sie und fischte mit spitzen Fingern den Becher wieder heraus.

»So, ich hab's!«, rief Till, der mit seiner Kamera vor dem Fernseher im Wohnzimmer hockte. Er drückte die Fernbedienung, und auf dem Bildschirm erschien das Hasiland.

»Oh, bitte nicht«, flehte Lina, »spul vor, mach schon.«

Alberta ging zu ihm und setzte sich neben den schlafenden Philip. Lina gesellte sich auch dazu.

»Da sind die beiden Eierköppe«, sagte Till und deutete auf den Bildschirm, wo die Söhne von Alexander und Anita im Zeitraffer durch die Gegend stolperten. Es sah aus wie in einem alten Charlie-Chaplin-Film, und sie mussten lachen.

Als das Bild auf die Szene am Hang wechselte, ließ Till die Aufnahme in normaler Geschwindigkeit weiterlaufen.

»So, gleich kommt's.«

Man sah, wie vier Kinder, angeführt von der Skilehrerin, vor Till in Schlangenlinien den Berg hinunterfuhren. Der Ton war recht laut, sodass man das Kratzen der Kufen und das Atmen von Till hören konnte. Als eine Bodenwelle in Sicht kam, konnte man schon erahnen, was passieren würde, und tatsächlich begann das Bild zu ruckeln, kaum dass Till die Stelle erreicht hatte, und ein Stöhnen ertönte. Die Gruppe fuhr rechts aus dem Bild hinaus, und Tills Fahrt beschleunigte sich in Richtung der Baumreihe.

»Haa-haaaa!«, hörten sie Till ängstlich rufen.

Die Bäume kamen immer näher. Eine Art Weg tauchte auf, und Till schaffte es irgendwie, seine Ski darauf zu lenken. Er raste zwischen den Fichten hindurch, bis der Weg eine scharfe Kurve nach rechts machte, die er zwar nahm, aber dabei übersteuerte. Ungebremst schoss er vom Weg in die dicht besetzte Baumreihe hinein. Nun flogen die Baumstämme nur noch so am Bild vorbei. Till stöhnte immer wieder entsetzt auf, während er auf den Skiern zu bleiben versuchte, und als er frontal auf einen Baum zuhielt, dachte Alberta schon, dass er nun mit dem Stamm kollidieren würde, doch im letzten Moment glitt er links daran vorbei. Es gab ein zischendes Geräusch, wieder ein Aufstöhnen von Till, die Kamera verriss nach oben und dann nach unten, und schließlich verwackelte und verkantete das ganze Bild, als Till samt Helmkamera in einer Schneewehe versank.

»Puh«, sagte Alberta, »das ist ja noch mal glimpflich ausgegangen.«

»Till?«, hörte man eine Stimme rufen.

Ein ersticktes »Hiiieer!« folgte.

Kurze Zeit später wurde er ausgebuddelt.

»Können wir das noch mal in Zeitlupe sehen?«, bat Alberta. Das Ganze war genau in dem Gebiet passiert, in dem sich auch der Mörder befunden haben musste, als er auf Stavros anlegte.

In Zeitlupe lief der Unfall nun noch mal über die Mattscheibe, und Tills Ausrufe klangen grotesk tief und verlangsamt aus den Lautsprechern.

»Hhhhuuuuaaaaarrrrh …«

Philip schreckte hoch. »Was war das?«, rief er.

»Till«, klärte Lina ihn auf.

»Oh Gott, was ist mit ihm?« Er schaute sich suchend im Zimmer um.

»Nichts, Schätzchen, alles ist gut. Wir schauen nur eine Zeitlupe an«, beruhigte Alberta ihn.

Schlaff ließ er sich zurück in die Kissen fallen. Im Video steuerte Till inzwischen in die Fichten hinein. Ein tiefes, schleifartiges Geräusch erklang, so als ob jemand einen schweren Karton über Fliesen zog.

»Da geht meine Jacke kaputt«, erklärte Till, »und ich leg mich voll auf die Fresse.«

»Spul noch mal zurück. Geht es noch langsamer?«

»Klaro.«

Jetzt näherte sich das Kamerabild dem Baum so langsam, dass man bequem die Struktur der Rinde erkennen konnte. Und am oberen rechten Bildrand tauchte etwas auf, das Albertas Aufmerksamkeit auf sich zog.

»Was war das?«

»Was denn?«

»Na, da oben, so ein glänzendes Ding.«

»Das war bestimmt das Seil«, meinte Till und ließ die Szene erneut laufen. »Daran hab ich mir die Jacke zerschnitten.«

»*Das* soll ein Seil sein?«, fragte Lina mit zusammengekniffenen Augen.

Es war nur ganz kurz zu erkennen, als die Sonne es zum Reflektieren brachte. Aber es war eine Art Faden oder Schnur.

»Das ist eine Nylonschnur«, stellte Alberta fest.

»Sag ich doch. Die hat meinen Ärmel zerschnitten, ich war nicht schuld«, beteuerte Till.

»Nein, nein, das sagt ja keiner«, flüsterte Alberta und tätschelte seine Schulter. »Aber was hat die da zu suchen?«

»Ist doch wurscht. Till hat 'ne neue Jacke gekriegt, und gut is.« Lina stand auf und ging ins Schlafzimmer.

»Aber wozu hängt man eine Nylonschnur in den Wald?«, überlegte Alberta laut.

»Zum Eichhörnchenfangen«, schlug Till vor.

»Gott, so was Bescheuertes kann auch nur diesem Hirni einfallen«, lästerte Lina durch die geöffnete Tür.

»Klappe, du Sumpfkuh!«, rief Till laut.

»Hey, bist du wohl leise! Weißt du, wie spät es ist?« Philip war aus dem Bett hochgefahren.

»Dreiundzwanzig Uhr vierundfünfzig«, sagte Till.

»Eben!«

»Aber die darf so was sagen?«

»Nein, darf sie nicht. Lina, hör auf, deinen Bruder so zu nennen.«

»Den Eichhörnchentrapper?«

»Lina!«

»Schon gut.«

Philip beendete den Abend und schickte beide Kinder ins Bett. Alberta setzte sich wieder an den Laptop in der Küche.

»Kommst du nicht ins Bett?«, fragte Philip.

»In zwei Minuten.«

»Ich stopp die Zeit.« Er grinste und legte sich wieder hin.

Alberta suchte nach der Firma, die Jens gehörte. Sie fand sie auch, aber keinen Hinweis auf das, was sie suchte. Das stellte nun allerdings kein Problem mehr dar. Er wohnte ja unter ihnen. Also ging sie kurzerhand ein Stockwerk tiefer und klopfte bei ihm. Es dauerte etwas, bis er schließlich die Tür im Pyjama öffnete.

»Alberta, was ist?«, fragte er verschlafen.

»Du hast doch gesagt, dass ihr Tests zur Früherkennung von Vogelgrippe herstellt.«

»Ja, und?«

»Auch noch andere?«

»Ja, sicher, einige.«

»Ist Malaria zufällig auch dabei?«

Irgendwie schien ihn das wacher werden zu lassen.

»Nicht mehr. Wieso?«

»Kann es sein, dass diese Tests fehlerhaft waren?«

Jens schaute nach links und rechts den Flur hinunter, so als wollte er prüfen, ob jemand zuhören konnte.

»Komm rein.«

Alberta folgte ihm ins Wohnzimmer, wo er ihr einen Platz anbot und sich selbst vor ein Whiskyglas setzte, das er zu einem Drittel gefüllt oder bereits zu zwei Dritteln geleert hatte.

»Wie kommst du auf die Sache mit den Tests?« Er nahm einen Schluck. »Oh, entschuldige. Möchtest du auch einen?«

Alberta rieb sich nur über den Bauch.

»Ach ja, stimmt.«

»Ich bin darauf gestoßen, als ich versuchte herauszufinden, was Marie und Kathrin mit dir zu tun haben könnten.«

»Marie und Kathrin?«, fragte er. »Die sind mir völlig unbekannt.«

»Mag sein, aber sagt dir der Name Sukowa vielleicht etwas?«

Jens machte zuerst große Augen und schlug sie dann nieder.

»Da klingelt was, ja.« Seine Stimme klang tiefer, vielleicht enttäuschter als sonst.

Alberta wartete, weil sie ihm nicht alles aus der Nase ziehen wollte.

»Ich … jemand mit dem Namen hat mich mal verklagt.«

»Passiert das öfter?«

»Dass man mich verklagt? In meinem Metier schon.«

»Erzähl weiter.«

»Na ja, es ging um Fahrlässigkeit. Unsere Tests haben versagt. Nicht alle, aber es reichte, um einen gewissen Schaden anzurichten.«

»Angela Sukowa verstarb an Malaria.«

»Du bist verdammt gut informiert.«

»Du nicht.«

»Nein, ich … ich kann nicht auf alles achten und reagieren. Ich hab andere Dinge im Kopf.«

»Deshalb weißt du auch nicht, was Marie und Kathrin damit zu tun haben.«

»Richtig. Aber du wirst es mir vermutlich erklären.«

»Die beiden waren seit der Schule mit Angela Sukowa befreundet. Zu dritt eröffneten und führten sie in Bochum einen Laden für Skibedarf.«

Jens' Kopf hob sich langsam. Er zählte zwei und zwei zusammen.

»Und du meinst …«

»Nun, es könnte ein Motiv sein«, meinte Alberta. »Das dritte mittlerweile. Deine Feinde summieren sich peu à peu.«

Darauf konnte er nichts erwidern.

»Gab es sonst noch Klagen gegen dich, die relevant sein könnten?«, wollte sie wissen.

»Wie gesagt, es gibt immer mal Probleme.«

»Sagen wir mal, in den letzten drei Jahren. Wer hat da gegen dich geklagt?«

»Der größte Prozess war eigentlich eine Klage von mir gegen eine andere Firma.«

»Weswegen?«

»Industriespionage. Sie hatten einen quasi identischen Test auf den Markt gebracht.«

Alberta musste an diese merkwürdige Szene in der Herrentoilette der Taverna Knossos denken.

»Könnte Peter da eine Rolle gespielt haben?«

»Unser Peter? Aus dem Kurs?«

»Ja.«

»Nein. Ich wüsste nicht, wie. Warum gerade der?«

»Ich hab zufällig beobachtet, wie er im Restaurant auf der Herrentoilette mit jemandem sprach, der an einem Nebentisch von uns saß. Und er notierte sich etwas. Er könnte ein Privatdetektiv sein«, mutmaßte Alberta. »Hast du wichtige Dokumente oder Dateien dabei, oder fehlt dir gar etwas?«

»Nein«, erwiderte er erschrocken. Der Gedanke, eventuell ausgespäht zu werden, behagte ihm offensichtlich überhaupt nicht.

»Peter werde ich noch genauer unter die Lupe nehmen«, kündigte Alberta an. »Und sonstige Rechtsstreite?«

»Nur eine Klage gegen den Bau eines Gebäudes für eine Tochterfirma, aber da waren gleich mehrere Kläger beteiligt.«

»Wie viele?«

»Keine Ahnung, dreizehn, vierzehn. Alles Anwohner.«

»Wer bekam recht?«

»Ich. Gut, ich hatte da einen Deal mit den Behörden arrangiert.«

»Kannst du die Namen rausfinden und mir geben?«

Er lachte ungläubig.

»Im Ernst?«

»Ja, natürlich. Du bist viel zu naiv, Jens.«

13

Alberta fand in dieser Nacht kaum in den Schlaf. Ihre Gedanken überschlugen sich förmlich und ließen sie nicht zur Ruhe kommen.

Erst gegen halb vier schlief sie ein und erwachte bereits, bevor der Wecker klingelte.

Sofort machte sie sich wieder an die Recherche im Netz. Sie wollte soeben Peter googeln, als ihr einfiel, dass sie seinen Nachnamen nicht kannte.

Aber einen Anhaltspunkt hatte sie zumindest, und das war seine Unterkunft. Haus Bergglühen.

Sie gab es in die Suchleiste ein und klickte dann die Homepage an. Da er allein reiste, hatte er höchstwahrscheinlich eine der kleineren Wohnungen gebucht.

Von den vier angebotenen Wohnungen waren drei Apartments für vier bis sechs Personen und die vierte ein Studio für zwei. Die Wohnung »Tannenzäpfle«.

Im Belegungsplan fiel Alberta etwas ins Auge, das unstimmig war. Laut Plan war Peter erst vorgestern eingezogen, die Tage zuvor wiesen nur drei Belegungen auf. Der Kurs lief da aber bereits seit zwei Tagen. Wo war Peter also davor untergekommen? Im Buch der Skischule hatte er nur diese Adresse angegeben. Er hatte anscheinend gewusst, dass er die Unterkunft noch mal würde wechseln müssen.

»Mmmh, das ist doch komisch«, murmelte sie vor sich hin.

»Sag bloß, du hast die ganze Nacht da gesessen?«

Sie blickte auf. Philip stand mit abstehenden Haaren in der Tür.

»Guten Morgen. Nein, ich bin nur vor dir aufgestanden, mein Lieber.«

»Du übertreibst es mal wieder«, sagte er drohend und deutete mit dem Zeigefinger auf sie. »Denk an das Baby.«

»Das tue ich. Es möchte gern vier Vollkornbrötchen mit Quark und Erdbeermarmelade, einen Gurkensalat, eine Blätterteigapfeltasche mit Orangensaft und einen orientalischen Gewürzkräutertee.«

»Oh, Mann …« Philip verdrehte um Gnade bittend die Augen und wandte sich leidend ab.

Nach dem Frühstück gingen sie getrennte Wege. Philip machte sich mit den Kindern auf den Weg zur Skischule und nahm Jens mit, der heute seine Ankündigung machen und damit den Köder für den Mörder auswerfen sollte. Alberta wollte Peter abpassen. Das Haus Bergglühen befand sich in der Plattenbichlstraße, also wartete sie beim Norma-Markt auf ihn. Sie spähte um die Ecke und sah ihn mit gesenktem Kopf ankommen, die Hände in den Jackentaschen vergraben.

»Morgen, Peter«, sagte sie laut und fröhlich.

Peters Kopf schoss in die Höhe.

»Alberta! Mann, hast du mich erschreckt.« Er rang nach Luft.

»Ich war noch kurz was einkaufen. Gehen wir zusammen?«, fragte sie.

»Ja, gern.«

»Schade, heute noch, dann ist unser Urlaub schon wieder vorbei«, begann sie das Gespräch.

»Bei mir auch.«

»Wo wohnst du?«

»Dahinten, auf der anderen Seite vom Fluss.« Er wies über seine Schulter zurück.

»Du bist allein hier, stimmt's? Keine Frau dabei?«

»Oh, nein, ich bin nicht verheiratet. Nicht mehr.«

»Und das Geschäft mit den Staubsaugern?«

Er blickte sie an. »Mmh?«

»Wie läuft's? Ich dachte, dass man heutzutage Staubsauger nur noch bei Mediamarkt kauft.«

»Ach so. Es sind spezielle Sauger. Industriesauger.«

»Dann könntest du der Skischule einen verkaufen.«

»Ja, stimmt.« Er lachte.

»Kennst du jemanden hier in Oberstdorf?«

»Ich? Nein.« Er blickte angestrengt auf seine Füße.

»Und deine Wohnung gefällt dir, oder bist du im Hotel?«
»Eine Wohnung. Alles bestens, kann mich nicht beschweren.«
»Wo kamst du noch mal her? Ich vergess ständig alles.«
»Aus Erfurt.«
»Ah, ja, richtig. Was für ein Drama, das mit Stavros, was?«
»Schrecklich«, sagte er aufrichtig.
»Aber das Essen war schön, fand ich. Das hat Jochen viel bedeutet.«
»Ja, seh ich auch so.«
»Und es war echt lecker.«
»Ganz prima, ja.«
»Was ich auch immer wichtig finde«, fügte sie leise an, »saubere Toiletten.«
Er runzelte kurz die Stirn und nickte dann. Die Anspielung schien er nicht verstanden zu haben. Alberta beobachtete ihn noch einen Moment lang verstohlen.
Sie hatten die Skischule fast erreicht.
»Da sind wir ja schon. Ich wünsch dir viel Spaß heute. Mal sehen, vielleicht komm ich später noch mal zu euch rauf.«
»Gut, bis dann«, sagte er wenig begeistert.
Alberta ging an den Menschenmassen vorbei und bog rechts in die Fußgängerzone ein. Eiligen Schrittes marschierte sie zurück zum Hotel, wo sie den Wagen nahm und die Walserstraße hinauf nach Jauchen fuhr. An der Kreuzung rauschte der Bus der Skischule an ihr vorbei. Perfektes Timing. Wenn alles klappte, wie es sollte, würden sie heute noch erfahren, wer Stavros getötet hatte. Es musste heute sein, denn morgen war ihr Abreisetag. Die Verdächtigen wurden immer mehr, aber Alberta war zuversichtlich, die neuen Informationen und Indizien deuten zu können. Jens hatte in seinem Drang nach geschäftlichem Erfolg offenbar viele Menschen nicht nur vor den Kopf gestoßen, sondern manchen auch wirklichen Schaden zugefügt. Dieser Umstand war jedoch nicht in seinem Bewusstsein angekommen, oder er hatte ihn ausgeblendet. Wie auch immer, er war das Ziel eines Mörders, der, wie für Alberta feststand, einen Vergeltungsschlag gegen Jens plante.

Der Bus blinkte, bog nach links ab und erreichte die Haltestelle. Alberta fuhr weiter bis zum Parkplatzeingang und stellte dort das Auto ab. Sie folgte dem Pulk nach oben auf den Berg, und als sich die Truppe um Jochen formierte, stellte sie sich dazu und gab Jens einen auffordernden Klaps aufs Bein.

»Mannomann«, begann der wie aus der Pistole geschossen, »ihr könnt euch nicht vorstellen, was mir gestern passiert ist.« Er schüttelte den Kopf, und Alberta hoffte inständig, dass es nicht zu theatralisch wirkte, damit seine List nicht zu leicht zu durchschauen war. Die anderen blickten ihn aufmerksam an. Gut, dass sollten sie auch, denn für die meisten hier war Jens die Hauptfigur, wie sich immer mehr herauskristallisierte. »Ich sitze ganz bequem auf dem Sofa, bin ziemlich kaputt, da sehe ich plötzlich einen Schatten hinter dem Fernseher langhuschen. Ich springe auf, gucke nach und sehe gerade noch, wie ein dicker, fetter Rattenschwanz in einem Loch zwischen einem Holzbalken und der Wand verschwindet.«

Dörte verzog angewidert das Gesicht.

»Ihr könnt euch nicht vorstellen, wie schnell ich raus aus dieser Wohnung war. Die dämliche Ratte war zwar wahrscheinlich schon die ganze Zeit da, aber ich bin sofort umgezogen. Auch wenn's bloß für zwei Nächte war. Jetzt hab ich bis zu meiner Abreise morgen eine nette kleine Wohnung im Haus Almblick. Und der Blick ist tatsächlich wunderbar.«

Keiner kommentierte das, alle starrten ihn nur an.

»Wir hatten schon mal Silberfischchen in der Wohnung, aber Ratten, das geht ja gar nicht«, sagte Alberta.

»Mei, des isch aber scho ärgerlich«, meinte Jochen, »do kannscht dia aber 's Geld z'rückgeba lasse.«

»Werd ich auch.«

»Guat, also, für die meischten von eich isch des heit der letschte Tag. Lasst uns alle noch amol viel Spoß hom und richtig Gas gebe, donn bin i z'friede.«

Mit diesen Worten ging die Gruppe in die Liftstation. Im Weggehen steckte Jens Alberta noch einen Zettel zu, den sie in der Jackentasche verschwinden ließ. Sie wollte ihn lesen, wenn sie außer Sicht war, und sich zu Fuß auf den Weg zu dem Gebiet aufmachen, in dem Till gestürzt war. Da hörte sie ein Zischen hinter sich.

»Ssst! Frau Rose!«

Alberta drehte sich um und erkannte Stubenthals Kopf, der aus der kleinen Holzhütte der roten Schule herauslugte. Er ließ seine Augenbrauen hüpfen und winkte sie zu sich.

»Herr Stubenthal, guten Morgen«, sagte sie überrascht.

»Kommen Sie rein, hier können wir reden.«

Alberta betrat den dunklen, engen Skilagerraum. Troller stand wie ein Schatten an der hinteren Wand zwischen Dutzenden von Skiern.

»Mmrg.«

»Morgen, Herr Troller. Sie können einem ja Angst machen, wie Sie da stehen.«

»Wir wollten alles persönlich beobachten. Hat es denn geklappt, hat er schon was gesagt?«, fragte Stubenthal.

»Ja, die Geschichte klang sogar ganz plausibel. Ich denke, sie haben es alle geschluckt.«

»Wunderbar. Haben *Sie* noch etwas Neues erfahren?«

»Kann man sagen. Sie auch?«

»Kann man sagen«, antwortete er mit einem Blick zu seinem Kollegen.

»Sie zuerst«, sagte Alberta.

»Also gut. Wir haben diesen Martin ausfindig gemacht, von dem Sie uns erzählten. Sein Nachname lautet Sterzig, und er wohnt in Ulm. Als wir uns dort meldeten, bekam die dortige Polizei komischerweise gerade einen Notruf aus dem Haus, in dem er wohnt. Ein Nachbar hatte ihn abgesetzt, weil Herr Sterzig offenbar die Habseligkeiten seiner Lebensgefährtin aus dem Fenster warf.«

Das rang Alberta ein Grinsen ab, und sie wischte sich unwillkürlich über den Mund.

»Ist das komisch?«, fragte Stubenthal irritiert.

»Nein. Doch, schon. Er erzählte uns, dass seine Freundin ihn zwingen würde, Skifahren zu lernen. Und er … na ja, er scheint ihr mal tüchtig die Meinung gegeigt zu haben.«

»In der Tat. Die Wohnung lag im dritten Stock, und es ist nicht viel heil geblieben. Wie auch immer, wir konnten keine Verbindung zwischen ihm und Herrn Lehmann oder Herrn Pala…tha…«

»…konissis«, half Alberta aus.

»Richtig. Ähm … ermitteln.«

»Das ist alles?«, fragte sie nach.

»Ja.«

»Gut. Ich habe herausgefunden, dass neben Alexander und Rainer auch Marie und Kathrin ein Motiv hätten, Jens töten zu wollen.«

Alberta erklärte die Umstände, und die Augen der Beamten begannen im schummrigen Licht der Holzhütte neugierig zu blitzen.

»Ich denke, auch wenn veränderte Umstände beim nächsten Versuch, ihn zu töten, wahrscheinlich sind, müssen wir darauf achten, dass Jens da oben am Berg nichts passiert.«

»Dafür ist gesorgt«, erklärte Stubenthal. »Wir haben einige Beamte abgestellt, die auf Skiern Wache schieben, sozusagen, und die Gruppe im Auge behalten.«

»Hervorragend.« Alberta steckte die Hände in die Taschen und bemerkte den Zettel. Sollte sie ihn hier vor den Beamten herausholen? Oder ihn erst mal allein lesen? Sie entschied sich für Letzteres und verabredete mit Stubenthal und Troller, den Tag über telefonisch in Kontakt zu bleiben.

Dann machte sie sich auf den Weg und lief durch den Schnee die Piste hinauf. Beim dritten Liftmast bog sie nach rechts in das Waldstück ein und erkannte die schmale Schneise, die in einem Bogen um die Bäume herumführte. Hier musste Till gestürzt sein. Sie stapfte im Tiefschnee zwischen den Baumstämmen herum und suchte nach dem, an dem sich die Nylonschnur befand. Sie meinte auch, den Baum gefunden zu haben, doch eine Schnur konnte sie an ihm nicht entdecken, jedenfalls nicht in Sichtweite. Oben in der Krone war nichts zu erkennen. Von hier unten wäre das auch nahezu unmöglich.

Alberta untersuchte den Stamm genauer. Auf dem Video

war die Schnur straff gespannt gewesen und verlief, wenn man bergab blickte, von rechts unten nach links oben. Sie stellte sich genau so vor den Baum, wie Till gefahren sein musste. Ungefähr auf Kniehöhe ragte ein abgebrochener Ast von etwa sieben Zentimetern Länge aus dem Stamm. Sie bückte sich und fuhr mit dem Finger über den Ast. Da spürte sie einen feinen Widerstand. Tatsächlich. Nylonschnur. Es war nur eine einfache Schlaufe. Alberta erfühlte auf der Unterseite einen festen Knoten. Sie ließ sich auf die Knie nieder und erkannte, dass die unsichtbare Schnur knapp über dem Knoten gekappt oder gerissen war.

»Was kann das bedeuten?«, fragte sie sich und setzte sich in den Schnee. Jemand hatte die Schnur hier unten befestigt und nach oben gespannt. Auf einmal stand ihr wieder die Sendung vor Augen, die ihre Familie im Fernsehen angesehen hatte. »Die Baumhaus-Profis«. Da hatte doch dieser Kerl eine große Schraube oder Nute nach oben befördert, indem er sie mit einem Seil über einen Ast warf. Ja genau, so könnte es hier auch gewesen sein. Nur dass es kein Baumhausarchitekt, sondern der Mörder gewesen war. Und er hatte auch keine Schraube in die Baumkrone gezogen. Nein, es musste die Tatwaffe gewesen sein. Das Gewehr. So hatte er es hier platzieren können, ohne dass jemand die Waffe entdeckte. Als die Gelegenheit günstig war, kam er hierher, durchtrennte die Schnur mit einem Messer, um das Gewehr aus der Baumkrone zu holen, schoss auf Stavros – und dann? Was hatte er oder sie danach mit der Waffe getan? Nun, wahrscheinlich hatte er sie nach der Tat versteckt oder sich ihrer entledigt. Aber so könnte es passiert sein.

Lächelnd schaute sie nach oben. Vielleicht hatte sie gerade ein weiteres Rätsel in diesem Mordfall gelöst. Da fiel ihr wieder der Zettel ein, den Jens ihr zugesteckt hatte. Sie holte ihn heraus, entfaltete ihn und las.

Es war die Kopie eines Schreibens einer Anwaltskanzlei. Insgesamt waren dreizehn Namen als Ankläger aufgeführt. Einer stach unter den anderen hervor, weil er aus einem einzigen Wort bestand. Tutziatlorizion.

»Mensch!«, rief sie laut und schlug mit dem Handrücken auf das Blatt. »Die Demo!« Sie hatte doch Leigh auf dem einen Foto im »Schwabenblatt« demonstrieren sehen. Der Artikel hatte die Überschrift »Esoterik weicht Wissenschaft« gehabt. Und Tutziatlorizion war ihr Schamane. Das musste doch zusammenhängen. Sie musste zu Leighs Praxis, oder wie auch immer man das nannte, und mit ihm sprechen. Wo war das noch gleich gewesen? Es hatte auf der Webseite mit ihrem Kursangebot gestanden. Rot an der Rot oder so ähnlich.

»Hände hoch!«, erklang es da hinter ihr.

Alberta gefror in der Bewegung.

»Hände hoch!«

Ganz vorsichtig hob sie die Arme.

»Aufstehen!«

»Ähm, entschuldigen Sie, dass ich dagegen etwas einwenden muss, aber ich kann nicht aufstehen, wenn ich meine Hände über dem Kopf habe«, sagte Alberta.

Sie vernahm ein Grummeln.

»Na gut. Hände runter. Aber keine falsche Bewegung.«

»Keine Angst.« Alberta stemmte sich in den Stand und hob sofort wieder ihre Arme.

»Hände …«

War das falsch gewesen? Alberta nahm sie wieder herunter.

»Hoch, wieder hoch mit den Händen!«

»'tschuldigung.«

»Umdrehen!«

Sie wandte sich um und sah sich einem Polizisten gegenüber, der mit seiner Dienstwaffe auf sie zielte.

»Was tun Sie hier?«, fragte er.

»Ich …« Wie sollte sie das auf die Schnelle erklären?

»Der Mörder kehrt immer zum Tatort zurück, nicht wahr?«, zischte der Mann, und seine Augen wurden zu biestigen Schlitzen. Er hatte kurzes graues Haar unter einer blauen Polizeiwollmütze. Seine Arme waren verhältnismäßig kurz und sein Gesicht stark gerötet. Vielleicht hatte er einen Sonnenbrand, vielleicht Bluthochdruck.

»Ich kann das erklären. Ich arbeite mit den Kommissaren Stubenthal und Troller zusammen.«

Er zog siegessicher seinen schmalen Mund in die Breite.

»Die beiden haben keine weibliche Kollegin.«

»Nein, ich bin Privatperson.«

»Ich weiß, Sie sind die Mörderin.«

»Nein, bin ich nicht. Rufen Sie doch bitte Kommissar Stubenthal an.«

»Was haben Sie da in der Hand?«

»Ein Schreiben.«

»Fallen lassen!«, rief er.

Alberta blickte auf das Blatt Papier in ihrer Hand. Sah es irgendwie gefährlich aus? Ein Blatt als Waffe?

»Fallen lassen!«, wiederholte er laut.

Alberta ließ los, und es segelte zu Boden. Er griff zu seinem Funkgerät.

»Posten 3 Strich 7. Habe eine verdächtige Person gestellt. Bitte um Verstärkung. Bin in Zone 3. Ende.«

»Kann sich die Person ausweisen?«, knarzte es aus dem Funkgerät.

»Haben Sie einen Ausweis?«, fragte er Alberta.

»Ja. In meiner Tasche.«

»Holen Sie ihn raus, ganz langsam.«

»Hören Sie, mein Name ist Alberta Rose, ich bin Schriftstellerin, und Stubenthal und Troller wissen, dass ich hier bin.«

»Ausweis!«

Alberta holte ihr Portemonnaie aus der Jackentasche und reichte ihm ihren Personalausweis.

»Alberta Rose«, gab er durch, »wohnhaft in Berlin.«

»Du sollst sie runterbringen«, sagte sein Kollege über Funk.

»Alles klar.« Er steckte das Funkgerät zurück an den Gürtel. »Sie haben es gehört. Ab nach unten. Und keine falsche Bewegung.«

Er geleitete sie bis zur Liftstation, wo Stubenthal und Troller sie erwarteten.

»Ein Glück«, entfuhr es Alberta. »Hallo, die Herren, könnten

Sie Ihrem nervösen Kollegen hier bitte erklären, dass ich nicht die Mörderin bin?«

»Sie saß in Zone 3 unter einem Baum und hatte *das* hier bei sich«, sagte der Polizist mit gefährlicher Stimme.

Stubenthal überflog das Schreiben.

»Was haben Sie da gemacht?«, fragte er.

»Ich wollte etwas überprüfen.«

Troller griff in seine Tasche und holte einen Beweisbeutel mit einem weißen, watteartigen Inhalt heraus.

»Dort, wo Sie waren, fanden wir dieses Beweisstück.« Stubenthal nahm Troller das Tütchen aus der Hand und hielt es ihr vor die Augen. »Das ist Innenfutter aus einer Winterjacke. Wir gehen davon aus, dass der Mörder sich an einem Baum die Jacke zerrissen hat. Haben Sie einen Riss in Ihrer Jacke?«

»Fragen Sie mich das gerade im Ernst?«, wollte Alberta überrascht wissen. »Das ist doch'n Scherz, oder?«

Keiner lachte.

»Ich sag Ihnen mal, was wirklich passiert ist«, holte sie aus. »Mein Sohn ist am Tattag mit seiner Skigruppe dort oben am Hang gewesen. Er verlor die Kontrolle, raste in das Waldstück und schnitt sich an einem dort gespannten Nylonseil die Jacke kaputt.« Alberta deutete mit dem Zeigefinger auf den Beutel. »Das ist vermutlich aus seiner Jacke. Den Unfall und das Seil, das dort gespannt war, sieht man auf einem Video, das mein Sohn mit seiner Helmkamera gemacht hat, und ich wollte es nun an Ort und Stelle suchen. Aber es wurde abgeschnitten. Lediglich eine Schlaufe um einen Ast blieb zurück. Was mich zu der folgenden Theorie gebracht hat: Der Mörder beförderte mit Hilfe der Nylonschnur die Tatwaffe in die Baumkrone, wo sie unentdeckt blieb. Im Sturm kam er zu dieser Stelle, kappte die Schnur, nahm das Gewehr und erschoss Stavros. Danach entsorgte er das Gewehr. Fertig ist der Tathergang. Mein achtjähriger Sohn und ich sind unschuldig.«

Sie blickte nachdrücklich vor allem in das Gesicht des Beamten, der sie mitgenommen hatte.

Stubenthal schürzte die Lippen.

»Nun, äh … das klingt so weit ganz schlüssig.«

»Hätten Sie mir von dem Futter früher erzählt, hätt ich Ihnen das längst ausreden können.«

»Und was ist das?«, fragte Stubenthal und wedelte mit dem Blatt Papier.

»Das«, sagte Alberta und nahm es ihm aus der Hand, »ist nicht, wie man vielleicht vermuten könnte, eine gefährliche Waffe«, sie blickte bedeutungsvoll in Richtung des Beamten, »sondern ein Beweisstück dafür, dass auch Leigh Majors einen Grund haben könnte, Jens umzubringen.«

»Lee Majors?«, fragte der Beamte überrascht. »Was soll der ›Unknown Stuntman‹ denn damit zu tun haben?«

Alberta schloss kurz die Augen, um sich von so viel Dämlichkeit nicht aus der Fassung bringen zu lassen. »Der hier aufgeführte Tutziatlorizion«, sie wies auf die Liste mit den Anklägern, »ist Leighs Schamane und leitet mit ihr zusammen diverse Kurse. Sie können gern einmal nach ihr suchen. Ich werde in der Zeit diesen Schamanen ausfindig machen und mich mit ihm über die Klage gegen Jens unterhalten.«

Stubenthal blickte zu Troller. Der schüttelte den Kopf.

»Bitte keine Alleingänge, Frau Rose. Überlassen Sie das uns.«

»Und solchen Figuren wie dem da, was? Versuchen Sie doch, mich aufzuhalten«, sagte Alberta und ließ die Beamten stehen.

Es war bereits elf Uhr. Sie musste sich sputen, um den Zeitplan einzuhalten.

Rot an der Rot war ein kleiner Ort am Fluss Rot. Das Häuschen von Leigh lag in einer sehr ländlichen Gegend im Grünen und war von Weiden umgeben. Überall wuchsen wilde Blumen, und in den Bäumen hingen verschiedene Windspiele aus Holz und Metall, sodass ein ständiger Klangteppich in der warmen Luft lag. Als Alberta vor der Tür stand, suchte sie vergeblich nach einem Klingelknopf. Also klopfte sie einfach an.

»Im Garteeen«, hörte sie eine Stimme rufen.

Sie ging links um das Haus herum und betrat einen Garten mit wildem kniehohen Gras und Kräutern und Blumen und verschiedenen Holzskulpturen und Segeln und Hängematten. Zwischendrin hoppelten kleine Häschen, Meerschweinchen, Hühner, Gänse, Enten, Katzen und Hunde herum. In der Mitte der Anlage stand ein kleiner Mann in ein weißes Tuch gehüllt und hielt eine Feder in der Hand.

»Aaahh«, sagte er und breitete mit einem Lächeln die Arme aus. »Die Graugans!«

Alberta blinzelte irritiert. Sie blickte sich nach dem Tier um, bis sie verstand, dass sie damit gemeint war.

»Komm«, forderte er sie auf.

»Ja.« Alberta ging auf ihn zu und setzte vorsichtig einen Fuß vor den anderen, um auf keins der Tiere zu treten.

Der Mann schloss sie sofort in die Arme.

»Willkommen«, sagte er mit einem nicht definierbaren Akzent. »Ich bin Tutziatlorizion.«

»Hallo, ich bin Alberta.«

»Ich weiß. Hier, ein Geschenk.« Er überreichte ihr die Feder, so als habe er sie nur für sie aufgehoben.

Alberta nahm sie dankend entgegen.

»Ich komme, weil ich mit Ihnen über Leigh sprechen muss.«

Er ließ sich im Schneidersitz ins Gras sinken.

»Nimm Platz.«

Auch Alberta setzte sich und lächelte ihn an. Sie wusste nicht genau, wie sie beginnen sollte. Die friedvolle Atmosphäre, die hier herrschte, war völlig konträr zu ihrem Anliegen.

»Tja, also, ich bin hier, weil … weil ich mir Sorgen mache um Leigh und Sie und einen gewissen Jens Lehmann.«

In seinem Gesicht blieb das Lächeln wie eingemeißelt stehen.

»Sie haben ihn verklagt; darf ich fragen, warum?«

»Jens Lehmann hat uns vertrieben und an der Stelle meines Hauses eine Fabrik errichtet.«

»Vertrieben?«, fragte Alberta.

»Er bestach die Bauämter, und mein Grund und Boden wurde kurzerhand enteignet.«

»Ach so, und Sie mussten offiziell ausziehen?«

»Ja, so hat es sich ereignet.«

»Leigh und Sie haben also dafür gekämpft zu bleiben.«

»Wir haben nicht gekämpft. Wir haben um Hilfe gebeten. Wir erhielten sie, jedoch umsonst.«

»Ich verstehe. Sie mussten gehen.«

»Wir sollten etwas lernen. Jetzt sind wir hier.«

»Wissen Sie, dass Leigh in Oberstdorf ist? Zum Skilaufen?«

»Ja, sie wollte die Vereinigung mit den Bergen.«

»Mm-hmmh. Jens Lehmann ist aber auch da. Glauben Sie, sie könnte so wütend sein, dass sie, äh … äh …«

Wie sollte sie das ausdrücken?

Ein weißes Häschen kam angehoppelt und sprang Alberta in den Schoß. Nach und nach kamen auch immer mehr Gänse, die sich um sie reihten.

»Oh, das ist ja …«

»Sie spüren die Verbindung.«

»Ah, ja. Und Leigh? Was denken Sie über … könnte sie Jens etwas antun wollen?«

Er sah ihr tief in die Augen.

»Leigh war ein Häschen.«

Alberta blickte in ihren Schoß. Das knuddelige haarige Ding blickte sie über einer niedlich zuckenden Nase an. Das sollte wohl Nein bedeuten.

»Aber Leigh war auch eine Kriegerin. Schoschonin. Sie tut, was das Schicksal meint, dass sie tun soll.«

»Na super.«

»Alles passiert, wie es passieren soll«, meinte er gutmütig.

»Ja, ja, aber wissen Sie überhaupt, was passiert ist?«

»Leigh wird es mir erzählen, wenn sie zurückkommt.«

»Ein Skilehrer wurde erschossen«, sagte Alberta besorgt. »Es handelte sich wahrscheinlich um eine Verwechslung, eigentlich sollte Jens Lehmann erschossen werden.«

»Seine Seele ist nun frei.«

»Schon, ja. Aber gewollt hat er das nicht. Und außerdem denke ich, dass auch Jens Lehman noch sehr viel Wert auf seine Seele legt.« Sie lächelte ein wenig entschuldigend, denn ihr Anliegen widersprach seiner Lebensphilosophie. »Es klingt für Sie vielleicht verwirrend«, fügte sie an, »aber kann Leigh mit einem Gewehr umgehen?«

Tutziatlorizion lächelte selig.

»Nein, nur mit Pfeil und Bogen.«

»Ah ja.« Sie lächelte unsicher. »Aber die Klage, die haben nur Sie angestrebt, nicht Leigh.«

»Richtig. Es ging um mein Haus. Mein Land.«

»Verstehe.«

»Leigh gehört dieses Haus, und sie hat mich aufgenommen.«

Alberta kam noch ein anderer Gedanke.

»Sagen Sie, sind Sie und Leigh … also, verstehen Sie mich nicht falsch, aber haben Sie eine Beziehung?«

»Ich habe eine Beziehung zu allen Menschen.«

»Natürlich, klar. Ich meine, ob Sie beide ein Paar sind. Ähm, ein Paar wie Mann und Frau.«

»Aaaah«, sagte er und nickte. »Nein, sie ist meine Schülerin, nicht meine Frau.«

»Aber könnte es sein, dass von Leighs Seite aus Liebe im Spiel ist, sodass sie sich für Sie rächen will?«

»Sehen Sie das Häschen an«, sagte er und forderte sie mit einer Handbewegung dazu auf. Alberta lenkte ihren Blick auf das kleine Tier. »Glauben Sie, das Häschen könnte einen Wolf töten?«

Tja, was sollte sie darauf antworten?

14

Auf dem Rückweg hielt Alberta in Fischen am Fitnessclub von Giorgios an. Sie fand ihn an der Beinpresse, wo er einen hageren, unterernährt wirkenden jungen Mann anschrie. Das heißt, eigentlich zählte er nur die Wiederholungen, aber es klang, als ob er ihn beschimpfen würde.

»Zweiundzwanzig, dreiundzwanzig, vierund…« Er hörte auf zu zählen, als er Alberta bemerkte. Auch der junge Mann mit den Zahnstocherbeinchen hielt inne. »Alberta!« Giorgios drückte sie an seine stahlharte, von Muskeln aufgewölbte Brust.

»Hallo, Giorgios. Hast du einen kurzen Moment Zeit?«

»Sicher. Mach weiter!«, brüllte er den Jungen an und schob Alberta dann in Richtung Ausgang. »Möchtest du einen Drink?«, fragte er, als sie an der Bar vorbeikamen.

»Ich darf nicht.«

»Ohne Alkohol, das ist ein Sportinstitut hier«, entgegnete er belustigt.

Sie nahmen auf zwei blauen Barhockern Platz. Eine junge Dame bediente am Tresen und war sogleich zur Stelle, als der Chef bestellen wollte.

»Ja bitte?«

»Mach uns mal einen Drink mit allem drin«, bat er. An Alberta gewandt ergänzte er: »Wird dir guttun und schmeckt. Alles nur beste Früchte.«

»Äh, danke.«

»Was möchtest du besprechen?«

»Also, Giorgios. Es haben sich viele neue Dinge ergeben. Wie es aussieht, ist Stavros einer Verwechslung zum Opfer gefallen.«

Giorgios schaute sie ratlos an, dann schüttelte er verzweifelt den Kopf und verdeckte sein Gesicht mit einer Hand.

»Es tut mir leid. Allem Anschein nach war ein anderer Mann aus unserer Gruppe das Ziel. Und ich bin gerade ganz vielen Indizien auf der Spur. Dieser andere hatte viele Feinde. Und alle sind in unserem Kurs.«

Das Mädchen servierte ihnen die in hohe Gläser gefüllten Drinks. Sie waren orange gefärbt und dufteten herrlich. Giorgios reichte ihr das Glas, und sie stießen an. Er trank mit einem Schluck das halbe Glas leer.

»Lecker, sehr lecker«, lobte Alberta und leckte sich die Lippen. »Ja, wie gesagt, es gibt viele Verdächtige, aber ich bin mir sicher, dass ich den Fall heute aufklären kann. Wir, also die Polizei und ich, wollen dem Täter eine Falle stellen, aber das ist vielleicht gar nicht mehr nötig. Mir fehlen nur noch ein paar Informationen, und dann werde ich alle aus dem Kurs damit konfrontieren.«

»Okay. Das klingt gut.«

»Ja, und ich dachte, weil es dich ja im Speziellen auch etwas angeht, ob du nicht dabei sein möchtest.«

Er blickte sie aus seinen schwarzen Augen hungrig an.

»Allerdings will ich das.«

»Aber du musst dich beherrschen. Der Mörder wird seine Strafe erhalten.«

»Maláka«, brummte er. »In Ordnung.« Der letzte Satz hatte ihn viel Überwindung gekostet.

»Gut. Kennst du die Schrattenwangalpe?«

»Nai.«

»Prima. Fünfzehn Uhr dort.«

»Endáxi.«

»Ich brauch kein Taxi, danke.«

»Nein, nein. Endáxi heißt in Ordnung.«

»Oh, also dann, bis nachher.«

Alberta fuhr zügig zurück nach Oberstdorf und bog am ersten Kreisverkehr ab, sodass sie durch das Gewerbegebiet fuhr und den Friedhof passierte. Für einen Augenblick dachte sie darüber nach, kurz an Stavros' Grab zu gehen, doch die Zeit drängte.

Nur zwei Sekunden später allerdings trat sie voll auf die Bremse. Sie hatte auf dem Friedhof jemanden erkannt. Es war der Mann, mit dem Peter in der Herrentoilette der Taverna Knossos gesprochen hatte. Sie bog in die Straße Am Bahnhof ein, parkte und sprang aus dem Wagen. Diese Gelegenheit konnte sie sich nicht entgehen lassen.

Alberta betrat den Friedhof durch die eiserne Pforte und folgte dem Mann. Der Weg, den er einschlug, kam ihr bekannt vor. Ging er etwa zu Stavros? Existierte eine Verbindung? Der Mann trug einen Stoffbeutel bei sich. Was konnte er darin versteckt haben?

Sie näherte sich ihm bis auf zehn Meter, doch er ging an Stavros' Grab vorbei und bog einige Schritte dahinter rechts ab. Dann blieb er vor einem kleinen grauen Stein stehen. »Magda Engelbrecht«, stand darauf.

»Entschuldigung«, sagte Alberta von hinten. Er fuhr herum.

»Joa? Wos is?«

»Mein Name ist Rose, wir kennen uns zwar nicht, aber ich habe Sie gestern in der Taverna Knossos gesehen. Ich war mit einer größeren Gruppe dort.«

Er nahm ihre Figur in Augenschein.

»Ah, joa, i konn mi erinnere.«

»Sie waren, glaube ich, mit einer Dame da«, sagte Alberta und blickte dabei auf den Grabstein. Sie ging aufgrund der Geburts- und Sterbedaten davon aus, dass Magda Engelbrecht seine verstorbene Frau war, die er hier besuchte.

»Richtig. I woar mit der Gertrud wos esse. Wie konn i Ihne helfe?«

»Sind Sie Herr Engelbrecht?«, fragte sie.

»Freilich.«

»Herr Engelbrecht, ähm … ich wurde durch Zufall Zeuge, wie Sie auf der Herrentoilette mit einem Mann aus unserer Gruppe sprachen. Er notierte etwas.«

Herr Engelbrecht schob seine wuchernden Augenbrauen zusammen. »Joa …«

»Darf ich fragen, worum es sich dabei handelte? Wissen Sie, an unserem Skilehrer ist ein Mord verübt worden, die Umstände sind, nun ja, kompliziert, und ich frage mich, was ein Kursteilnehmer aus Erlangen mit einem Herrn aus Oberstdorf auf einer Restauranttoilette zu besprechen hat. Sie sind doch von hier?«

»Freilich. Joa, des war jetz nix B'sonderes. Wobei, für mi scho. I hob ihn um ei Autogramm gebeta.«

»Ein Autogramm?«

»Na joa, i hab ihn nit glei erkannt, aber als er dann so direkt vor mir stond …«

»Der Peter? Er ist Staubsaugervertreter«, sagte Alberta unsicher.

»Wos er jetz macht, weiß i nit. Aber er war amol a guater Skiathlet.«

»Ach ja?«

»Freilich. Und sein Name is nit Peter, sondern Bernd Zugföller. Aus Sonthofen.«

»Bernd Zugföller? Aber hat er Ihnen denn nicht gesagt, dass Sie ihn verwechseln?«

»Doch, hat er.«

»Und was hat er Ihnen dann aufgeschrieben?«

»Na, zuerscht wollt er nit. Dann hat er g'schriebm, aber i glaub, er wollt mi nur loswerde.«

»Das war bestimmt ein Irrtum, er fährt auch wirklich nicht gut.«

»Ah so«, sagte Engelbrecht. »Sonscht no wos?«

»Nein, das war's schon. Aber Sie haben mir weitergeholfen. Der arme Peter, ich hatte schon einen ganz anderen Verdacht. Entschuldigen Sie bitte die Störung.«

»Scho recht.«

Alberta winkte und verließ den Friedhof. Industriespionage fiel damit schon mal raus aus der bunten Palette an Mordmotiven. Es sei denn, Jens hatte auch Luftfilter für Staubsauger hergestellt, die dann in Flammen aufgegangen waren. Je länger sie darüber nachdachte, desto plausibler kam ihr der Ansatz vor. Zurück im Auto, rief sie gleich bei Jens an, der sein Handy gestern Nacht mit tatkräftiger Hilfe der geschickten Frau Schelm aus dem Gully befreit hatte.

»Alberta, wo bist du? Ich dachte, du wärst am Söllereck?«

»Fahr ich jetzt auch hin, keine Angst. Ich habe nur vorher noch ein paar Fragen.«

Er stöhnte, und sie hörte schabende Geräusche, wahrscheinlich von seinen Skiern.

»Hast du unter den Klägern, die bei der Gerichtsverhandlung anwesend waren, diesen Tutziatlorizion gesehen?«

»Ich denke schon.«

»Wie wirkte er auf dich?«

»Er war der Einzige im Gerichtssaal, der lächelte.«

»Alles klar. Du hattest also nicht das Gefühl, dass er von Hass zerfressen oder zumindest wütend war?«

»Nein, unmöglich.«

»Okay. Und hast du ihn mal zusammen mit Leigh gesehen? Hat sie ihn begleitet?«

»Nein, dann hätte ich sie hier ja wiedererkannt.«

»Bei dir bin ich mir da nicht so sicher. Aber egal. Und noch was ganz anderes: Hast du auch mal Filter oder irgendwas für Industriestaubsauger hergestellt?«

»Auch nicht. Wieso?«

»Das wäre eine Möglichkeit gewesen, die Peter mit dir in Verbindung bringen könnte.«

»Aha.«

»Ich muss noch kurz mit der Bedienung in der Alpe am Söllereck sprechen, aber ich bin zuversichtlich, dass wir so gegen sechzehn Uhr wissen, wer es war.«

Jens grunzte ungläubig.

»Ich muss auflegen. Bis später.«

Alberta drückte das Gaspedal herunter. Als sie den Wagen auf dem Parkplatz abgestellt hatte, rief sie Stubenthal an.

»Hallo, Kommissar Stubenthal? Hier ist Alberta Rose. Haben Sie Leigh gefunden?«

»Nein, sie ist verschwunden. Ihr Hotelzimmer wird zwar nach wie vor von ihr bewohnt, aber sie war nicht da. Was haben Sie?«

»Ich kann es nicht genau sagen. Wenn sie ein Häschen ist, dann war sie es nicht, wenn sie eine Schoschonin ist, vielleicht.«

»Wie bitte?«

»Mir fehlen noch Informationen. Mehr wollte ich damit nicht sagen.«

»Na gut.«

»Also bis später.«

Alberta legte auf und marschierte bis zur Alpe. Als sie die Tür aufschob, fiel ihr Blick auf eine einzelne Frau, die seitlich der Piste zu Fuß den Berg herunterkam. Die Kleidung war nicht zu übersehen und konnte nur einer gehören: Leigh. Alberta ließ die Tür wieder zufallen und ging ihr entgegen.

Leighs Schritte waren ein wenig kraftlos und unkoordiniert, so als habe sie bereits eine größere Strecke zurückgelegt. Und sie trug irgendetwas im Arm. Ein Kind oder ein Stück Holz. Es verschlug Alberta fast den Atem, als sie erkannte, dass es sich um ein Gewehr handelte. Sie blieb stehen und musterte Leigh genauer.

Leigh lächelte, aber ihre Haare waren nass. Nicht so, als habe sie von der Anstrengung geschwitzt. Nein, ihre Haare waren klitschnass. Und auf ihren Schultern hatten sich dunkle Wasserflecken gebildet.

»Alberta«, rief sie und fasste das Gewehr mit beiden Händen am Lauf und am Griff.

»Was hast du da?«

»Sieh mal, was ich gefunden habe.« Leigh blieb zwei Schritte vor Alberta stehen und streckte die Arme aus. »Ein Gewehr.«

Albertas Blick überflog die Waffe und Leighs Kleidung und Haare.

»Was ist mit dir passiert?«

»Ich habe mich mit dem See vereinigt«, sagte sie glücklich.

»Dem See? Welchem See?«

»Da oben ist ein See. Wunderbar. Ganz wunderbar.«

»Aber du bist doch nicht geschwommen, oder?«

»Nein, getaucht. Ich habe mich vereinigt mit ihm.«

»Aber es ist kalt! War er nicht noch zugefroren?«

»Ich habe ein kleines Loch gemacht.«

»Und das Gewehr?«

»Habe ich unter Wasser gefunden.«

»Das gibt's doch nicht.« Alberta konnte es nicht fassen. »Du … du musst ja halb erfroren sein.«

»Ich habe mich bewegt. Mir ist warm. Ich bin glücklich.«

»Und das Gewehr?«

»Ein Gewehr ist immer traurig.«

»Ja, ja, aber ich meinte: Was machen wir jetzt damit?«, sagte Alberta. »Ich ruf die Polizei an.« Sie wählte Stubenthals Nummer und blickte dabei auf die Waffe. »Alberta Rose. Herr Stubenthal, ich glaube, wir haben die Tatwaffe gefunden.«

Sein erstauntes »Was?« konnte man auch noch bequem hören, wenn man den Hörer nicht ans Ohr hielt.

Es vergingen kaum zwei Minuten, da waren sie auch schon von den beiden Kommissaren sowie zwei Beamten in Zivil umringt. Leigh erzählte nochmals ihre Geschichte.

»Wir haben Sie schon gesucht, Frau Majors«, sagte Stubenthal. »Drinnen sagte man uns, Sie seien kaum in Ihrem Zimmer anzutreffen.« Er deutete hinter sich auf die Alpe.

»Du wohnst hier?«, fragte Alberta überrascht. »Ich wusste gar nicht, dass es hier Fremdenzimmer gibt.«

»Doch, doch. Schöne Zimmer und ganz nah am Berg«, schwärmte sie.

»Ist das Ihre Waffe, Frau Majors?«, fragte Stubenthal.

»Wie kommen Sie denn darauf? Ich habe sie gefunden, das habe ich doch erzählt.«

»Wir werden das Gewehr genau untersuchen«, drohte er.

»Ja, gern«, antwortete sie.

»Leigh, tust du mir einen Gefallen?«

»Natürlich, was denn?«

»Föhn deine Haare und begleite mich nach oben auf die Schrattenwanghütte, ja?«

»Warum?«

»Weil es Zeit ist.«

Stubenthal und die beiden zivilen Beamten gingen mit dem Gewehr fort. Leigh war auf ihrem Zimmer in der Alpe und trocknete sich die Haare. Alberta war draußen geblieben. Sie stand nachdenklich vor dem Lift, als Troller allein zurückkam und sie behutsam am Arm fasste. Er führte sie ein Stück abseits.

»Kommissar Troller, was …«

»Ich weiß, was Sie vorhaben«, sagte er leise, aber deutlich und mit tiefer Stimme.

Alberta gingen fast die Augen über.

»Herr Troller, Sie können ja …«

Er grinste listig und amüsiert zugleich.

»Warum tun Sie denn die ganze Zeit so, als könnten sie nicht sprechen?«, fragte Alberta.

»Eine taktische Maßnahme. Die Leute halten einen dann automatisch für geistig weniger aktiv. Es macht sie leichtsinnig. Ich nehme mir quasi ein Beispiel an Columbo, der auch immer so tut, als sei er zerstreut.«

»Menschenskinder«, meinte Alberta.

»Aber nun zu Ihrem Vorhaben. Ich weiß, was Sie da oben machen wollen. Natürlich sehe ich die Faszination, die eine solche Auflösung Ihrerseits darstellen muss. Sie reihen sich quasi in die Riege der großen Detektive der englischen Literatur ein. Poirot, Miss Marple und so weiter. Aber Frau Rose, es ist kein Roman, an dem Sie hier schreiben. Es geht um einen leibhaftigen Mörder. Einen, der seine Tat kaltblütig geplant und ausgeführt hat. Und der es wieder tun wird, denn ich glaube noch immer, dass unsere Falle in der angeblichen Unterkunft von Herrn Lehmann funktionieren wird. Ich würde es Ihnen also gern ausreden.« Er blickte ihr tief in die Augen und lächelte wohlwollend. Alberta hielt dem Blick stand und wartete eine geraume Zeit mit ihrer Antwort.

»Ich weiß wirklich nicht, wovon Sie sprechen, Herr Kommissar«, flötete sie unschuldig.

»Das habe ich mir schon gedacht. Ich bewundere Ihre Fähigkeiten und auch Ihren Mut. Hoffentlich werden sie nicht zu einem tödlichen Bumerang für Sie. Wir können Sie an dem, was Sie angeblich nicht vorhaben, nicht hindern, aber wir werden uns im Hintergrund halten und Sie so gut es geht beschützen.«

Alberta reichte ihm die Hand.

»Sie sind ein wahrer Gentleman, Kommissar Troller.«

15

Alberta betrat die Alpe Oberstdorf und wartete unten an der Rezeption auf Leigh. Der Tresen war nicht besetzt, und sie spähte hinüber. Das Gästebuch lag aufgeschlagen da. Schnell nahm sie ihr Handy und machte ein Foto der Doppelseite, als sie auch schon Schritte auf der Treppe vernahm. Leigh kam herunter und stockte für eine Sekunde.

»Können wir?«, fragte Alberta unternehmungslustig und ließ das Handy in der Tasche verschwinden.

»Natürlich. Was machen wir denn oben?«, fragte Leigh.

»Was essen.«

Sie stellten sich als Einzige ohne Skier und Ausrüstung bei der Seilbahn an. In der Halle hörte Alberta ihren Namen. Es waren Till und Lina, die sich von hinten zu ihr vordrängelten.

»Hallo, Alberta«, rief Till erfreut, »wollen wir zusammen fahren?«

»Klar, gern«, entgegnete sie und stellte den beiden Leigh vor. Vor allem Lina betrachtete deren Outfit aus Leinen und Hanf mit distanziertem Interesse.

Mit einem Pärchen, das direkt vor ihnen in der Schlange stand, betraten sie schließlich eine Gondel. Alberta, Leigh und Till nahmen auf der einen Seite Platz, Lina setzte sich neben die junge Dame. Auch das Paar hatte keine Skier dabei, sie trugen lediglich Sonnenbrillen, die sie sich jetzt auf die Köpfe schoben.

Ein helles Geräusch, ein Schrillen oder Pfeifen, ertönte, und Alberta, Till und Lina prüften gleichzeitig, ob ihr Handy klingelte. Doch es war kein Klingelton. Die Frau zog den Reißverschluss ihrer Jacke auf, und zum Vorschein kam ein winziges Köpfchen unter einer Strickmütze. Sie hatte ein Baby in einem Tragegurt unter der Jacke.

»Mmmääh!«

»Oh nein, wie süß!«, entfuhr es Alberta. Neugierig reckte Lina ihren Kopf. Das Baby drehte sein Gesicht zur Seite und schmatzte.

»Da is ja'n Baby drin!«, rief Till, der aufgrund seiner Größe am wenigsten sehen konnte, erstaunt. Er sprang auf.

Das Pärchen lächelte glücklich.

»Darf ich fragen, wie alt es ist?« Alberta beugte sich mit leuchtenden Augen vor.

»Sie ist drei Monate«, sagte die Mutter und streichelte mit einem Finger über die Wange ihrer Tochter.

»Mmmäh«, machte sie.

»Erstickt es denn nicht da drin?«, fragte Till.

»Nein, es muss ja auch warm sein«, antwortete der Vater.

»Und was macht ihr, wenn es jetzt was essen will?«, bohrte Till weiter.

»Dann kriegt es die Brust«, meinte die Mutter.

»Oh«, sagte er peinlich berührt und wurde ganz rot im Gesicht.

»Es trinkt nur. Mehr braucht es nicht«, erklärte die junge Frau geduldig. »Das ist eigentlich ganz praktisch. Man muss nichts kaufen und nichts mit sich rumschleppen.«

»Mmmäh«, machte die Kleine wieder.

»Wie ein Schaf!«, lachte Till.

»Ja, ein wenig«, stimmte der Vater zu. »Wie alt bist du?«, fragte er in einem typischen Von-Mann-zu-Mann-Ton.

»Nächste Woche werd ich neun.«

»Na klasse.«

Die Kleine blinzelte und stierte Lina an. Dann lächelte sie.

»Sie lacht mich an«, sagte Lina.

»Sie mag dich«, bestätigte die Mutter.

»Hallo, du«, flüsterte Lina und ging näher heran.

»Sie heißt Emma.«

»Emma«, wiederholte Lina.

»Wir kriegen auch so was«, sagte Till.

»Bitte?«, fragte der Vater nach.

»Na, so'n Baby. Meine Mutter ist schwanger.«

Er klopfte Alberta auf die Schulter, und sie hätte ihn für diesen Satz umarmen können.

»Stimmt das?«, hakte die Frau nach.

»Ja.«

»Das ist ja schön, Glückwunsch. Wird's ein Mädchen oder ein Junge?«

»Oh, das wissen wir noch nicht, es ist noch ganz früh.«

»Wollen Sie sie mal halten?«, fragte sie.

»Was, jetzt?«

»Ja, sie wird eh unruhig. Sie will was sehen.«

Sie öffnete einen Knopf, hob ihr Baby aus der Tragetasche und legte es Alberta in die Hände.

»Wie leicht sie ist.«

»Aber nur im ersten Moment«, meinte der Vater, »wenn Sie sie erst zwei Stunden hier am Berg durch die Gegend getragen haben, ist sie schwer wie Blei.«

»Die is ja nur so groß wie'n Brot«, stellte Till fest.

»Klappe, du Hirni«, fuhr Lina ihn an.

»Warum, is doch so.«

»Ja, sie ist sehr klein, war etwas zu früh dran.«

»Wie, zu früh?«, fragte Till.

»Sie kam nicht zum errechneten Termin, sondern drei Wochen davor.«

»Dann ist sie ein Frühaufsteher«, sagte er.

Der Vater musste lachen.

»Ein Frühchen.«

Alberta hatte sich Emma auf die Brust gelegt.

»Man muss am Anfang unbedingt das Köpfchen halten, weil sie das noch nicht selber können«, erklärte sie.

»Das is ja ätzend. War das bei mir auch so?«

»Das ist bei allen Babys so, Till.«

»Sie kann eigentlich nur trinken, schreien und in die Windel machen«, konstatierte der Vater.

»Boah, das muss doch krass nerven.«

»Woher weiß man denn zum Beispiel, ob sie Hunger hat?«, fragte Lina vorsichtig.

»Oh, das macht sie lautstark deutlich. Außerdem fängt sie an zu suchen und dreht ihren Kopf und nuckelt an allem rum, was sie in die Hände kriegt«, erläuterte die Mutter.

Leigh streckte eine Hand aus und legte sie Emma auf den Kopf. »Das ist das wahre Leben, das wahre Menschwerden. Die Verbindung mit dem Universum.«

»Hä?« Till zog irritiert die Nase kraus.

»Ein alter Kreis schließt sich, ein neuer Kreis beginnt. Emma kam zurück auf die Erde.«

»Wieso zurück?«, fragte Lina gedehnt.

»Weil wir alle schon mal da waren. In einem anderen Leben.« Leigh neigte gütig ihren Kopf.

»Anderes Leben, aha.«

»Wie soll Emma denn schon mal gelebt haben?«, wollte Till wissen. »Die kann ja noch nicht mal alleine den Kopf halten oder stehen.«

»Emma war nicht Emma, sie war zuvor ein anderes Wesen.«

»Was denn für eins?« Till wollte es jetzt ganz genau wissen.

»Ein Schaf in Neuseeland.«

»Mmmäh!«, machte Emma, und alle lachten. Sicherheitshalber nahm die Mutter ihr Baby wieder zurück.

»Sie ist wunderhübsch«, sagte Alberta.

»Packen Sie sie lieber wieder ein, wir sind schon fast oben«, drängte Lina ängstlich.

Die Kleine wurde zurück in den Gurt gesetzt und verschwand in der Jacke.

»Ich wünsche Ihnen alles Gute«, sagte die junge Frau, bevor sie hinausgingen.

»Für Sie auch.«

»Tschüss, Emma!«, rief Till.

Sie stiegen die Treppe empor, und Till und Lina warfen ihre Skier in den Schnee.

»So, wir müssen hier auf unsere Deppen-Gruppe warten«, sagte Lina.

»Na, dann fahrt vorsichtig. Wir gehen in die Schrattenwangalpe. Bis nachher.«

Leigh und Alberta wanderten los.

»Du wirst eine gute Mutter sein«, meinte Leigh, als sie Seite an Seite den Hang hinaufliefen.

»Danke.«

»Du bist ein Wesen, das sich für andere Wesen interessiert und sie verstehen will.«

»Das kann sogar stimmen.«

»Und dein Schreiben ist Ausdruck deiner Empathie für andere. Du kannst empfinden, was deine Figuren empfinden.«

Alberta wusste nicht, wohin dieses Gespräch führen sollte. Irgendwie schien es nicht nur eine Analyse oder ein Kompliment zu sein. Hatte Leigh ihr etwas zu beichten? Oder wollte sie entlarvt werden? So etwas gab es. Viele Mörder wollten gefunden werden und nahmen Kontakt zur Polizei auf, um den Beamten Tipps zu geben.

»Ich gebe mir Mühe«, erwiderte sie. »Wie ist es, eine Schoschonin zu sein?«

»Siehst du, schon wieder willst du verstehen«, stellte Leigh erfreut fest. »Es ist ein wunderbares Leben. Im Einklang mit der Natur und inmitten der Familie und der Stammesgemeinschaft. Wir ernährten uns einst als Sammler zumeist vegetarisch. So lebe ich heute auch wieder.«

»Habt ihr auch Krieg geführt?«, wollte Alberta nicht ohne Hintergedanken wissen.

»Als die Weißen kamen, haben wir unseren Grund und Boden verteidigt.«

Grund und Boden, dachte Alberta. Alles wiederholt sich.

Sie waren die Ersten aus ihrer Gruppe und okkupierten einen Tisch im hinteren Raum, als Peter, Rainer, Marie, Kathrin und Dörte eintrudelten.

»Wollen wir schon mal was zu trinken bestellen? Ich hab einen tierischen Durst«, schlug Kathrin vor und gab sogleich der jungen Kellnerin Signal.

»Wat wollt ihr denn hier?«, fragte Rainer, als er Leigh und Alberta entdeckte.

»Leigh«, sagte Marie verwundert, »du warst ja wie vom Erdboden verschluckt. Was hast du gemacht?«

»Ich habe den Berg erkundet und heute das …« Sie stoppte

und blickte zu Alberta, um sich die Erlaubnis einzuholen, es sagen zu dürfen. Alberta zuckte mit den Schultern. »... das Gewehr gefunden, mit dem Stavros erschossen wurde.«

Alle wandten sich ihr zu.

»Was?«, rief Dörte.

»Es sieht ganz danach aus«, bestätigte Alberta.

»Wos dorf i bringa?«, sang die Kellnerin fröhlich in die Stille hinein.

»Ein großes Bier«, orderte Kathrin abwesend.

»Für mich auch.« Rainer nickte.

Die anderen nahmen ebenfalls ein Bier, bis auf Alberta und Leigh, die sich an Wasser hielten. Als die Bedienung sich zum Gehen wandte, stand Jens hinter ihr.

»Ich nehm ein dunkles Hefe«, sagte er.

Er warf Alberta einen verstohlenen Blick zu, denn jetzt waren sie bald mit dem Mörder hier in diesem Raum eingesperrt. Er suchte sich einen Platz am Tisch, von dem er zum Fenster hinausblicken konnte.

Nun polterte der Rest der Truppe, angeführt von Jochen, zur Tür herein.

»Hier hinten«, rief Alberta und winkte ihnen zu.

»Soll ick dir noch'n zweeten Stuhl besorjen, damit du bequemer sitzen kannst?«, lästerte Rainer, als er sich an Alberta vorbeischob, die ebenfalls aufgestanden war, um Peter Platz zu machen, der auf die Toilette musste.

»So ein Kavalier heute?«

Philip kam näher.

»Hat er was zu dir gesagt?«, fragte er misstrauisch.

»Ja, er möchte gern neben mir sitzen, Schatz.«

»Dit is aber nur Wunschdenken«, widersprach Rainer sofort und ließ sich auf die Bank fallen.

Alberta gab Philip einen Kuss.

»Alles in Ordnung?«, flüsterte er.

»Bestens. Wir werden gleich viel Spaß haben.«

»Oh nein«, wehrte er ab, »bitte keinen Spaß.«

»Setz dich.«

»Nein, nein!«

»Setz dich.« Sie drückte ihn auf die Bank, und die anderen fragten sich, was da zwischen ihnen vorging.

Während die Skiläufer ihre Jacken auszogen und sich am Tisch niederließen, blieb Alberta stehen und wartete geduldig, eine Hand auf der Lehne ihres Stuhls, um sich auch weiterhin den Platz am Kopf des Tisches zu sichern.

Die Bedienung kam mit einem Tablett zurück und verteilte die Getränke, während die Nachhut durstig bestellte.

»Ich hätte auch gern ganz schnell so ein Dunkles«, sagte Anita und deutete auf Jens' Bier.

»Magst du gleich meins haben?«, bot er ihr an. »Ich kann noch warten.«

Anita nahm dankend an. Peter kam von der Toilette zurück und komplettierte zu Albertas Zufriedenheit die Runde. Gleich konnte es beginnen. Dann stieß Peter allerdings gegen Anitas Glas, als er seinen Schal abnehmen wollte, und begleitet von einem hellen »Kling!« ergoss sich das ganze Bier über den Tisch. So musste Alberta noch ein wenig länger warten und warf noch mal einen Blick in ihre Bildergalerie auf dem Handy. Sie klickte das letzte Foto an und vergrößerte es.

»Schatz, was isst du?«, fragte Philip mit der Speisekarte in der Hand.

»Nichts, danke«, lehnte sie ab.

»Hört, hört«, höhnte Rainer.

Da kam auch schon die Kellnerin mit Eimer und Lappen angelaufen, um das verschüttete Bier aufzunehmen. Der Geruch blieb allerdings.

Als endlich alles gesäubert und getrocknet und jeder mit einem Getränk versorgt war, nahm Alberta vorn im Schankraum die Bedienung zur Seite und bat sie, mit der Essensbestellung eine halbe Stunde zu warten. Man wolle in der Gruppe erst etwas besprechen.

Von draußen kamen zwei Männer der Bergwacht herein, die mit ihren Schneemobilen gekommen waren, und Alberta fragte sich, ob sie von Stubenthal und Troller informiert worden oder ob es gar Beamte der Polizei waren. Alberta grüßte mit einem Nicken und ging dann wieder zurück in den hinteren Raum. Sie schloss die Tür hinter sich.

»Lass doch auf, ist eh schon so warm hier«, sagte Alexander und öffnete den Reißverschluss seines Skirollis.

»Nein, die Tür bleibt zu«, sagte Alberta freundlich, »es gibt da etwas zu besprechen. Dafür hätte ich gern etwas Ruhe.«

Argwöhnisch blickten die anderen sie über den Tisch hinweg an. Sie stellte sich hinter ihren Stuhl und legte die Hände ineinander.

»Ich muss gestehen, dass dieses Abschlussessen zu einem bestimmten Zweck in die Wege geleitet wurde. Jochen hat das auf meine Bitte hin organisiert, und nun sitzen wir alle schön zusammen und können einmal resümieren, was in den letzten Tagen passiert ist.«

»Wat wird'n dit jetze, so 'ne dämliche Abschiedsrede oder wat? Ick will hier nur in Ruhe wat essen.«

»Tut mir leid, Rainer, aber das geht im Moment nicht. Das Essen wird warten müssen«, sagte Alberta, und ihre Worte verstörten ihre Zuhörer zusehends.

Jens stand die Angst vor der Enttarnung des Mörders ins Gesicht geschrieben. Er nahm einen großen Schluck von seinem Bier.

»Ich wollte euch alle zusammen an einem Ort haben, weil ich der festen Überzeugung bin, dass es sich bei dem Mörder von Stavros um jemanden aus unserer Gruppe handelt«, verkündete Alberta und stützte beide Hände auf die Lehne ihres Stuhls.

Ein aufgebrachtes Murmeln erfüllte den engen Raum.

»Anfänglich sah es so aus, als habe ein professioneller Killer einen Auftrag erledigt, doch je mehr ich mich in die Ermittlungen vertiefte, desto unwahrscheinlicher wurde diese Theorie. Am Tag der Beerdigung kam es dann sogar zu einer entscheidenden Wende. Jens war am Tattag, kurz bevor Stavros erschossen wurde, mit jemandem kollidiert. Dabei zersplitterte das Glas von Jens' Skibrille. Stavros bemerkte den Sprung. Sofort bot er sich an, Jens seine Brille zu leihen, und nahm dafür die kaputte

Brille an sich. Er tat das, weil er einem Schüler helfen wollte, heil den Berg hinunterzukommen. Was er aber nicht wusste, war, dass er damit seinen Tod besiegeln würde.« Alberta hatte einen Zeigefinger gehoben und machte eine dramatische Pause, in der sie ihren Blick über die erstaunten und erschrockenen Gesichter gleiten ließ. »Jens' Brille hatte einen sehr auffälligen neonfarbenen Schriftzug, der selbst im Sturm gut sichtbar war. Der Mörder, der am Berg darauf wartete, dass er mit der Seilbahn nach oben fuhr, meinte, sein Opfer anhand dieses Schriftzuges in der Gondel zu erkennen, und schoss. Er schoss in dem Glauben, auf Jens zu zielen und nicht auf Stavros!«

Alberta hatte ihre Stimme ebenso wie ihre Augenbrauen gehoben. »Demnach war von Anfang an nicht Stavros, sondern Jens das Ziel des Mörders«, stellte sie klar. Sie blickte zu Boden. »Philip, Jochen und ich fanden Stavros. Und da ich durch meine Schwangerschaft gezwungen war, den Kurs zu beenden, machte ich mich daran, dem Mörder auf die Spur zu kommen. Ich hatte ganz am Anfang eine Bemerkung von Dörte mitbekommen, die mir im Gedächtnis geblieben war und die nahelegte, dass Dörte Stavros bereits kannte. So wurde Dörte zu meiner Hauptverdächtigen. Ich fand heraus, dass sie durchaus ein Motiv gehabt hätte, ihn zu töten. Aber«, wieder hob sie den Zeigefinger, »als Jens die Brille ins Grab warf und damit sich selbst als Opfer identifizierte, stellte sich nach und nach heraus, dass sie abgesehen von Jochen, Philip und mir selbst so ziemlich die einzige Person in unserer Gruppe ist, die es auf jeden Fall *nicht* gewesen sein konnte. Sie wurde von einer Hauptverdächtigen zur Unschuldigen.«

»Also, ick weeß nich, wat dit hier überhaupt soll«, protestierte Rainer, »für wen hältst du dich eijentlich, dat du hier so'n Wind machen kannst? Lass ditte die Polizei klären. Dit is deren Uffjabe, nicht deine!«

Man sah in den Gesichtern, dass einige der anderen Rainers Meinung teilten.

»Grundsätzlich«, hob Alberta an, »gebe ich dir recht. Aber ich bin überzeugt, den Mörder entlarven zu können, und jeder, der sich jetzt und hier weigert, mir zuzuhören, macht sich natürlich umso verdächtiger. Wenn du's nicht warst, kannst du dich ja zurücklehnen und ganz entspannt lauschen.«

»Aber vielleicht möchten wir nicht lauschen, sondern lediglich unseren wohlverdienten Urlaub genießen, ohne von einer unbekannten Schriftstellerin belästigt zu werden«, fuhr Alexander dazwischen und straffte trotzig seinen Körper.

Anita stimmte ihm zu, indem sie seine Hand ergriff.

»Ihr wollt euren Urlaub genießen, obwohl euer Skilehrer vor ein paar Tagen brutal umgebracht wurde? Seid ihr nicht geschockt, bestürzt und über alle Maßen verunsichert?« Alberta stemmte beide Hände in die Hüften und funkelte Alexander angriffslustig an.

»Selbstverständlich sind wir das ...«

»Selbstverständlich«, wiederholte Alberta überzogen sarkastisch. »Und genau das ist der Punkt. Eure Reaktionen auf Stavros' Ermordung waren recht ungewöhnlich und, was noch viel ungewöhnlicher ist, fast einheitlich.«

»Was willst du damit sagen?«, fragte Kathrin.

»Die Situation war diese: Unser Skilehrer wurde erschossen. Die erste normale Reaktion darauf ist ein Schock. Die zweite Neugier. Und zwar Neugier darauf, was passiert ist. Wer der Täter war. Ich war ziemlich neugierig, muss ich gestehen. Ich wollte wissen, wer Stavros getötet hatte und warum. Also begann ich, Fragen zu stellen. Doch was geschah in unserer Gruppe? Keiner, mit einer Ausnahme, war ebenso neugierig wie ich. Diese Ausnahme war Jens. Und warum war er das? Weil er das eigentliche Opfer war. Verschont durch den Brillentausch, aber immer noch ahnungslos, dass der Mörder in Wahrheit *ihm* nach dem Leben trachtete. Er wollte wissen, wer Stavros getötet hatte. Denn er konnte sich nicht erklären, warum man einen netten, freundlichen Skilehrer einfach erschießt.«

»Aber wir konnten das natürlich«, meinte Alexander und schob beleidigt die Lippen vor, »klar.«

»Ganz recht. Ihr konntet es, und zwar alle. Nur bei Dörte war diese Vorstellung allerdings tatsächlich auf Stavros bezogen. Ihr anderen jedoch hattet alle, wie ihr da sitzt, einen Grund, Jens zu töten.«

»Also, jetz schlägt's aber dreizehn!«, fuhr Rainer auf. »Den Scheiß muss ick mir nich anhören.«

Die anderen wollten ihm gerade zustimmen, da schlug Alberta mit der flachen Hand auf den Tisch, dass es knallte.

»Du, Rainer«, rief sie energisch, »warst tief gekränkt, dass deine langjährige Forschungsarbeit nicht belohnt wurde und du wichtige Forschungsgelder an Jens verloren hast. An einen jungen Schnösel ohne Bindung zu einer Universität, jemanden, der nur auf Umsatz aus war statt auf wissenschaftliche Erkenntnis. Er hat dir deinen Preis weggenommen, den Preis für harte Arbeit. Das konntest du nicht verkraften. Du warst außer dir. Deine Ehre und deinen Stolz wolltest du zurückerlangen, indem du den Mann, der dir genau das gestohlen hatte, tötest.«

»Red keenen Scheiß, ick war es nich!«, schrie Rainer und stand dabei auf. Alle schauten ihn an. Er sah mit wildem Blick auf Alberta, die Adern an den Schläfen und am Hals hervortretend, den Mund halb geöffnet, die Fäuste geballt.

»Du hattest ein Motiv«, stellte Alberta deutlich und unumstößlich fest.

»Aber du kannst ihn hier doch nicht einfach vor allen des Mordes beschuldigen«, hob Alexander empört an, doch Alberta fuhr ihm augenblicklich über den Mund.

»Und du«, sagte sie und zeigte mit dem Finger auf ihn, »du hattest einen ebensolchen Grund, ein Mordmotiv.«

»Ich? Das ist ja geradezu lächerlich!«

»So, ist es lächerlich, wenn man bei Porsche in der Manageretage arbeitet, ein Heidengeld verdient und dann wegen des Fehlers eines anderen Mannes gefeuert wird?«

»Gefeuert?«, stieß Anita hervor und lachte hysterisch. »Mein Mann wurde nicht gefeuert.«

»Ach nein?« Alberta sah Alexander scharf an. Anita blickte mit festgefrorenem Lachen in das Gesicht ihres Mannes, der nun die Augen niederschlug.

»Alex?«, fragte sie atemlos. Aber Alex konnte ihr nicht antworten und ihr auch nicht mehr in die Augen sehen. »Alex?«

»Dein Alex war mit Jens' Firma ins Geschäft gekommen. Jens sollte Luftfilter für das neue Modell liefern, aber leider gingen diese Luftfilter in Flammen auf, und Porsche musste die Wagen zurückrufen.«

»Das war Jens?«, krächzte Anita. Ihr Blick, der von Tränen allmählich verschleiert wurde, wanderte zu ihm hinüber.

»Ja, das war er. Aber was noch entscheidender war und was du bisher gar nicht wusstest, ist, dass dein Mann deswegen den Job verlor. Er arbeitet nicht mehr für Porsche.«

»Aber Alex, das kann doch nicht sein, du bist doch bis zu unserem Urlaub noch jeden Morgen zur Arbeit gefahren, du bist doch, du hast doch …« Die Stimme brach ihr weg.

»Als ich euch befragte, sagtet ihr, ihr wärt die ganze Zeit unten an der Talstation gewesen«, erklärte Alberta. »Bis einer eurer Söhne sagte, dass Alexander noch einmal weggefahren war. Da hieß es, er habe sein Geschäftshandy aus dem Hotel holen wollen. Aber ein solches Handy besitzt er gar nicht mehr. Er hätte also in der Zeit zum Auto gehen, das Gewehr aus dem Kofferraum holen und auf Stavros schießen können.«

»Das hat er aber nicht!«, protestierte Anita. »Und er hat einen Anruf bekommen, sogar von Herrn Winterkorn«, ergänzte sie hoffnungsvoll.

»Das war ich«, gestand Alberta. »Ein Anruf, um ihn zu testen.«

Fassungslos hob Alexander seinen Kopf.

»Sag, dass das nicht wahr ist«, flehte Anita ihn an.

Hilflos starrte er seine verzweifelt weinende Frau an.

»Sag, dass sie sich irrt …«

Ganz langsam begann er, den Kopf zu schütteln. »Ich konnte es dir nicht sagen.«

»Oh Go-hott!«, jammerte sie.

»Ich konnte es einfach nicht. Ich hab mich so klein und nichtig gefühlt. Ich war am Boden, vollkommen am Boden.«

»Warum bist du an dem Tag weggefahren?«, fragte Alberta. »Warum sagtest du, du wolltest dein Geschäftshandy holen?«

»Das … das war … weil ich Anita weismachen wollte, dass ich noch Arbeit habe. Ich habe alles getan, damit es so aussieht wie immer, damit sie keinen Verdacht schöpft.«

»Was hast du also gemacht?«

»Ich bin einfach nur vom Parkplatz gefahren und hab ein Bewerbungsgespräch mit Renault geführt.«

Anita hörte scheinbar auf zu atmen.

»Renault?«, heulte sie auf. »Oder hast du Stavros wirklich …«

»Nein, nein! Ich war es nicht, ehrlich. Ich habe ihn nicht erschossen.«

»Vielleicht warst du es, vielleicht nicht. Aber du hattest ein Motiv. Und genau deswegen kamst du nach Oberstdorf.« Alberta richtete sich auf, atmete einmal tief durch und steckte dann ihre Hände in die Hosentaschen. »Tja, Tragik ist immer ein Teil solcher Fälle. Morde sind Tragödien«, dozierte sie, »und eine noch schlimmere Tragödie erlebten … Marie und Kathrin.«

Sie drehte sich auf dem Absatz zu den beiden um.

Die Mädels wichen förmlich zurück.

»Marie und Kathrin. Ihr seid, wie wir alle gesehen haben, die besten Läufer unserer Gruppe. Und ich fragte mich, warum zwei so junge, sportliche Frauen wie ihr sich in unserer Gruppe langweilen. Was hielt euch bei uns? Der Grund ist dieser Mann.« Sie tippte Jens auf die Schulter. »Jens ist ein kluger Kopf, ein Geschäftsmann und Wissenschaftler, der tolle Dinge herstellt. Sinnvolle Dinge wie Tests zur Früherkennung von Erregern. Manchmal überstürzt er es vielleicht ein wenig, wie bei den Luftfiltern. Da können unverzeihliche Fehler passieren. Denn ebenso wie die Luftfilter funktioniert auch bei den Tests nicht immer alles einwandfrei.«

Marie und Kathrin sahen Alberta entsetzt an. Stumme Tränen kullerten ihre Wangen hinab.

»Marie und Kathrin sind ebenfalls Geschäftsfrauen. Sie besitzen einen Laden, in dem sie Skiausrüstung vertreiben. Ja, sie sind quasi vom Fach. Aber ihr Laden trägt nicht nur zwei Namen im Schriftzug, sondern drei. Eine dritte junge Frau war Teilhaberin dieses Geschäfts. Sie infizierte sich vor einem Jahr mit Malaria.

Sie wurde in einem deutschen Krankenhaus behandelt, und es hätte eigentlich alles gut verlaufen können, wenn da nicht dieser Test gewesen wäre. Hergestellt von Jens' Firma. Der Test versagte, und die Freundin von Kathrin und Marie, Angela war ihr Name, verstarb an dem Fieber, weil sie falsch behandelt wurde. Wie schon gesagt, eine Tragödie. In der der Schuldige feststand: Jens.«

Die Lippen der beiden bebten. Mit hängenden Schultern und wachsendem Schrecken hörten sie Albertas Ausführungen zu.

»Kathrin und Marie kamen nach Oberstdorf, um ihre geliebte Freundin zu rächen. Auge um Auge, Zahn um Zahn. Ein Motiv, wie es im Buche steht.«

Alberta machte einige Schritte zurück und lehnte sich an den Tisch hinter ihr. Die Gruppe war geplättet. Keiner muckte mehr auf, alle waren wie vor den Kopf gestoßen von diesen Offenbarungen.

»Ja, und dann sah ich, als wir zusammen bei Stavros' Cousin zu Abend aßen, wie Peter mit einem fremden Mann in der Herrentoilette sprach und dabei anscheinend etwas notierte.«

Peters Augen wurden groß, und Panik zeichnete sich auf seinem Gesicht ab.

»Sofort dachte ich an etwas, das sich mir fast aufdrängte, nachdem ich so viel über Jens' berufliches Leben erfahren hatte: Industriespionage. Ich hielt Peter für einen Spion, der Informationen über Jens an andere weitergab. Denn Jens war tatsächlich schon mal das Opfer eines solchen Falls von Ideenklau. Doch ich irrte mich. Diese Spur führte ins Nichts, Peter war und ist kein Spion. Nein, er ist immer noch Staubsaugervertreter. An dieser Stelle gibt es kein Motiv.«

Peter sank erleichtert in sich zusammen. Der Schweiß perlte auf seiner Oberlippe, und er leckte darüber.

»Womit ich aber am wenigsten gerechnet hatte, war, dass eine so sanfte, harmoniebedürftige Seele wie Leigh ein Motiv haben könnte.«

Leigh drehte erstaunt ihren Kopf zu Alberta.

»Nach Stavros' Tod war sie uns schnell aus den Augen und

damit aus dem Sinn. Aber ich traf Leigh durch Zufall oder, wie Leigh es sagen würde, durch das Schicksal oder die Bestimmung. Leigh ist ein sehr spiritueller Mensch und hat einen Schamanen als Mentor. Die beiden arbeiten und leben zusammen. Aber das erst seit Kurzem und gezwungenermaßen. Denn auch hier kommt Jens wieder unheilvoll ins Spiel. Tutziatlorizion, wie der Schamane heißt, besaß ein Haus auf einem Stück Land, das allerdings einem größeren Bauprojekt Platz machen musste. Die Firma, die dafür gesorgt hat, gehört, wem auch sonst, Jens. Nach einigen Mauscheleien mit den Behörden musste Tutziatlorizion schließlich seine Zelte abbrechen und war ab diesem Zeitpunkt obdachlos. Es gab einige Proteste, Demonstrationen, zu denen Leigh gegangen ist, um ihrem Lehrer zu helfen. Aber ohne Erfolg. Auch ein angestrebter Prozess half nicht. Und am Ende musste ein spiritueller Garten Eden einem Chemiewirtschaftsunternehmen weichen. Welch bitterer Hohn. So muss es auch Leigh empfunden haben. Sie kam hierher, nicht um sich mit dem Berg zu vereinen, wie sie vorgab, sondern um sich an Jens zu rächen. In ihren Adern fließt Schoschonenblut. Die Schoschonen haben um ihren Grund und Boden gekämpft.«

Leigh lachte nur spitz auf und verschränkte schmollend die Arme vor der Brust.

»Auch das ist ein Motiv«, beendete Alberta diesen Teil ihrer kleinen Rede. Sie kam zum Tisch und trank einen Schluck Wasser.

Jens war fast erstarrt vor Angst. Er wusste, dass er seinem Mörder am Tisch gegenübersaß, hatte aber immer noch keinen Schimmer, um wen es sich handelte.

»Tja, ein Motiv ist das eine, was man für einen Mord braucht. Das andere ist eine Gelegenheit. Wer hatte die Gelegenheit, den Schuss auf Stavros abzugeben? Dafür denken wir zurück an diesen stürmischen Tag und die letzte Fahrt des Gondellifts. Philip, Leigh und ich fuhren gemeinsam nach oben. Jochen erreichte uns kurze Zeit später. Da war Stavros noch unten und telefonierte mit Jochen. Leigh verließ die Bergstation ohne uns und ging ihren eigenen Angaben zufolge zu Fuß den Berg hinunter.« Alberta wandte sich kurz an Leigh, bevor sie dann zu den beiden Bochumerinnen hinüberschaute. »Marie und Kathrin mussten vor uns oben angekommen sein, sie befanden sich trotz des Wetters auf der Piste zu einer letzten Abfahrt. Also hätten alle drei Frauen, Marie, Kathrin und Leigh, die Gelegenheit gehabt, ungesehen zum Tatort zu fahren und Stavros zu erschießen. Marie und Kathrin erklärten mir später, sie hätten nach der Abfahrt in der Gaststätte Bergkristall einen über den Durst getrunken und Leigh zu Fuß runterkommen sehen. Was passierte aber unten, während die drei Frauen noch auf der Piste waren? Peter war in der Alpe geblieben, wo wir gegessen hatten, weil etwas mit seiner Rechnung nicht gestimmt hatte. Dörte war von der Talstation noch mal zurück in die Alpe gegangen, um dort auf die Toilette zu gehen. Bei Stavros waren also nur noch Rainer, Anita, Alexander und Jens. Alexander gab vor, sein Handy aus dem Hotel holen zu müssen, und verschwand für eine Weile. Auch er hatte in dieser Zeit die Gelegenheit, Stavros zu erschießen.«

Alexander schüttelte den Kopf. »Nein«, hauchte er, und Anita versteckte ihr Gesicht hinter einem Taschentuch.

»Renault«, heulte sie.

»Rainer ging, weil ihm das alles zu lange dauerte, in die Wanne zum Skilaufen, wo er auch tatsächlich gewesen ist, aber nur für kurze Zeit, denn der Lift schloss wenig später. Er hätte diesen Abstecher ebenso gut als Alibi nehmen und sich von der Wanne aus in Richtung Hauptpiste aufmachen können, ohne dass er gesehen wurde.«

Mit großen, wütenden Augen verfolgte Rainer Albertas Ausführungen und atmete hörbar durch seine gebleckten Zähne.

»Lediglich Anita und Jens blieben unten zurück, als Stavros mit der letzten Gondel nach oben fuhr. Damit scheidet Anita als Täterin aus, sie hätte gewusst, dass der Falsche die Gondel bestiegen hat, und auch nicht mehr genug Zeit gehabt, die Stelle zu erreichen, von der geschossen wurde. Zumal sie ja auch kein Motiv gehabt hätte, denn wie wir eben erlebt haben, wusste sie nichts von der Kündigung ihres Mannes. Alle anderen hingegen hatten beides.« Alberta hielt zwei Finger in die Luft. »Motiv und Gelegenheit.«

»I holt des nicht mehr aus. Etz sog scho, wer's g'wese isch!«, rief Jochen ungeduldig und kratzte sich dabei durch die Haare, als quälten ihn Kopfläuse. »Des isch mir bold ois z'vui.«

»Gleich, Jochen, ein wenig Geduld noch«, bat Alberta. »Ihr seid also mehr oder minder alle bereits mit einem Rachevorsatz hierhergekommen. Auf wen das im Einzelnen zutrifft oder wer hier durch Zufall auf Jens getroffen ist, ist nebensächlich, denn: Da ja aller guten Dinge drei sind, gibt es auch für diesen Mord eine dritte Voraussetzung, und das ist neben dem Motiv und der Gelegenheit die … Fähigkeit.«

Alberta streckte nun auch ihren Daumen aus, sodass sie drei Finger in die Höhe hielt.

»Wer besaß die Fähigkeit, diese Tat zu begehen?«, fragte sie. »Die Person muss zweifellos mit einem Gewehr umgehen können. Sie muss ein guter Schütze sein. Da der Täter mit der Waffe außerdem nicht einfach so herumlaufen konnte, musste er oder sie sie versteckt haben, als niemand sonst es beobachten konnte, und schließlich relativ zügig zu seinem Versteck und dem Tatort gekommen sein. Das wiederum legt nahe, dass er auch gut Ski fahren kann. Auf wen treffen nun diese beiden Eigenschaften zu?« Alberta legte einen Finger als Geste der Nachdenklichkeit an die Lippen und blickte hellwach von einem zum anderen. »Leigh kann nicht gut Ski laufen. Das haben wir alle gesehen. Und sie war auch zuvor nie in dieser Sportart aktiv. Ebenso wenig ist Leigh in irgendeiner Form an der Schusswaffe ausgebildet. Sie fand das Gewehr in einem See. Aber mehr auch nicht. Ich denke, dass Leigh nicht die Täterin sein kann.«

Leigh wurde von den anderen angestarrt wie ein fremdartiges Wesen. Sie war nun aus dem Schneider. Ihre erhärteten Gesichtszüge weichten auf, und ihr stetes Lächeln umspielte wieder ihre Lippen.

»Kommen wir zu Rainer.«

Rainers Mund wurde ein dunkelroter Strich, der wie ein

Peitschenstriemen aussah. Er blinzelte nicht einmal, während er zuhörte.

»Rainer stand, soweit man das in den sozialen Netzwerken erkennen konnte, vor wenigen Tagen zum ersten Mal auf Skiern. Kann er mit einem Gewehr umgehen? Sein Lebenslauf weist darauf hin, dass er in der Bundeswehr gedient hat. Also Gewehr: vielleicht. Ski fahren: nein. Ein Wackelkandidat.«

»Ick verklag dich, wenn wir hier raus sind«, knurrte er in seinen Bart.

»Marie und Kathrin«, sagte Alberta an die beiden Mädels gewandt, »ihr habt uns an der Nase herumgeführt. In Wahrheit könnt ihr sehr gut Ski fahren. Beide. Aber könnt ihr auch schießen? Dafür konnte ich keine Beweise finden. Natürlich könnt ihr das Schießen extra für euer Rachevorhaben geübt haben. Damit seid ihr beide auch Wackelkandidaten.«

Es war klar, dass nach der gewählten Reihenfolge nun Alexander aufgerufen werden würde, und so konzentrierten sich alle automatisch auf ihn. Auch seine Frau sah ihn etwas befremdet an, so als kenne sie ihn kaum.

»Alexander. Deine Skifahrkünste sind nicht besonders gut. Und bis jetzt bist du eher in anderen Sportarten aufgefallen. Tennis, Golfen, und früher warst du ein sehr guter Dreispringer. Du hättest die Fitness, das Ganze zu Fuß zu erledigen. Schießen kannst du aber nicht. Ganz im Gegensatz zu deiner Frau, die als Jägerin sehr gut mit dem Gewehr umgehen kann.«

Anita fuhr erschrocken herum.

»Vielleicht hast du dir etwas bei Anita abgeguckt und heimlich trainiert. Auch du bist damit ein Wackelkandidat, Alexander.«

»Das ist absurd, er kann nicht schießen«, sagte Anita verzweifelt.

»Der Täter hat meiner Meinung nach das ganze Unterfangen minutiös geplant. Wahrscheinlich hat er sogar die Wetterlage miteinberechnet. Die Waffe versteckte er bereits im Vorfeld, indem er sie mit Hilfe einer Nylonschnur auf einen hohen Ast in einem Baum unterhalb der Gondeltrasse beförderte. Durch Zufall bin ich darauf aufmerksam geworden. Und diese Tatsache lässt mich glauben, dass der Täter sich hier gut auskannte. Er wusste, wo er zuschlagen musste. Er wusste, wo er die Waffe verstecken konnte. Er wusste, wie lange er ungefähr von hier bis dort und wieder zurück brauchte. Er muss also ortskundig sein. Aber keiner von uns kommt von hier. Wir alle sind zum ersten Mal in Oberstdorf, stimmt's?«

Alle nickten.

Alberta verzog das Gesicht. »Na ja, nicht ganz. Wir haben bei unseren Ermittlungen jemanden übersehen, der genau diesen Eindruck erwecken wollte.«

Hektische Blicke flogen umher. Jeder fragte sich, von wem sie sprach.

»Nun, man sollte doch annehmen, dass man weiß, aus welcher Stadt man kommt«, sagte Alberta und rieb sich die Hände. »Es gibt aber einen unter uns, der sich da manchmal nicht so ganz sicher ist. Diese Person ist auch kein guter Skifahrer«, fuhr sie fort, »zumindest wollte sie uns das weismachen. Das war Teil der Tarnung. Laut den Unterlagen der Skischule wohnt diese Person außerdem in einer Unterkunft, die sie erst nach dem Mord an Stavros bezogen hat. Das hat mich lange beschäftigt. Wo wohnte diese Person zuvor? Warum zog sie mitten im Aufenthalt um? Und warum schwieg sie darüber? Die Wahrheit ist relativ banal, wie ich vorhin erkennen musste. Besagte Person wohnte in der Oberstdorfer Alpe. Ganz nah am Tatort. Mit dem besten Überblick, den man haben kann.«

»Ich wohne in der Alpe«, sagte Leigh. »Redest du von mir? Hältst du mich wirklich für eine Mörderin, obwohl du vorhin sagtest, ich könnte es nicht gewesen sein?«

Alberta legte ihr eine Hand auf die Schulter. »Keine Angst, Leigh. Ich spreche nicht von dir. Aber du hattest zwei Nächte lang einen Nachbarn. Ich spreche von … Peter.«

»Der Peter?«, fragte Jochen.

»Der Peter kann doch gar nicht Ski fahren«, stellte Rainer sofort fest. »Außerdem ist er viel zu … unsportlich.«

»Er ist zu dick, das stimmt«, pflichtete Alexander ihm bei.

»Man muass nit dünn sein, um Ski fohrn zu kinna«, sagte Jochen.

»Nein, das muss man nicht«, schaltete Alberta sich wieder ein, »und Peter unternahm auch alles, um vorzutäuschen, dass er es nicht kann.«

»Ich kann's ja auch nicht«, sagte er und blickte entsetzt in die Runde. »Ich weiß nicht, was ich … ich hab doch gar kein Motiv.«

»An der Stelle muss ich dir leider zustimmen. Du hast kein Motiv für diesen Mord. Zumindest keins, das mir bekannt wäre, und das ärgert mich natürlich, das kannst du dir vorstellen. Aber ich bin sicher, dass du es warst.«

»Das ist doch Quatsch!«, rief er.

»Alberta …« Philip unternahm einen vorsichtigen Versuch, sie zurückzuhalten.

»Nein, Philip, da lasse ich nicht mit mir reden. Und ich will das kurz ausführen. Peter checkt also für die ersten zwei Tage in der Alpe direkt am Söllereck ein. In der Skischule gibt er aber nur seine zweite Unterkunft an und verheimlicht die erste. Von Anfang an erschienst du uns etwas tollpatschig. Immer kamst du mit diesem Schal an, von dem du nicht lassen wolltest, doch wir alle übersahen, wozu er eigentlich gut war. So wie du ihn immer trägst, ist er nicht als Kälteschutz oder Modeaccessoire gedacht, nein, auch er ist eine Verschleierung. Er bedeckt fast immer dein halbes Gesicht. Und das aus gutem Grund. Denn du bist nicht der, der du vorgibst zu sein. Dein Name ist auch nicht Peter.«

»Nit amol des?«, rief Jochen.

»Nein. Ich hab euch doch vorhin von diesem Mann erzählt, mit dem Peter auf der Toilette in der Taverna Knossos gesprochen hat. Von dem ich dachte, er sei an Informationen über Jens interessiert. So war es aber nicht. Nein, der Herr lebt hier in Oberstdorf und hat Peter erkannt. Er wollte ein Autogramm von ihm haben.«

»Ein Autogramm?«, fragte Dörte.

»Wieso?«, wollte Anita wissen.

»Weil Peter nicht Peter, sondern Bernd Zugföller ist«, erklärte Alberta. Alle stutzten, doch niemand schien ihn zu kennen – bis auf Jochen, der seine Augenbrauen zusammengeschoben hatte und konzentriert nachdachte.

»Do gob's amol einen Zugföller, der woar Skifohrer, Biathlet.«

»Richtig«, sagte Alberta, »er war ein junges aufstrebendes Talent im Biathlon Anfang der neunziger Jahre.«

»Biathlon«, entfuhr es Marie laut. »Biathlon!«

»Man schießt beim Biathlon«, warf Alexander ein.

»Ach, Unsinn, das war eine Verwechslung«, verteidigte sich Peter.

»Ja, das sagte der ältere Herr auch. Und dass Peter ihm kein Autogramm geben wollte«, erzählte Alberta, »aber als wir uns am Anfang unseres Kurses vorstellten und erzählten, was wir so beruflich machen, sagtest du, du seist Staubsaugervertreter in Erlangen.«

»Das stimmt ja auch«, sagte Peter.

»Als ich dich heute früh ansprach, nanntest du aber nicht Erlangen als deinen Heimatort, sondern Erfurt.«

Peter schluckte. »Dann hab ich mich versprochen.« Seine Muskeln spannten sich.

»Ja, könnte sein. Dieses Treffen stellte für dich jedoch die vielleicht letzte Möglichkeit dar, dein ursprüngliches Opfer Jens doch noch zu erwischen. Noch mal mit dem Gewehr auf ihn zu schießen war zu riskant. Du musstest dir was anderes einfallen lassen, zumal du es ja eh im See versenkt hattest. Etwas Todsicheres sozusagen, dir durfte kein weiterer Fehler unterlaufen. Und genau das hat dich verraten.«

»Was, wovon redest du eigentlich?« Er lachte keckernd auf. »Die ist ja völlig irre.«

»Jens bestellte ein dunkles Hefeweizen. Kurz bevor die Bedienung mit dem Tablett zurückkam, gingst du raus auf die Toilette.«

»Und, ist das jetzt verboten?«

»Nein, aber es war die perfekte Gelegenheit, Gift in Jens' Getränk zu schütten.«

»Gift?«, fragte Anita entsetzt.

»Interessant, dass gerade du nachfragst«, meinte Alberta, »denn als ihr etwas später nachkamt und du ebenfalls ein dunkles Hefe bestelltest, überließ Jens dir sein Glas. Das vergiftete Glas Bier.« Wieder schnellte Albertas Finger in die Höhe. »Ob Peter oder Bernd, du konntest es nicht riskieren, ein zweites Mal die falsche Person zu töten. Also hast du das Glas umgestoßen. Vielleicht hätte ich mich nicht gewundert, wenn du dazu nicht ausgerechnet deinen Schal abgenommen hättest, von dem du dich sonst nie trennst.«

»Etz isch d' Scheiße ober am Kocha. Isch des woahr?«, fragte Jochen.

Peter schüttelte nur den Kopf.

»Bleibt noch eine letzte Frage«, sagte Alberta. »Warum hast du es getan? Kannst du uns das beantworten?«

Peter lehnte sich grinsend zurück. Seine gesamte Person schien eine Metamorphose durchzumachen. Seine Augen glänzten plötzlich listig, seine Gesichtszüge entspannten sich, und seine Körperhaltung wechselte zu einer unangenehmen Lässigkeit.

»Diese fette Kuh ist doch ein verdammter Terrier, was?«

»Peter«, flüsterte Dörte fassungslos. »Hat sie etwa recht?«

Langsam wickelte sich Peter aus seinem Schal und warf ihn zu Boden. Dann griff er sich an den Rücken, holte eine Beretta hervor und legte sie behutsam auf den Tisch, ohne jedoch die Hand davon zu lösen.

»Touché. Diese Miss Marple in Übergröße hat recht.«

Allen fuhr der Schreck in die Glieder.

»Wenn nur die beschissene Brille nicht gewesen wäre.«

»Aber warum?«, wiederholte Alberta und stützte sich mit beiden Händen auf den Tisch.

»Nun, das könnt ihr nicht wissen. Und du auch nicht, Alberta. Das war eine sehr geheime Sache zwischen mir und Jens.«

Jens blinzelte verstört. »Zwischen uns? Ich kenne dich nicht«, entgegnete er mit Angst in der Stimme. Sein Blick haftete an der glänzenden Waffe.

»Nein? Das liegt wahrscheinlich daran, dass ich mich in all den Jahren sehr verändert habe.«

»Ach ja?«

»Ja, Jens. Und auch das ist deine Schuld. Wenn ich das hier

so höre, bin ich immer mehr davon überzeugt, dass du es verdienst, zu sterben. Du bist wirklich ein unfassbares Arschloch, ein egozentrischer, geldgeiler Wichser, dem außer seinem eigenen Vorteil alles egal ist. Und immer versagst du.« Peter lachte auf. »Ja, in Wahrheit bist du ein Versager, kein Macher. Luftfilter, Malariatests, nichts funktioniert.«

Jens lief der Schweiß von der Stirn in die Augen, er musste sie zusammenkneifen.

»Bei mir waren es deine selbst gebrauten Mittelchen.«

Jetzt schien bei Jens der Groschen zu fallen.

»Was für Mittelchen?«, hakte Alberta nach.

»Unser lieber erfolgreicher Jens hat früher, am Anfang seiner Karriere, an verschiedenen Parkplätzen in Deutschland Dopingmittel verkauft, die er selbst hergestellt hatte. Angebliche Spitzenware, die nicht nachweisbar war und keine Nebenwirkungen hatte.«

»Oh nein«, entfuhr es Jens.

»Ja, ja, die Geister, die ich rief. Du hast meine Karriere, mein ganzes Leben auf dem Gewissen.«

»Was ist passiert?« Alberta blieb stehen und lugte ab und zu aus dem Fenster, ob sie Stubenthal oder Troller irgendwo sah.

»Ich kaufte das Zeug von ihm. Es half auch. Aber eben nicht nur das. Und von nicht nachweisbar kann auch keine Rede sein. Kurz nachdem ich bei den Deutschen Meisterschaften Dritter geworden war und ins WM-Team berufen wurde, gab es plötzlich eine positive A-Probe von mir und wenig später auch die B-Probe. Unser Trainer war da sehr rigoros. Es wurde zwar nicht an die große Glocke gehängt, dafür war ich auch noch nicht bekannt genug, aber ich flog achtkantig raus aus dem Team. Sperre für zwei Jahre. Und dann häufte sich alles wie in einem Katastrophenfilm. Ich veränderte mich, wurde aggressiv, hatte ständig Streit mit meiner Freundin, meine Libido tendierte gegen null, und nachdem ich das Zeug abgesetzt und mit dem Sport aufgehört hatte, wuchsen mir auch noch richtige Titten. Echte Titten, versteht ihr? Ich sah grotesk aus. Bin nur noch im Korsett rumgelaufen und hab nichts mehr auf die Reihe gekriegt. Völliger Absturz. Jetzt leb ich von Hartz IV. Nicht in Erlangen und auch nicht in Erfurt, sondern in Ansbach. Mein Leben ist hin, absolut im Eimer. Aber das hier, das wollt ich noch gutmachen.«

Er hob kurz die Pistole an, und alle zuckten zurück.

»Jens?« Alberta versuchte, ihm in die Augen zu schauen.

»Scheiße, ja. Ich bin kein Heiliger, ich weiß«, sagte er und weinte fast. »Ich hab Ideen, gute Ideen, ich bin ein echt schlauer Kopf, aber immer scheint irgendwas schiefzulaufen. Es stimmt, ich hab früher diese Mittel vertickt. Ich hab mit Anfang zwanzig ein Vermögen damit gemacht und so den finanziellen Grundstein für meine Firmengründung gelegt. Das war der Renner. Die Sportler standen Schlange. Alles kam. Spitzensportler, Breitensportler, Hobbykicker, Bodybuilder … alles anonym. Alles bar auf die Hand. Ich konnte manche Dinge selbst herstellen und manche Dinge billig einkaufen. Polen, Russland, Mexiko. Ich war richtig unterwegs. Für mich ging es immer weiter.«

»Es tut mir leid um Stavros, das habe ich nicht gewollt«, sagte Peter, »aber dieses Arschloch da hat's verdient.« Er deutete mit dem Lauf der Beretta auf Jens.

»Peter, bitte«, mahnte Alberta. »Wenn du glaubst, dass es nicht mehr schlimmer werden kann, irrst du dich. Jetzt schaufelst du dein eigenes Grab. Willst du jemanden vor Zeugen töten? Es gibt keine Fluchtmöglichkeit für dich. Die Polizei weiß von diesem Treffen. Um die Hütte sind Beamte postiert.«

Sein Blick sprang von einem zum anderen, zur Tür, zum Fenster und blieb schließlich an Jens haften.

»Weißt du, was wirklich komisch ist? Ich hab gar keinen Drang mehr, dich zu töten. Ist vollkommen verpufft. Einfach so.« Er fuchtelte mit der Waffe herum. »Aber ich muss sicher hier rauskommen.«

Er packte Jens am Kragen und zog ihn hoch. Dann drückte er den Lauf an seine Schläfe. »Na, dann lass uns mal gehen.«

Es klopfte an der Tür, und die Bedienung erschien freudestrahlend.

»Griaß Gott, i wollt die Bestellung aufnehmaaah …« Sie sah die Pistole, verdrehte die Augen und sank ohnmächtig zu Boden.

Peter stieß Jens vor sich her und bedrohte ihn weiter halb versteckt mit der Pistole im Rücken. Niemand im Raum regte sich, bis Alberta den beiden schließlich folgen wollte, doch Philip erwischte noch einen Ärmel von ihr.

»Nicht, nicht du, Alberta.«

Sie riss sich los und blieb mit einigem Sicherheitsabstand hinter den Männern. Jens schob die Tür auf, und Peter blickte sich über dessen Schultern guckend draußen um.

»Weiter zu den Skiern«, befahl Peter.

Sie machten zwei Schritte, da fielen ihm die beiden Schneemobile der Bergwacht auf, die links neben dem Eingang parkten.

»Los, steig da auf.«

Der Schlüssel steckte, und als hinter Jens auch Peter den Sattel bestieg, outeten sich alle hier stationierten Polizisten, indem sie alarmiert aufsprangen oder etwas über Funk an die Zentrale durchgaben. Links auf der Bank saß ein Beamter, durch dessen Funkgerät Alberta hören konnte, dass Berg- und Talstation gesichert waren und es dort keine Fluchtmöglichkeit gab.

Peter zündete das Schneemobil. Alberta sah Stubenthal und Troller in einer Pferdekutsche hinten links am Abhang zur Bergstation sitzen. Zwei weitere Beamte, die auf Skiern bereitstanden, spannten ihre Muskeln, um die Verfolgung aufzunehmen, doch gegen das Schneemobil hatten sie nicht den Hauch einer Chance. Also blieb Alberta keine Wahl. Sie schwang sich auf das zweite Schneemobil, und als Peter mit aufröhrendem Motor losschoss, dachte sie belustigt, dass sich alles wiederholte. Letztes Jahr in Binz hatte sie die Verfolgung der Verbrecher mit einem Jetski aufgenommen. Sie drehte den Gashebel nach hinten, und das Gefährt machte einen Satz nach vorn. Peter lenkte das Schneemobil allerdings nicht so, wie man erwarten würde, nach unten ins Tal, sondern nahm Kurs auf den kleinen Weg, auf dem Alberta Leigh getroffen hatte und der nach Auskunft von Jochen direkt nach Österreich führte. Kurz bevor sie ihn erreichten, kreuzte von rechts eine Gruppe von Kindern die Fahrbahn, und Alberta erkannte zuerst die Eierschalenjungs und dann auch Till und Lina.

»Till, Lina, aus dem Weg!«, schrie sie und stand auf.

Peter machte keine Anstalten, zu bremsen, doch Lina griff geistesgegenwärtig von hinten um Till herum und stoppte ihre Fahrt, sodass Peter und Jens mit wenigen Zentimetern Abstand an ihnen vorbeischrammten. Alberta fuhr einen kleinen Bogen.

»Gut gemacht, ihr zwei!«, rief sie ihnen noch zu.

»Haltet sie auf!«, schrie Philip von hinten, und es hatte den Anschein, als ob er sie meinte und nicht Peter und Jens.

Doch da war Alberta schon weg und heftete sich an die Kufen des ersten Schneemobils.

Peter hatte gut zehn Meter Vorsprung. Die beiden Männer wogen zusammen etwas mehr als Alberta allein, und so konnte sie Meter um Meter aufholen. Der Fahrtwind pfiff in ihren Ohren und brachte ihre Augen zum Tränen. Zum Glück war es nicht mehr so kalt, sonst wäre man bei diesem Tempo nach kürzester Zeit unterkühlt gewesen. Bis auf zwei Meter war sie nun an ihnen dran und fragte sich, wie sie die beiden aufhalten sollte. Eine Waffe hatte sie nicht, aber Peter besaß eine. Das Gefährt zu rammen wäre zu gefährlich. Damit könnte sie die anderen oder sich und das Baby gefährden. Ja, das Baby. Was sollte sie tun? Sie musste ihr Kind schützen und konnte nicht riskieren, dass ihm etwas passierte. Ein Meter. Peter drehte sich um und erkannte erschrocken, wie nah sie an ihnen dran war. Bitte schieß nicht auf mich, flehte Alberta innerlich. Sonst muss ich abbrechen. Tatsächlich zog er die Pistole und zielte auf sie. Er hatte sich links zu ihr herumgedreht, also schwenkte sie nach rechts und überholte. Da das Schneemobil bei dem Manöver langsamer geworden war, glitt sie zügig an den beiden vorbei und setzte sich vor sie, als sie ein Waldstück erreichten. Die Bäume standen nah am Weg, die Äste hingen teilweise darüber. Alberta blickte über ihre Schulter zurück und sah, wie Peter mit der Beretta erneut auf sie anlegte. Jetzt war sie ihm schutzlos ausgeliefert. Sie musste handeln. Doch Jens wollte das nicht tatenlos mit ansehen und riss Peters Arm nach oben, woraufhin sich ein Schuss löste und laut von den Hängen widerhallte.

Da sah Alberta auf einmal diesen ausladenden Ast vor sich. Er hing etwa drei Meter über dem Weg. Ich bin eine Graugans, sagte sie sich. Ich bin eine Graugans. Ich kann fliegen, ich kann fliegen. Sie stellte sich hin, stieg auf den Sattel und sprang hoch. Sie sah den Ast näherkommen. Sah das Schneemobil führerlos unter sich weg- und weitergleiten. Streckte die Hände aus. Sie durfte ihn nicht verfehlen. Etwas prallte auf ihre Handinnenflächen, und sie griff zu. Ihr Körper wurde nach vorn geworfen, der Ast bog sich unter der Last, und das Schneemobil mit den beiden Männern rauschte direkt in den Fichtenwedel hinein, der nun wie ein Vorhang auf dem Weg schwebte.

»Unnngh!«, machten beide. Es raschelte, dann folgte ein dumpfer Aufprall, und Alberta, die wieder zurückschwang, sah das zweite unbemannte Schneemobil führerlos unter ihren Füßen davonfahren. Sie hatte es geschafft. Jens und Peter lagen stöhnend unter ihr auf dem Weg. Doch was nun? Alberta spürte, wie ihr Gewicht langsam zu schwer für ihre Hände wurde. Aber sich aus dieser Höhe fallen lassen wollte sie auch nicht. Also versuchte sie sich Stück für Stück zum Baumstamm hinzuarbeiten, um dort Halt zu finden. Doch die Kräfte verließen sie.

Kaklapper, kaklapper, kaklapper.

Was war das? Hatte sie das tatsächlich gehört?

»Frau Rose!«, hörte sie eine bekannte Stimme rufen. Sie blickte nach unten, und da standen sie: Old Shatterhand und Winnetou, auf ihren Pferden Iltschi und Hatatitla.

»Warten Sie. Ich stelle mich direkt unter Sie«, sagte Winnetou.

Alberta blinzelte, weil sie es für eine Halluzination hielt. Aber nein. Da stand wirklich ein Pferd unter ihr. Sie streckte die Füße aus und berührte Iltschis Rücken.

»So, jetzt ganz langsam loslassen.«

Alberta tat wie ihr geheißen und löste ihre Hände vom Ast, der sofort nach oben ausschlug. Aber sie stand. Auf dem Hinterteil eines der Kutschenpferde. Vorsichtig ging sie in die Hocke und konnte sich auf den Rücken setzen.

»Gut gemacht«, lobte sie Old Shatterhand.

»Reife Leistung!«, bestätigte Winnetou, der ihr Pferd am Zaumzeug hielt.

»Hände hoch«, sagte in diesem Moment Peter, der sich wieder aufgerappelt hatte und den Stubenthal und Troller kurz aus den Augen gelassen hatten, um Alberta zu Hilfe zu kommen. »Waffen weg!«, rief er.

Die beiden Kommissare griffen zu ihren Dienstpistolen und warfen sie in den Schnee.

»So könnt ihr gern alle hier stehen bleiben«, verkündete Peter lachend, »ein Bild für die Götter. Ich verabschiede mich. Pfiete und auf Wiedersehen.«

Er wandte sich um und begann, Richtung Österreich zu laufen. Mit ein wenig Glück hatte er die Schneemobile bald eingeholt und konnte bequem entkommen.

»Rufen Sie doch schnell Ihre österreichischen Kollegen an«, forderte Alberta die beiden Beamten auf. Peter war bereits hinter einer Kuppe verschwunden.

Stubenthal hatte sein Handy in der Hand, als sie erneut Schritte vernahmen. Peter kam wieder zurückgelaufen. Er sprintete auf sie zu.

»Was ist, hat er was vergessen?«, fragte Alberta.

»Er will mich vorher doch noch umbringen«, stellte Jens entsetzt fest und fiel rücklings in den Schnee.

Peter keuchte und ächzte vor Anstrengung und rannte einfach an ihnen vorbei, ohne sie auch nur eines Blickes zu würdigen.

»Vielleicht hat er die Orientierung verloren?«, mutmaßte Troller. »Höhenkoller.«

Doch das war es nicht. Ein Alberta wohlbekannter Ruf ertönte.

»Maláka-aka-aka-aka«, hallte es über die Bergspitzen.

»Oh«, sagte Alberta nur und richtete ihren Blick auf den Weg. Dort hinter der Kuppe kam er in Sicht. Giorgios. Er trug ein enges blaues T-Shirt mit der griechischen Flagge auf der Brust, das vier Nummern zu klein war, und eine schwarze Pumperhose über knöchelhohen Schneestiefeln. Er sprintete rasend vor Wut hinter Peter her. Erschrocken zog Stubenthal sein Pferd ein Stück zurück, um ihm Platz zu machen.

Die Maschine aus Muskeln rauschte schnaubend wie ein Stier an ihnen vorbei.

»Doch, ja, da würd ich auch stiften gehen«, meinte Troller.

»Na, dann lassen Sie uns mal zurückreiten«, sagte Alberta zufrieden.

16

»Also, ich nehme vorweg die gebratenen Zucchini und den Oktopus. Als Hauptspeise das Stifado und das Souflaki mit Bratkartoffeln, dazu einen griechischen Salat.« Alberta klappte die Karte zu und reichte sie Giorgios.

»Gern, meine Liebe«, sagte er.

»Musst du immer gleich für vier Personen bestellen?«, nörgelte Lina und versteckte sich hinter der Speisekarte.

Alberta streichelte über ihren Bauch. »Wer weiß, vielleicht kriegt ihr ja auch drei Geschwister auf einmal.«

»Im Ernst?«, rief Till etwas erschrocken.

»Lass dich nicht von dem Makrophagen verarschen«, meinte Lina.

»Von wem?«

»Lina, ich will solche Ausdrücke nicht hören, verstanden?«, maßregelte Philip sie.

»Das hab ich in Bio gelernt«, verteidigte sie sich.

»Verarschen? Als wissenschaftliche Bezeichnung für was?«

»Nein, Makrophage.«

»Was heißt das denn?«, wollte Till wissen.

»Vielfraß«, klärte Giorgios sie auf. »Das ist griechisch.«

»Seht ihr, Griechisch kann ich auch«, verkündete Lina freudestrahlend.

»Wenn du das noch mal zu deiner Mutter sagst, kriegst du's mit mir zu tun.« Giorgios beugte sich zu ihr hinunter und hielt ihr seine Faust vors Gesicht, die in etwa die Größe einer kleinen Wassermelone hatte.

»Okay.«

»Sie müssen entschuldigen«, sagte Philip an Stubenthal, Troller und Jochen gewandt.

»Ah, des isch ganz normal so«, winkte Jochen ab.

»Wahrscheinlich, ja«, meinte Troller.

»Wollen wir jetzt mal alle anstoßen?«, fragte Alberta in die Runde.

»Gern.« Stubenthal hob sein Glas. Die Erwachsenen hatten ein Glas Ouzo auf Kosten des Hauses bekommen. Alberta trank Wasser, die Kinder Apfelschorle.

»Elena, Alexandros! Éla!«, rief Giorgios in die Küche. Die beiden kamen mit umgebundenen Schürzen angelaufen. Sie hatten extra zu diesem Essen außerhalb der Geschäftszeiten eingeladen und gekocht. Es hatte ihnen viel bedeutet, und Alberta und Philip waren gern gekommen. Giorgios schenkte seinen Eltern ein.

»Auf Stavros!«, sagte Alberta.

»Und auf dich, Alberta«, sagte Giorgios.

Sie stießen an.

»Jamas!«, rief Alexandros, trank und knallte sein Glas auf den Tisch.

»Jamas«, sagten alle im Chor.

»Frau Rose, Sie hätten eine gute Polizistin abgegeben«, lobte Stubenthal.

»Und Sie einen guten Old Shatterhand.«

Das brachte alle zum Lachen.

»Habt ihr denn schon mal über einen Namen für euer Kind nachgedacht?«, wollte Alexandros wissen.

»Oh, bis jetzt noch nicht. Wir wissen ja auch noch nicht, was es wird«, meinte Alberta.

»Also, Jochen wär doch a schöner Name.«

»Bitte«, wehrte Lina sogleich ab.

»Wos?«

»Jochen. Ein Baby namens Jochen? Stell dir mal vor, du hast einen Jochen im Kinderwagen liegen. Ach, steck dem Jochen doch noch mal den Schnuller in den Mund. Das geht gar nicht, *never ever.*«

Beleidigt streckte Jochen sein Kinn vor.

»Aber Giorgios ist schön«, tönte Giorgios.

»Schön ist der Name, aber das kann wieder keiner richtig aussprechen.«

»Und Elena?«, fragte Elena.

»Für ein Mädchen fänd ich das sehr hübsch«, musste Alberta zugeben und sah Philip an.

»Ich auch.«

»Dann wird es ein Mädchen«, sagte Elena und klatschte in die Hände.

»Okay«, stimmte Lina bereitwillig zu.

»Was, noch ein Mädchen?«, rief Till. »Auf keinen Fall, das halt ich nich aus. Dann nehm ich lieber einen Bruder, der Jochen heißt.«

»Wie heißen Sie denn mit Vornamen?«, fragte Alberta die beiden Beamten.

»Old und Winne«, witzelte Till und kriegte sich nicht mehr ein vor Lachen.

Stubenthal räusperte sich.

»Ich heiße … Simon.«

»Und ich auch.«

»Sie auch?«, fragte Philip Troller erstaunt.

»Ja, dann …« Alberta zuckte mit den Schultern. »Dann steht es wohl fest. Mädchen: Elena, Junge: Simon.«

Keiner schien Einwände zu haben, allen gefielen beide Namen.

»Jamas!«, rief Alexandros erfreut und hob sein Glas.

»Nee, also Jamas find ich nich so gut …«, sagte Till. Lina gab ihm eins auf den Hinterkopf.

»Das heißt Prost, du Hirni!«

»Arschkuh!«

»Stopp, stopp, stopp. Hier beenden wir das Ganze.«

Bent Ohle
INSELBLUT
Broschur, 272 Seiten
ISBN 978-3-95451-098-6

»Ein Inselkrimi, den man gar nicht beiseitelegen will. Ein toller Spannungsbogen mit überraschendem – kaum zu ahnendem – Ende. Echt lesenswert.« Leuchttuerme.de

Bent Ohle
INSELGRAB
Broschur, 384 Seiten
ISBN 978-3-95451-290-4

»Ohle spart auch in diesem Krimi nicht an dem bei seiner Fangemeinde beliebten Lokalkolorit.« ekz Bibliotheksservice

Bent Ohle

BINZ UND DIE DICKE BERTA

Klappenbroschur, 288 Seiten

ISBN 978-3-95451-543-1

Krimischriftstellerin Alberta Rose ist fassungslos: Ihre Trauung im Binzer Rettungsturm hätte so schön werden können, wäre nicht die Standesbeamtin kurz vor der entscheidenden Frage erschossen worden. Alberta nimmt die Sache persönlich und sucht auf eigene Faust nach dem Mörder. Dabei verheddert sich die schwergewichtige Hobbydetektivin nicht nur in den Fallstricken ihrer skurrilen Patchworkfamilie, sondern kommt dem Täter gehörig in die Quere – mit lebensbedrohlichen Folgen.

»Spannende Lektüre!« Freie Presse

www.emons-verlag.de